万榕书业

犀牛故事
创 | 作 | 者

岁月如风小少年

曾良君
— 著 —

SUIYUE
RUFENG
XIAOSHAONIAN

北方联合出版传媒(集团)股份有限公司
万卷出版公司

ⓒ 曾良君 2016

图书在版编目（CIP）数据

岁月如风小少年 / 曾良君著 . — 沈阳：万卷出版公司，
2016.7

ISBN 978-7-5470-4163-5

Ⅰ . ①岁… Ⅱ . ①曾… Ⅲ . ①故事 – 作品集 – 中国 – 当
代 Ⅳ . ① I247.8

中国版本图书馆 CIP 数据核字（2016）第 091368 号

出版发行：北方联合出版传媒（集团）股份有限公司
　　　　　万卷出版公司
　　　　　（地址：沈阳市和平区十一纬路 29 号　邮编：110003）
印　刷　者：北京季蜂印刷有限公司
经　销　者：全国新华书店
幅面尺寸：145mm×210mm
字　　数：260 千字
印　　张：9.5
出版时间：2016 年 7 月第 1 版
印刷时间：2016 年 7 月第 1 次印刷
责任编辑：胡　利
特约编辑：张鸿艳
版式设计：展　志
封面插画：甘代昌
封面设计：展　志
责任校对：张　黎
ISBN 978-7-5470-4163-5
定　　价：36.00 元

联系电话：024-23284090
邮购热线：024-23284050
传　　真：024-23284521
E－m a i l：wanrongbook@163.com
网　　址：http://www.chinavpc.com

目录

序：再见！青春！

2013年夏，江南地区的天气依旧潮湿闷热，人像"吱吱"尖叫着的铁板烧翻来覆去，晚间躺在凉席上，也不过是从铁板烧变成小笼包，家里的猫躲得远远的，和一堆废弃掉的书挤在大理石飘窗上图一时清凉。

空调好像坏了又好像没有坏，窗外月光皎洁，夏季晴明的夜空能看见许多颗星，星光与月光投影在屋前的运河上，不知是月光如水还是水如月光。

四季流转，我竟有些不知寒暑，转眼间已然毕业了。

那一年的夏天，我还在念语言班，一群人整日整日地胡闹。我们的未来模糊成一片却又清晰可见地矗立在不远处，仿佛只需要轻松地走过去，勾勾手，未来之门便会轰然打开，等待着我们的是一片精彩纷呈的景象。

相比于毕业后开始工作或是读研的同学，我却有些终日无所事事的感觉，那期间每当有人问我，你现在在干吗？工作了吗？我便只得尴尬地挠挠头，低声说道："没有，我待在家里……"

夏日终年，暑气迟迟不愿散去，时间滑入九月，语言班对面的高中也如期开学了，好在我是个迟到的惯犯，并不曾和这些年轻的朋友们熙熙攘攘地挤在同一个时间段里上学。

通常我会在上午九点半左右顶着烈日骑车来到语言学校楼下，进门左手边有个不大不小的便利店，早七点至晚九点，关东煮冒着红油咕噜咕噜地煮，小小的咖啡机提供本日美式和焦糖拿铁，沿着收银台走到底是一排三个双开门的冰柜，里面整整齐齐地排列着各式冰镇好的果汁汽水（可以说我这条命是冰饮料给的），我总是上午拿一瓶冰拿铁，下午拿一听冰可乐，想来我真是个专一的好人。

也是如此这般的一个寻常上午，便利店里空荡荡的，除我之外并没有第二个客人，柜台里孤零零地站着一个收银员，正在忙碌地煮丸子。

我站在冰柜前伸手想要开门，从玻璃的反光中看见了自己独自一人站在一排排的货架中。为什么我是一个人呢？我突然冒出了这样一个没来由的念头。奇怪，我的同学们呢？那一瞬间我才意识到了什么，是啊，我的过去已经消亡了啊，身后已经什么也没有了啊。

之前，那浑浑噩噩的日子中，我从未注意到这一点，真正的离别总是来不及说再见。

那天拿着咖啡上楼后，隔壁的德语班依旧在勤勤恳恳地念报纸、排话剧，而我们班也一如既往地在勤勤恳恳地唱歌和打牌。一片欢声笑语中，背景音乐突然停了，老师一本正经地对我们说："我有一首很重要的歌想放给你们听。"

结果他放了张震岳的《再见》：

我怕我没有机会

跟你说一声再见

因为也许就再也见不到你

明天我要离开

熟悉的地方和你

要分离

我眼泪就掉下去

我会牢牢记住你的脸

我会珍惜你给的思念

这些日子在我心中永远都不会抹去

我不能答应你

我是否会再回来

不回头

不回头地走下去

我怕我没有机会

跟你说一声再见

……

唉，为什么偏偏是这首歌呢？

我们安静地听着这首歌循环了两遍，愉悦游戏着的心情全都消弭不见了，身后活力无限的高中生们嚷着："干吗让我们听这样伤感的歌啊！"

老师说："我想到课程一个月后就要结束了，你们就要到很远的地方去了，就觉得一定要提早说再见才行。"

"那就课程结束的时候再听啊！"有人这样抗议道。

"不行，那时候你们会哭的。"

我会牢牢记住你的脸，我会珍惜你给的思念。

可是啊，我发现，往日的同学们，在我的脑海中慢慢模糊了起来。

想起隔壁的土木系早我们一年毕业，那时候我和他们一起吃散伙饭，蒋柯非常执意地要另请我吃一顿，我和他说："天气太热了，非要这会儿跑出去吃饭吗？"

他说："我还欠你一个人情啊，你帮我画过图你记得吗？"

我说："啊，这种事情，以后再说也来得及吧，你急什么？"

可是蒋柯很认真地说："没有以后了，以后我们就再也见不到了，我走了就不会回来了，就算再回来也见不到你了。"

那时的我并不能理解这番话，心说，这个年代哪有什么一别再也不见的故事，搞得那么郑重其事，那么伤感做什么。

可是，现在，我明白蒋柯是对的。一向认真的蒋柯远比我更早地意识到这一点，在某一个节点上的离别就意味着过去的消亡。如果有幸能够提早察觉到这一点的话，我们应该郑重地道别，我们应该好好地和对方说再见。

不是每个人都可以再见的，也不是每个人都有理由要再见的。通信虽然日益便捷，仿佛能将我们二十四小时紧密地联结在一起，可是我们需要联系的理由却从未增加。生活日益便捷的今天，生活的速度也一起加快了，我们步履匆匆抛下了更多的过往和人生。

明天我要离开熟悉的地方和你。

其实所谓的未来并没有在什么触手可及的地方，因为早在我们没有意识到的时候，就已踏上了未来啊。

时光匆匆，如此残忍，没有一个平台可以给我们停留回望，好好说再见。

我虽是个二十多岁的年轻人，可是我的同学们早已四散在天涯，我那些在校园里的青葱岁月已成为过去，我突然意识到，我真正青春年少的时光也已经结束了啊。

我想好好回忆我的同学们，我怕在迅速消亡的过去，他们很快会在回忆里模糊不清。

所能用来抵抗过往的虚无的，不过是我并不可靠的记忆罢了。

愿你们永远留在瑰丽色的时光里，愿你们在回忆里青春不老。

那么，再见啦！我的青春！

曾良君

因为有阿毛

我外婆家在城市中心地带的一片传统苏州民居里,苏州民居最大的特点除了粉墙黛瓦就是街巷相连。低矮的民宅群中小一些的便是普通平房,大一些的便分为一进一进的,向内延伸,以庭院为中心,或串联或并联。家家户户都紧紧地挨着,小小的巷弄左右不过三米宽,童年时代的小巷还是青石板路,青苔从石板的间隙中冒出,每逢梅雨季节便十分地要命。

外婆家所在的小巷纵深很深,前后两端都连接着繁华的商业区,但往小巷里稍微走一走,世界便又立刻恢复了宁静,似乎任凭外面的世界如何变化,都无法影响到这里。

阿毛家在巷子的东面,我外婆在巷子的西面,我们同在巷子更西端一些的幼儿园上学,还是同班同学。

我一般会守在外婆家院子的门口,等着阿毛路过,阿毛看见我的时候便会朝我摆摆手,我们再一起结伴步行十几米到达幼儿园,开始在瓷砖上画图或者没完没了地搭积木，又或者讨论小龙人到底有没有找到妈妈。

那时候我还很小，对于许多事情的记忆都显得模模糊糊。比如幼儿园班上那个健壮而跋扈的女生，总是蛮横地抢走我们所有人的积木；又比如那个调皮得要命，蒙着黑色眼罩正在矫正视力的男生，他会猛地从座位上弹跳起来，冲过去将我们所有人的杯子都打翻在地，还有一次他坐在钢琴上，猛地一脚踹向路过的我……所有的这些都像夏日里的暴雨，突如其来，又迅速消失得无影无踪，在脑海里蒸腾殆尽，难觅踪迹。

我不记得他们姓甚名谁，也不记得他们幼儿园毕业后去了哪所小学，更不知道他们往后的人生是怎样的，这些幼儿园同学只在我的脑海中留下了一些模糊而意味不明的片段。

但是阿毛不一样，我记得许许多多关于阿毛的细节，我清晰地记得她小名叫毛毛，大名叫张娅静。我外公管她爷爷叫老张，我有样学样地管她叫小张。每次跑去阿毛家找她玩时，我都会站在窗台下大喊道："小张，小张，你快出来，我找你有事。"

不多久阿毛便会跑出来给我开门，她家里永远都收拾得干干净净，散发出温暖整洁的味道来。一进门便能看见临窗摆放的黑色烤漆钢琴，窗台上有数盆多肉植物，它们被钢琴遮住了一半，琴凳有暗红色的绒面，这是每次我来她家做客的专座。不过，阿毛倒是从未给我弹过琴，反正我也听不懂，多半时间她都在和我谈论她那些各式各样的古怪收藏品，譬如她那个九大罐子的橡皮。

真是有些奇怪，向来穿得很体面的阿毛竟然喜欢橡皮，那时候我还不懂"体面"这个词及其用法，我只好简单地形容为穿得很好。

虽然这些没什么强大的内在逻辑，但总感觉这样子的阿毛应该喜欢更为厉害的东西才对，可现实却是她就酷爱收集橡皮。

那些罐子很巨大，是小巷尽头的杂货店用来存放泡泡糖的塑料罐子。以前它们放满了各种口味的泡泡糖，卖空后老板娘就送给阿毛，让她用来收集橡皮。

我在阿毛家里花费数个下午才能看完她一罐子的收藏品。在此之前我从不知道原来世界上竟有这样多各式各样的橡皮，我甚至一度以为文具店里那十一块钱一盒的卡通画橡皮已经是这个世界上橡皮的极致了。一盒里有房子、绿树、白云、灌木、篱笆、小鸡和一个性别不明的小朋友，更加令人惊奇的是，它们都是橡皮做的。

我外公曾经给我买过一盒，是我在幼儿园数苹果大赛中勇夺第一名后，奖赏给我的纪念品。第二天我觉得自己是这个世界上最富有的人，可一到阿毛家里我立刻又觉得她才是这个世界的女王，而我只不过是壁炉里挂着灰的蜘蛛网，不值得一提又毫无存在感。

阿毛的橡皮确实很值得一提，她那九大罐子橡皮绝对不仅仅是橡皮那么简单，那是一个崭新的世界。每当她扭开那红色的塑料盖子，新世界的大门就"轰"的一声向我打开了，类似于多年后的热门动漫《名侦探柯南》里的片头效果。

许多年后当我已然上了高中，第一次吃到葡萄柚这种东西时，周围的同学都在问"这种紫色瓤肉的柚子是什么啊"，我却早就知道这是葡萄柚了。

我许久以前就在阿毛的橡皮里见过，其中一罐以水果造型为主题的橡皮罐子里就有葡萄柚的切片橡皮，薄薄一片，橘色的边，紫色的芯，兴许还带有香味。

我举起来透着光看它，阳光能把橡皮照得透亮。我问阿毛："小张，这是什么?"阿毛说："姑妈说是葡萄柚。"我又问她："小张，葡萄柚是什么?"阿毛说："就是柚子里长出葡萄来。"

我心说，那可真神奇啊。那天回家后，我让我妈去买葡萄柚。可我妈说，什么葡萄柚，她从来没有听说过。我争辩道，阿毛的橡皮里有，于是我妈让我去吃橡皮，这件事情便不了了之了。

在我快乐的童年回忆里，到处都有阿毛的身影。在我几站路开外的自己家里，墙上贴着阿毛家的电话，如果我想她了，就会对着纸条按下一个个数字拨出她家的电话。一般都是她爷爷接的电话，我就大声地说道："喂，是老张吗? 我找小张。"

我们谈论的话题翻来覆去就那么几个，《猫和老鼠》《黑猫警长》《小龙人》以及巷尾的那家杂货店。阿毛会和我说，出溜溜球了啊，出小陀螺了啊……

说不了几分钟我爸就会把我赶走，他会说："好了好了，要是再早几年家里还没有电话，你还能托梦给阿毛啊!"我问他，托梦是什么，我爸便不再理我了。第二天在幼儿园里见面的时候，我问阿毛什么是托梦。阿毛说，就是把梦举起来，我就恍然大悟了，并且觉得阿毛真是个了不起的小伙伴。

到了冬天，最让人期待的事情莫过于下雪。苏州这个地方，并不会年年都下雪，有时即便下了也很快就会融化，无法积起来，不能积起来就不能打雪仗，让人无限遗憾。毕竟一到冬天，《幼儿画报》里那些森林里的小动物们、小明小红们都已经开心地打起了雪仗，如果我们不能一起打，那真是太让人悲伤了。

过年前后我会住到外婆家，那样即便我不上学也可以天天看见阿毛了。外婆家在一进进房屋的最深处，里面夹杂了好几个院落。中间那个庭院里有一棵蜡梅树，二月的时候开始爆出了一个个结实的花苞。每年蜡梅开花了，外婆就会说："好，蜡梅开花，好运连连。"有几年蜡梅没有开成，或者开得稀稀拉拉，外婆也要指着枝干上星星点点的白雪说一句："好，瑞雪兆丰年。"这让我感觉我外婆真是个怎样都要占便宜的人。

我上预备班那年的冬天，苏州下雪了，还下得颇为频繁，积起来了好几次。那些日子我早上起来，外公不让我出门，他先要爬上梯子将屋檐下的冰棱一个个掰掉才让我出去。他们解释说，不然中午太阳一照，冰棱开始融化，掉下来会砸伤人的。可实际上我从来没见过冰棱真的掉下砸伤人过，因为等到冰棱结不住往下掉的时候，它们那尖锐的下端早就融化成一个矮胖的椭圆形了。

意识到这点后，我外公就不再费劲掰冰棱了。于是有一次我进门的时候，一个小冰棱"哧溜"一下滑进我棉毛衫的后领子里，我触了电一样，一边狂跳一边"哇哇"乱叫。

隆冬时节，像我这样闲不住的小朋友们都待在家里，可偏偏大人们都忙得要命，于是外公将我和阿毛送去狮子林。我们一前一后坐在他那辆堪称巨大的自行车上，我坐在前面，车前的横梁上装了一个小木板做的凳子，我就小心翼翼地匍匐在上面，随时担心会掉下来，紧张得不得了。

那时候狮子林的门票还很便宜，更重要的是售票的阿姨是我二姑妈的朋友，于是我们不需要买票就可以随时进出。

彼时门口的两棵高大银杏树已经不复秋日的华美，满目的金黄变成了孤零零的几片褐黄叶片，树下一堆没来得及扫去的落叶被融雪打湿了黏在一起。黛青色的瓦片上是一层松软的积雪，亮晶晶地闪着光，正在慢慢融化。

我们穿过燕誉堂，通过小方厅，一路念叨着。我说："你看那些彩色玻璃真好看啊，是不是很阿拉伯风情啊。"阿毛会纠正我说："不是的，是伊斯兰风情。"我说："你怎么知道？"她说："你看《一千零一夜》里的插画。"我心说，阿毛懂得真多啊，一定有小学一年级的水平了。

跨过几个门槛，再穿过几道长廊来到九狮峰。我隐约记得九狮峰前有一块介绍这个景点的牌子，上面似乎说道，九狮峰这片假山群，粗看像九只狮子，但是细看又完全不像了，这就是奥妙所在。当时我心说，这到底有什么可骄傲的啊！

这片假山是个可以捉迷藏的地方，有时候游客不多，感觉这就是朕的私家花园。除了假山下立等可取的拍照大叔外，一切都不会让我出戏，感觉十分的好。

我们可以乐此不疲地玩上一整个下午。有时候在假山里钻来钻去会把自己绕晕，爬到最高处看见湖心亭，想要下去，一转身，咦，怎么看见的又变成了真趣亭？

绕不出来的时候，阿毛就会假装镇定地站在假山堆里 cos 小龙人。她将帽子兜在头上露出半个脑袋喊道："妈妈！妈妈！你在哪里？"

我就在另一处假山里喊道："我在这里！"

我们可以成功地会合，但有时候仍然绕不出去。当我们急得快要投湖自尽的时候，拍照的大叔就会在下面喊："右边，一直往右边走啊！"这下子我就完全出戏了。

年后庭院里的蜡梅花如愿盛开，香气浓郁。透明的蜡梅花瓣有着奇异的韧性，怎么扯也扯不断。那年的最后一场雪还压在黝黑的枝干上，梅花便一夜之间在雪中盛开。屋檐下还挂着冰棱，瓦片上垛着一团团松雪。正午的阳光下，天气便不那么阴冷了，到处都亮晶晶地闪着光。外婆照例说"好，一年的好运"，然后折下来几根枝条拿回家摆在洗干净的玻璃瓶子里。

我不辞辛苦跋涉到阿毛家，在窗外嚷道："小张，小张，跟我来看蜡梅！"

阿毛就穿好衣服跑出来跟我去外婆家，见到了黄澄澄的半透明的蜡梅，她果然也很喜欢。我说："你可以折几根带回家的。"于是，我们便去折小枝条。可奇怪的是，外婆折的时候还好好的，轮到我们时，这枝条便充满了韧性，怎么也折不断。

于是，勇敢的少女阿毛跳起来抱住枝条，像一条被绑住四肢待烤的小乳猪般勾住枝条开始摇晃起来。我在旁边大喊道："加油，加油！"几秒钟后阿毛就"啪"的一声抱着枝条摔在了被积雪覆盖的泥巴里。

最后，阿毛穿着湿答答的粘了一背心泥巴的新外套，哭着回家了，怀里抱着一根蜡梅枝条，上面有蜡梅花若干，散发出馥郁香气。

幼儿园毕业那年，小巷里的这家幼儿园也随之解体了，灰绿色的校园被漆成了粉红色，挂上了培智学校的招牌。我问大人什么是培智学校，他们说，就是培养智力的地方。我还是不太懂，但他们又不理我了，我只好像往常一样去问阿毛。我说："小张，培养智力是什么意思？"阿毛略微思考了一下说："就是培养科学家的地方。"我又恍然大悟了，阿毛总是能给我想要的答案。

于是等我上小学后，同学们问我："你是哪所幼儿园毕业的啊？"我就说："我是培智学校毕业的，以后可能会成为一位科学家。"又过了一段时间，我才发觉哪里不太对劲。

幼儿园校舍翻新的时候，操场上堆满了建筑垃圾和成山的桌椅。有一天阿毛和我说，绕过操场竟然还有一个后门。我说："不可能啊，操场的北面是没有门的啊。"阿毛说："是啊，可是现在那里真的出现了一扇门啊。"

她盛情邀请我一起去探险，在那个漫长时光里的炎热八月午后，我刚看完《西游记》，于是毫不犹豫地就答应了。

我们躲过了正在翻新校舍的施工队，绕过了操场，走过堆成小山的课桌椅子，来到操场的最北面，那里真的出现了一扇以往没见过的门。事后家长们都说，我们记错了抑或是我们在撒谎，可那时，我们真真切切看见了一扇老旧的红色木门。

木门虚掩着，推开门，里面是一片前所未见的空旷场地，每隔十几米有一道门，门边是算不上多精美的木质雕花窗，朱红色的木门通通都敞开着。目之所及，这些奇异的门和窗无穷无尽地向北延伸着，所有的门和窗都一模一样。

我们从不知道，那平凡无奇的小操场后竟藏着这样一个诡异的世界，于是我们充满好奇地向里走着，不停不停地走着，想看看木门和木窗后到底是什么地方。可不知道走了多久，那些一模一样的门和窗却永无止境地延伸着。

最后，我们来到一片空旷的操场上，和幼儿园里的那个几乎一模一样，但是堆积成山的桌椅已经不见了。我问阿毛，我们绕回来了吗？阿毛说："没有啊，你看那边，还是门和窗。"

我抬眼向前望去，前方还是无穷无尽的门和窗，间隔着十几米的距离，一道一道地延伸着，直到地平线的尽头。

我还想继续往前走，看看那些门和窗的后面究竟是怎样的一个地方，但是阿毛叫住了我，她说："别去了，回家吧，动画片要开始了。"

我再一抬头，发现火烧云从西边开始烧了起来，不知不觉竟然已经到了黄昏。于是我们只好悻悻然地回头，往回穿越那些无穷无尽的门和窗，推开那扇仍然虚掩着的褪了色的朱红色木门，回到了学校里的小操场，桌椅仍然堆成山，没有人来清理。

刚刚走出幼儿园的门口，就看见巷尾杂货店的老板娘在门外探头探脑，她一看见我们就喊了起来："啊呀，你们怎么在这里啊！你们赶快跟我来啊！"

随着她的叫喊，我们的家人开始从小巷各处赶来。我妈满头大汗地跑来，一看见我就一巴掌拍我额头上，她质问道："你死哪儿去了，那么久不见人影！"

我说："我们在操场里面玩啊。"我妈说："你说谎，操场我们早就找过了，你们不在！"我说："我们不是在操场上玩，我们是在操场里面玩啊！"

阿毛的妈妈问她："操场的里面是哪里？"阿毛说："就是门背

后啊。"

随即，我向大人们绘声绘色地描述门里面那一扇扇一模一样的门和窗，可他们根本不相信。我妈说："要是里面全是一扇扇门和窗，你怎么还敢往里走？"我就大声回答道："因为有阿毛！"

阿毛的妈妈领我们回到操场，可令人着急的是，我们怎么也找不到那扇半掩着的朱红色木门了。

事情便这样不了了之了，我们被各自揪着回了家。回到家时天已擦黑，我惊讶地发现我竟然在操场逗留了近六个小时。我问我妈："操场的北面是什么？"我妈奇怪地说："一条马路啊。"从此以后，我再也没有踏入过那所学校。

暑假临近尾声，在我开始准备上小学，暑气也不再那么蒸腾的时候，我的小伙伴阿毛要搬家了。她邀请我到她家里最后一次欣赏那些橡皮，我照旧坐在那个属于我的暗红色天鹅绒面琴凳上，背后的钢琴已经被罩上了白色的防尘罩。

我问她："小张，你不把钢琴也带走吗？"阿毛说："太远了，带不走。"

我又问她："你要搬去哪里？我来找你玩呀。"阿毛说："美国。"

我的眼睛一下就瞥到了对面墙上贴着的世界地图。我说："啊，怎么那么远，在海的那一边，我都没有见过海呢。"阿毛说："我也没见过，听说美国在地球的另一端呢。"

我感觉到了一些奇异的情绪，但是怎么也描述不出来。阿毛挨个打开她的那些橡皮罐子，拿了九块橡皮送我，她说："给你留作纪念。"

我将橡皮收在口袋里。她又从抽屉里拿出大富翁棋来，要和我玩。游戏的最后我赢了好些钱，伸手就要去拿盘子里的塑料筹码。可是阿毛拦住了我，她说："我有更好的钱给你。"说着她跑进了里屋，不一会儿拿了两张绿色的纸钞，塞进我手里，说："你拿着呀，拿着呀。"我便茫然地拿着了。她又说："你带回去呀。"我说："可是小张，这是你的钱啊。"

阿毛说："我送给你的。"

当天晚上很晚了，阿毛的爸妈带着阿毛到我家来要回那两百美元，我将纸钞从我放纪念品的抽屉里拿出来还给他们。阿毛在一旁显得十分沮丧，而我们的爸妈在那里尴尬地互相道歉。临走时，阿毛又从口袋里摸出两张大富翁游戏里附带的纸钞送给我。我其实挺高兴的，因为上面印着1000，而且还有有趣的图案，我觉得自己赚到了。

阿毛将千元大钞塞在我手里，像下午那样说着："那这个送给你吧，"又小声而不满地说道，"其实没有刚才的那些钱好的。"

阿毛和她爸妈去上海赶飞机那天，小巷里的邻居都站在她家门口和他们道别。虽然她爷爷仍然居住在那间房子里，但里面大部分的家具都套上了白色的防尘罩，显得格外空荡而没有生机，唯一的一抹亮色是窗台上的多肉植物。

邻居们拍着阿毛爸爸的肩膀，嚷道："去了就别再回来了！"大家便起哄笑了起来。没什么离别的悲伤气氛，阿毛的爷爷也站在一边点头说："这是好事。"

阿毛被她妈妈紧紧地攥住，我没什么和她说话的机会。直到最后道别结束他们要去车站了，阿毛的妈妈才弯下腰来和她说："快和你的小朋友道别吧。"

　　于是我走上前，我不知道要和她说什么，可离别却又近在眼前。我只好说："小张，我可能不能去看你了，美国太远了。"

　　阿毛点点头说："我知道，在地球的另一端呢。"

　　接他们去车站的面包车停在巷口，我的耳廓很快就盈满了行李箱轮子在石板路上滚动的声音。没走几步，阿毛又回过头来冲我嚷道："窗台上的植物送你。"

　　我跑上前问她："哪一盆？"

　　阿毛一边被她妈拖着往前走，一边费力地扭过头来和我大声说："那盆宝石花！"

　　随后我看着阿毛上了车，又折回去拿那盆宝石花。刚才还聚集在阿毛家门口的人群已经散去了大半，还有些人在和阿毛的爷爷说话。

　　我走进阿毛家，爬上琴凳去够窗台上的多肉植物，拿到手后，我爬下来一转身看见她的那些宝贝橡皮也都没有带走。

　　那些橡皮沉闷地挤在一起，失去了往日的光泽，一定是因为没有了阿毛。

　　晚上，我将那盆宝石花带回了自己家，放在狭小的院子里种了起来。多肉植物很好养，掰一段大块的宝石花插在泥土里它又能长出新的来。一直养了很久，直到我离开老宅搬去公寓房。

又过了许多年，我念大学的时候，一个叫张娅静的 ID 在社交网络上找到了我。她给我留言说："你是曾良吗？我是毛毛啊！"我回复她说："啊，小张。"

阿毛已然是我不认识的模样，过着我未曾想象过的生活。她问道："我走了之后你过得还好吗？"我说："还好啊，只是感觉童年时代都因为你的离开而结束了。"

阿毛说："那我还是继续留在你的童年吧。"

之后这个 ID 便没有再被登录过。

有些人一旦离别不能再重逢，只好在回忆里永不褪色。

少年於克邪

　　於克邪是我童年时代的小伙伴，不是那种一起看色色的东西然后啪啪啪的小伙伴，而是那种一起在大明湖畔划船的小伙伴。

　　是的，他就叫於克邪，一听这个名字就知道他不是我们这儿的人。

　　我们这儿的人是不可能叫於克邪的，而且说实话我们这儿也应该没有人姓於，我一直怀疑他可能是少数民族，反正他来自中国的很南边，两广那儿。不过，那时候我觉得如果我说他是少数民族等于把他排挤出了汉族这个温暖的大家庭，这样子很不好，於克邪一定会伤心的，所以我没那么做。我憋在心里很多年，也没问过他，我真是个善良的人。

　　好吧，说回来，如果我们这儿有人叫於克邪，那么你的邻居和同事就会表面对你呵呵呵呵，然后一转身就说，这人家里肯定是跳大神的。

你们知道跳大神和盗墓一样，虽然气氛上还挺有赚头的，但可惜都不是什么正经职业，最起码相亲的时候你不能和人家说："小姐你好，我们全家都是跳大神的。"

我记不清和於克邪具体是什么时候认识的了，反正我出生时他就已经住在那里。他比我要大一岁，等我有记忆的时候，脑子里就有他了。

当我还很小的时候就和现在一样，对于睡懒觉这件事情非常热衷，这么说来，我这个人其实还是蛮专一的。

我爸妈、我爷爷奶奶、我外公外婆都不能把我叫起来，可是於克邪很有本事，精力旺盛的他通常在早上七点就会起来，然后吃个早饭接受他奶奶的一顿训斥，八点就会准时出现在我家卧室的窗台下。

"赵曾良，起来了，我带你去游花船！"

游花船啊，很高级的是不是？这种东西通常只能在《戏说乾隆》这种高级的电视剧里才能看见，一般的电视剧里还没有呢。当时的我没能抵抗住诱惑，一骨碌就爬起来了。

这之后我妈看於克邪的眼神就很复杂，她总觉得这个小孩来路不明。

觉得他全家都来路不明。

於克邪是个说话很艺术的人，他说的是"我带你去"，一下子就确定了自己的老大地位和我的狗腿跟班地位。

他雄赳赳气昂昂地带着我跑到平江河上——那时候我家住在平江区的下东区——瞅准时机看见某个环卫工人不在了，他就果断拉着我一起跳上打捞垃圾的小舢板船。

然后，我们蹲在垃圾堆里，於克邪傲立在船头，伸出右手做指点江山状，很享受地对着我："曾良爱卿，这幅《清明上河图》不错吧?"

一般我会说："《清明上河图》是什么?"

於克邪就会点点头继续说："朕就知道你也觉得不错!"

回去之后因为一身的酸腐垃圾味，我毫无疑问地被我妈一顿胖揍。

我便暗暗发誓，再也不和於克邪出去了，再也不游什么花船了，那根本就不是花船，那是垃圾船!

但是我说过了，於克邪是个说话很艺术的人，所以第二天他说的是："曾良，出来，我带你去航海!"

啊，幼小的我又把持不住了啊!

昨天才看完《辛巴达航海历险记》啊! 金山银山等着我啊! 还有漂亮的波斯妹子啊! 搞不好人家还是公主啊!

我这样充满了爱与正义的小朋友怎么可以不去呢，于是我一骨碌就爬起来了。

然后一身垃圾味地回家，被爸妈男女混合双打，号叫着发誓再也不跟於克邪出去玩了。

第三天我打定主意，不管於克邪是叫我去游花船还是去大航海，就算是去逛妓院我都不去了! 绝对不会去!

可第三天於克邪说的是："曾良，起来，我带你去火星玩！"

所以，那天晚上等着我的是一顿男女混合双打胖揍。

但是，我根本没有办法很长时间生於克邪的气，因为下午一点必须去他家里看《西游记》。去他家里看倒是很好啦，可问题是我和於克邪都是话痨，最爱讨论剧情，可他有个哥哥叫於祛病，於祛病是个非常高贵冷艳的人，他不喜欢讲话也不让我们讲话。

也许你会问我为什么非要去於克邪家里看，可以在自己家里看啊。

是的，我当然可以在自己家里看，可是……直到写这篇文章的时候我才真正思考过这个问题，在此之前我没有想过还有在自己家里看这个选项。由此看来，我和於克邪的智商都十分让人捉（着）急。

我其实非常喜欢於祛病，因为於祛病是个高贵冷艳的小帅哥，他一般不说话，但是他说的每一句话我都很喜欢。

比如：

於克邪，把你昨晚吃剩下的MM豆拿来糊住曾良的嘴！

於克邪，把你昨晚吃剩下的巧克力拿来糊住曾良的嘴！

於克邪，把家里能吃的东西都拿出来摆在曾良面前！你们给我闭嘴，不要再说话了！

还有当我被对面巷子的小张抓了脸之后很怂地躲在角落哭，於祛病就会突然出现在我面前问我："赵曾良，有人欺负你了吗？"

我就会心虚地挺起胸膛说："没有啊，我刚才没有被小张抓脸啊！"

於祛病就会很有伟人风范地冷酷地点点头走开，过了一会儿拿过来一条手帕，淡淡地说道："喏，给你，小张的手帕。"

我便会茫然地问他："干吗啊？"

於祛病便说："给你擤鼻涕啊。"

当然，他的话也有我不太喜欢的时候。

比如说，他有时候也会这样说："於克邪，你的饼干盒子离曾良太近了，明天你会没有早饭吃的！"

偶尔也有於克邪生病不能来找我玩的时候，例如，他跑去河边折柳条然后摔到河里去之类的，这时候於祛病会顶着一张高贵冷艳的脸来找我。

"赵曾良，起来了……"他在窗口悠悠地喊道，我立刻就会感受到一阵无形的压力，然后一骨碌爬起来。

於祛病不会和我去钻垃圾船，他喜欢和我讲历史。

"你知道有个将军叫霍去病吗？我以后也是要成为将军的人！"

"曾（真）的吗？"

"霍去病是个很厉害的人！他杀蒙古人，还去过七大洲！"

"曾的吗？"

"真的！我做了船长就封你为大副！"

"曾的吗？那你能先给我吃点巧克力吗？"

"好的，大副！"

我奶奶后来见到了他们兄弟俩，握着他们的手，表情和算命的一样严肃，摇摇头说："你们这个名字不太好啊……我觉得不吉利！"

然后，他们就跑开了。我问我奶奶哪里不吉利了，我奶奶说："他们肯定找不到女朋友，你不要和他们玩！"

不过，我不太明白里面的逻辑关系，所以依旧和他们一起玩。

於克邪他们家人很多，住在一个大院子里，他有好几个表兄弟，表兄弟们都姓杨，我爸说於家是以前南下的分家，杨家才是本家。

当时我还不能理解什么是分家什么是本家，于是我问我爸："什么叫分家啊？"

我爸爸说："就好比说於克邪他们是杨家乡下上来打秋风的穷亲戚。"

这么一说我就懂了，原来於克邪是农民。

我这个人从小藏不住秘密，当天下午我就跑去找於克邪，一脸兴奋地告诉他这个秘密："於克邪，你长大之后要回乡下做农民……书上说农民伯伯都是伟大的人！"

一想到於克邪这个虎头虎脑的小伙伴以后要成为伟人而我注定平凡一生，我就不禁热泪盈眶起来。

但是於克邪安慰我："没关系，成为工人也一样的伟大，呵呵呵。"

"可是你哥哥要当船长啊，怎么办？"

"别理他，他看书看得脑子傻掉了！"

啊哦，我好像更崇拜於祛病了，在我大字不识几个的时候，他竟然已经可以看书了！

慢慢地他们长大了，到了要上学的年纪了，你们知道上学是要户口的。可他们不是本地人，所以要去派出所转户口。

当时的社会还是很保守的，风气也没有现在这么开放，我的意思就是说他们的名字吓到了派出所里的片警。

小民警说："你们这个名字不行啊，我们这儿没人叫这种名字。"于是，他们思来想去决定把名字都改成本家的姓氏也就是杨，装作自己十分正常的样子。

这之后因为院子里小孩太多了，打扰他们学习，于是於克邪的妈妈带着他们兄弟两个先后搬家了，先带走了於克邪，於祛病还在大院里留了一段时间。当年通信并不发达，这之后我便失去了他们所有的消息。

但是那之后我偶尔回忆起他们的时候，却总是只记得他们一个叫於克邪一个叫於祛病。他们明明改姓杨了啊，那他们现在究竟叫什么名字呢？

于是有一次我问起我妈："你还记得院子里以前那两个姓於的小孩吗？"

我妈说："记得啊，你整天和於克邪一起皮，他哥哥倒是很文静。"

"哦哦，"我点着头，"你也记得於克邪啊，那於克邪后来不是改名字了吗？他不是姓杨了吗，他叫杨什么呢？"

"他叫杨囡囡啊。"我妈看了我一眼说道。

"不不，"我连忙摆手，"我说的是学名，就是正式的名字，不是他们的小名。"

"学名就是杨囡囡，因为他奶奶不懂，看见这里的小孩都叫囡囡，就给他起了个名字叫囡囡。"

"可是……"我当时就震惊了，"可是……这样一来，整个名字连起来不就是洋娃娃的意思吗？"

"是啊。"我妈倒是很淡定，仍然在快速地切菜。

"那……那於祛病呢，於祛病的学名又叫什么？"我忍不住地问道。

"杨宝宝啊。"

咦咦咦咦咦……你在逗我吗？那不还是洋娃娃的意思嘛！

大学士陈翰林

记忆就像一片滩涂，潮汐牵引着海浪扑打到你的脚踝上，你很清楚，没有一片海浪的形状是相同的，你也不能踏入同一片海浪两次。

直到陈翰林上小六那年搬走为止，大人们都非常热衷于诉说我和陈翰林的故事。说是这样说，其实和我也没多大关系，这主要是陈翰林和我妈之间的故事。

你们看，陈翰林叫陈翰林，这就足以说明他爸陈虎对他的殷切希望。有时候他们车间里别的同事来家里做客，看着他作业簿上的名字竟还会念不出来，这时候他爸就很得意，解释道："翰林就是翰林院，读书人待的地方，都是大学问家，起码得是博士。"这样一来，小小的陈翰林就被街坊们喊作"大学士"。

他爸陈虎总说，他们老陈家从来没有出过一个读书人，他儿子陈翰林必须得是头一个。这听起来让人感觉怪怪的，好像他老陈家的列祖列宗铆足了劲要和陈翰林抢这个名号似的。但不管怎么说，他爸为了不让他输在起跑线上，老买些《唐诗三百首》之类的玩意儿让他背，一旦有客人来了，就命令陈翰林昂首挺胸地背诵三首，客人们肯定要说："你儿子可真是个读书人啊，以后是要做大学士的。"

再加上街坊们老是"大学士、大学士"地喊他，使得这位朋友有些搞不清楚状况，当真以为自己是什么了不得的大人物，从小就很讲究派头。

以上这些都是前情提要。

陈翰林三岁那年我出生了，因为他爸和我爸是相当要好的牌友，所以我出生三天后，他们举家来医院看望我和我妈。

三岁的陈翰林是个油头粉面的小赤佬，能够熟练背诵《唐诗三百首》中的三首。据说，那一天他梳着大背头，打扮得非常有派头，连孩儿面都多抹了几把，整个人香喷喷地就来了。提着一个用紫金色亮片装饰的水果篮，一个人跑在最前头，大老远还在走廊上就用他爸陈虎教他的话大喊道："丈母娘，我来看你了！"

嗓音嘹亮，声情并茂，一路喊到病房床前，把整个病房的人都给逗乐了，更是把我妈逗得眼泪都笑了出来，还夸赞陈翰林一表人才，前途不可限量。我算是看出来了，女人就是喜欢那些油头粉面的男人，哪怕那个男人才三岁。

这一瞬间还被拍成照片保留了下来。照片里梳着溜光水滑大背头的陈翰林正在献果篮给我妈，冲着镜头露出八颗牙齿，真是一个大写的不要脸，连我的风头都要抢，这位朋友是不是搞错了些什么，那天的主角应该是我才对，难道大家不是来庆贺我的出生的吗？

因此每当看见那张照片我便气不打一处来，当天真正的主角我呢，我又在哪里？照片里根本就看不见我，我已经被遗忘在了被子底下。

陈翰林没搬家前就住在我姑妈家隔壁，那是个很大的二层木结构小楼。小楼呈回字，当中围成一个四方庭院；二楼的一半是他们家的，两端是两个房间，他奶奶一间，爸妈一间，陈翰林和他奶奶睡，没有自己的房间；中间就是一个空荡狭长的客厅；厨房和餐厅在一楼，是合住的几家人家公用的。

一到下雨天，他家别提有多好玩了，雨水淅淅沥沥地从黛青色的瓦片上落下来，珠帘一般落在中庭里，庭院中央有一口井，四周还有引水槽，雨水一灌进去，便不停歇地运作起来。我站在巨大的窗边看着，开心得上蹿下跳。等雨停了，槽里的水还没有排完，我们便立刻跳进庭院里去踩水，踩得哗哗作响，还用力地在井边跳，比谁溅起来的水花高。

一会儿水都被排干了，我们就拖着湿答答的鞋子、裤子回去。他奶奶见状就跑下楼到隔壁的我姑妈家去告状，说我把他们家的地板都给踩脏了，我姑妈便会立刻咋咋呼呼地跑上来把我拽下去。

隔壁的姑妈家可就阴暗逼仄得多了，虽然同样是传统苏式二层木制小楼，可因为没有庭院的缘故，采光十分糟糕。他们和蒋绍聪一家合住，一楼被划分成了两部分，稍稍装修过的是蒋绍聪家的餐厅，木头桌椅随便摆摆的是我姑妈家的餐厅；二楼被两家人乱七八糟地隔成了许多间卧室，走廊小得我都不能和蒋绍聪并肩走。

而且这里没有井，也没有排水槽，一旦下大雨，处在低洼地的小楼便会被淹。我回去的时候，蒋绍聪就蹲在他家餐厅的椅子上，水已经倒灌了进来，他妈妈和我姑妈拿着脸盆往外泼水，他就蹲在椅子上看。我们都是学龄前儿童，没什么文化也看不了报纸，闲着无聊我就跟他讲刚刚在陈翰林家踩水的事情，蒋绍聪非常羡慕，他说："大学士家真厉害。"

他妈妈听见了，就警告他不准去，说井边那么危险，万一掉进去了他就要在里面做落水鬼。看起来虎头虎脑的蒋绍聪却是个胆小鬼，很信这一套，吓得要命不敢去了，但怕什么来什么，后来他自己掉到阴沟里去了。

那时候陈翰林的妈妈张虎在街拐角的狮子林做检票员，五块钱一张门票，在旁边的售票口买好，进门递给他妈妈，他妈妈把副票一撕就好了。得了这个职务的便利，张虎就总是叫陈翰林带上我和蒋绍聪一起去狮子林里玩。那时候街区还没有翻新，狮子林也没那么出名，他妈妈张虎多数时间是和一起检票的同事靠在门边嗑着瓜子聊着天。

狮子林原是别人的住家，住家当然不可能很大，加之那时候园林式样的建筑很多，我们跑进去便也没觉得多新奇，唯有那假山可以用来捉迷藏，打发掉一个下午的时间。

但也不能多玩，我真是服了蒋绍聪这个人了，连捉迷藏他也会怕。他一个人在假山里绕不出来了要哇哇大哭，走过一段阴暗的小道时要哇哇大哭，等我们去捉他，等得时间长了些，他就要脑补自己在世界的尽头，再也没有人会发现他，因而哇哇大哭。

哭得多了，他妈妈就开始对此有意见。蒋绍聪的妈妈是个非常难搞的人，说话总是阴阳怪气，而且一定要话里话外压着你她才舒服。这之后她就总说："我们蒋绍聪都是在家里学习的，不像你们，在外面玩惯了，比不得的，你们不要来找他玩。"又或者说："我们蒋绍聪是个乖小孩，就喜欢读读书，在外面野这种事情不行的，这点比不上你们。"

我姑妈听了便很生气，训斥我说："你要玩就自己去玩，不要总带着蒋绍聪，老去占人家张虎的便宜干什么呢，人家蒋绍聪以后学习不好都要怪你的！"

简直让我丈二和尚摸不着头脑。

由于比我们大了三岁，陈翰林一早是小学生了，开学后他奶奶和他妈妈便将他盯得很紧，很把这小学生的身份当回事。陈翰林也不负众望，每晚放学后都要在一楼的餐厅里表演写字和朗读课文，声情并茂，抑扬顿挫，大学士的名声不禁传得更远了。

餐厅同时也是通道，前面是临街的大门，后面则通向中庭，不单住户会使用，往来打水的街坊也很多。陈翰林写一会儿作业就要接受一次表扬，如果人多他便即兴诗朗诵一首，别人又夸他相貌堂堂，以后就算搞文艺也很好，这让他爸陈虎十分得意。有时候我在姑妈家，他便跑来叫我一起去吃饭，拿出陈翰林的作业来给我欣赏，边吃边指着田字格里的字认真点评，这个字写得非常好，有力挺拔，这个字稍欠火候，知道的晓得陈翰林在抄写生字，不知道还以为陈翰林在练毛笔字。

大学士名声在外，稍稍长大一些后又唇红齿白，水汪汪的大眼睛，伶牙俐齿，能说会道，连晚上来打牌的牌搭子们都要逗一逗他。

我爸更是不得了，还对他爸说："陈虎，你有这么一个儿子真是祖坟上冒青烟。"

但我爸这个人说话也阴阳怪气得厉害，不晓得他说的是正话还是反话。

过了两年，我跟蒋绍聪也开始上小学了，我们分别去了这个区里一东一西的两个小学。因为我爸妈下班晚，我不得不放学后先去姑妈家待着，边写作业边等爸妈来接。

陈翰林邀请我过去一起写作业，那时候他迷恋上写连笔字，还告诉我说："小学高年级学生人人都要会写连笔字，我们的作业必须使用连笔字写成，否则就是不及格。"

尔后他便让他妈妈张虎写一些连笔字，他耐心地慢腾腾地一个字一个字描起来。往往我作业都写完了，他一页字还没有写完，可他好像觉得很值，偷偷地告诉我，这样做很有好处，以后写起作业来会变得飞快，作业翻开来可好看了。

这着实让我惶恐了一阵，因为我怎么也不会写连笔字，升上五年级的时候还偷偷害怕过，老师会要求从此以后作业必须使用连笔字写成，结果并没有人提出这种要求，所以我直到今日也不会写连笔字。

那年起旧街区开始陆续改造，街对面将会翻新成商业店铺，配合着在地下建了一个巨大的停车场。停车场完工后，陈翰林兴致勃勃地带着我和蒋绍聪去冒险，我们打着手电在黑暗中穿行，在墙角发现了数盒彩色粉笔，于是陈翰林提议我们一起在墙上写字。

大概是人类天生就有一种破坏欲，我们三人兴致勃勃地写了起来。我在墙上写歪诗：春眠不觉晓，处处蚊子咬。蒋绍聪写了一个大大的"拆"字还用一个圈圈框出来，写完后回头一看，陈翰林写的是：我是赵曾良，来抓我啊！

气得我差点两眼一黑，"嗷"的一声昏古七（过去），赶忙拿了粉笔去涂我的名字。刚涂了几笔，就来了人，喊道："谁啊，谁在那儿？"我们立马扔了粉笔落荒而逃。

陈翰林那厮人高腿长没得说，几步就窜掉了；我那时整天在疯跑，速度快得像飞毛腿，一会儿也跑回姑妈家了；蒋绍聪在后面喊我等等他，太天真了，谁会等他。我回去了好久，也迟迟不见他回来，正当我开始担心他被人抓住了时，街坊过来喊他爸妈，说蒋绍聪掉阴沟里去了。

几天后，停车场管理员又过来挨家挨户地问谁家的小孩叫赵曾良，我姑妈知道后立刻给我爸妈告状，回去我就被一顿胖揍。他们边揍边问我，乱涂乱画就算了，为什么还要写自己名字。我说我没写名字啊，我妈非说我说谎，下手便更黑了，直把我揍得嗷嗷嗷乱叫。

等我再见到蒋绍聪时，他腿上已经打了石膏，上下学都要人接送，搞得十分麻烦。他妈妈便觉得这些都是我的错，明令禁止他再跟我出去玩。

姑妈嫌我总惹事，不让我放学后待在餐厅里写作业，给我一个塑料凳子，让我去屋外的石桌上写作业。她让我拎得清一点，和蒋绍聪连一个眼神接触都不要有！

这期间陈翰林也来过，一天天的穿得好像随时要去参加诗朗诵大赛那样，身上抹得香香的，一口一个阿姨真年轻、阿姨真漂亮，把那些中年妇女们哄得五迷三道，简直就是个衣冠禽兽。别人问他念书怎么样啊，他就说老师很喜欢自己，想让自己当大队长，但他觉得还是以学习为重比较好，因此婉拒了。

这番话让蒋绍聪的妈妈不住点头，还让蒋绍聪以翰林哥哥为榜样，以后也要做个大学士。因此当我指出事情的始作俑者是陈翰林时，根本就没有人相信我，蒋绍聪的妈妈还说我这是嫉妒陈翰林。开什么玩笑？我连"嫉妒"两个字都不会写，到底要怎么嫉妒陈翰林！

升上二年级后，蒋绍聪就每天都要写作业写到十二点，他妈妈又务必要陪着他，搞得自己也很累。我知道后觉得非常震惊，真看不出来蒋绍聪这个胆小鬼竟这样厉害，我每晚八点半就要睡觉了，根本撑不到九点，更别说十二点了，十二点是什么概念，一个大部分小学生都不曾踏足过的领域啊！

后来他妈妈见我老是写作业写得飞快，就问我，写那么快写错了怎么办。我说，那就写错了呀，什么怎么办。她又说，还要背课文吧，你什么时候背。我说在学校就背好了，他妈妈不信，非要我现场背一遍，我就背了一遍。接着她又出算术题给我做，我只好又多写了十道算术题。她见我都不怎么打草稿便说，算那么快铁定要粗心算错的，其实我平时确实很粗心，但那天偏偏没算错。她又叫蒋绍聪去算，结果他磨磨蹭蹭算了很久还算错好多。他妈妈便老大不高兴了，阴阳怪气地说我名字不好听，她说："你看我们家蒋绍聪的名字，他爷爷想了好久才起出来的，念起来朗朗上口的，寓意也好。陈翰林的名字也不错，弗¹晓得的还以为是书香门第嘞。撒宁²给你起的名字哦，念起来不顺口，港（讲）也港不出什么意思来，啊是你姆妈³给你起的?"

"弗晓得。"听蒋绍聪妈妈这样一说，我也认真地想了想关于名字的问题，好像真的不知道是谁起的，再说了，小孩子也分辨不出来名字好不好听。说起来幼儿园时有个好看的女孩子叫海螺，我特别嫉妒她的名字，那么好听。有一次好不容易逮着机会揪出她的错事来想去告发，被一众同学嘘走了，真是自讨没趣碰了一鼻子灰。

正当我陷入往事中时，姑妈却在阴暗逼仄的煤气灶前听壁角。一会儿我妈来接我时，她就鬼鬼祟祟将我妈拉远，将她听到的壁角全都倒了出来。

好歹是姑妈的邻居，我妈又不好直接发作，只能憋着一股气拎我回家，一路上就开始噼里啪啦地骂我："人家骂你你也弗晓得说句话，我看你被人卖了还要帮着点钞票。"

我非常地委屈，我说："我港了呀。"

"你港了什么?"

"弗晓得。"

"几天没吃生活⁴，你骨头痒了是吧?"

"嗯?"我非常莫名其妙，我又做错什么了?

---

1 弗：吴方言，否定副词，不。

2 撒宁：吴方言，疑问代词，谁。

3 姆妈：吴方言，妈妈。

4 吃生活：吴方言，指父母打小孩。

回去之后，我妈便向同样说话阴阳怪气的我爸说起此事，没想到出于同类之间的友谊，我爸并没有打算去嘲讽蒋绍聪的妈妈，反而去刻薄自己的姐姐，说她要是把这点心思用在正经事情上，早就好搬出去住新公房嘞。

不说这个还好，一说起这个我姆妈就更加上火了，接连说着，那陆之君的姆妈说要去买公寓楼嘞，连陈虎他们家都打算要搬嘞，你晓得说你姐姐，你自己怎么不把那些吃酒打牌的心思花在正经事情上，我们家弗晓得什么时候能搬走，你难道要住一辈子老房子云云。

但我爸不是那种会被别人说几句话就影响心情的人，你只管说，他就自己慢悠悠地做自己的事情，在那里用黄酒和盐腌鱼，蒸上去的时候自己再开一罐冰啤酒，不疾不徐，死样怪气。

不大好说陈翰林是因为在表演写作业这件事情浪费掉了太多时间而导致功课变差呢，还是他从来就没有对读书这件事真正地感兴趣过，总之慢慢地他作业越写越差，盯着一道数学题半天解不出来，成了蒋绍聪第二。

有一次我过去，他妈妈张虎正在说他，现在做两题错一题，看见我来了，陈翰林就给我解释道，所谓做两题错一题，也即是做四题错两题，做八题错四题，做十六题错八题，换句话说就是对了八道题呢！

听完这番话，我不禁陷入了沉思，这个小赤佬，嘴巴怎么能那么老，以后有他好受的，想完我就走掉了。

到了二年级的尾声，我们领完成绩单，还要再上几天学，评选优秀班干部啦，评选三好生啦之类的，下午就不再上课了。恰逢那时候街区改造也进行得如火如荼，对面的社区已经全部被推倒打算重建了，政府的安置费非常优厚，每户都可以分到公寓房，这让即将面临改造的姑妈一家非常激动，他们整日整夜地谈论这件事情。姑妈发挥她听壁角的特长，时常一惊一乍，一会儿说这个人有权有势，一会儿又说那个人掌管着分房，然后便是车轮战般的哭诉：我家很穷，我小孩很多，我要又大又好的房子。

因此蒋绍聪的妈妈就阴阳怪气地说："要是哭能哭得到房子，那大家都去哭好嘞，还挣什么钱呢，听听壁角，流两滴眼泪，不要太惬意哦！"

后来姑妈果然靠哭，哭到了一套又大又好的房子，蒋绍聪的妈妈就开始怀疑人生了。

到处都是碎砖和钢筋，我们觉得有趣得不得了，那个街区几乎所有即将放假的孩子下午都在乱石堆上跑。不但可以用钢筋去撬大石头，还可以设置藏宝地点，让大家去寻宝，就算什么也不做，只是跳来跳去也很开心。

大家都跳得好好的，就蒋绍聪往下跳的时候，双膝着地，磕在水泥地上，磕得鲜血横流。反正他运气一直都很不好，冬天用热水袋，热水袋破了把他的脚烫伤，改用汤婆子，汤婆子又把他的脚烫出泡，在学校里踢个毽子还能把头踢出一个包来。

跌破膝盖这件事情让他整个暑假都被禁足，不禁也不行，反正他又不能走路。陈翰林常来跟他说，他已经发现了真正的宝藏，大家很快就会一起出发去寻宝，将会有一段奇妙的旅程等着他们，差点让不能去寻宝的蒋绍聪急得哭出来。

大概是想提高一下蒋绍聪的文学修养，他妈妈买来了好些装帧漂亮的童话集，两本《王尔德童话集》，一本《尼尔斯骑鹅旅行记》。我从未见过这些书，在此之前我还以为世界上只有《安徒生童话》和《格林童话》呢。

那时候我姑父发明了一种简易的居家剪头发方法，一想到可以省下给我剪头发的钱去搓麻将，我妈立刻就将正在过暑假的我送了过去。

那方法非常地坑爹，就是拿一个塑料碗扣在头上，然后将没有被扣住的地方通通剪掉，光是想一想就知道剪出来一定蠢出天际。不仅如此，我姑父的手法还非常之差，剪得坑坑洼洼，把碗拿走后，我的脑袋活像被狗啃过。于是他这里修修那里修修，又把我的头发修得非常之短，头发短了后便乱七八糟地支棱着。看见我这副惨样，他不禁爽朗地笑了起来，还怪我平时不爱洗头，搞得头发那么硬。

完全没有人关心我的悲惨遭遇，不管我怎么号哭打滚，所有人看见我之后都只是狂笑，顶着这样狗啃的脑袋我没法出门，只能窝在餐厅里和蒋绍聪一起看书。实际上他根本就不爱看那些，他装模作样地看一会儿就拿出扑克来玩空当接龙了。

他妈妈过来看见我在看那些书就不大高兴，便说："蒋绍聪你怎么不看书啊，赶紧看会儿书。"于是蒋绍聪就把书拿过来，等他妈妈走了，书又回到我手里了。

晚上我爸妈去陈翰林家搓麻将，我一个人在蒋绍聪家的餐厅里看书，看得正起劲，陈翰林过来了，说他是大哥哥，有责任照顾我，要陪我玩。这油头粉面、舌灿莲花的家伙八成没安什么好心，果然过了一会儿他叫我跟他一起去捉鼻涕虫，鼻涕虫那么恶心的东西谁要去碰，结果他抱着盐罐头说他会魔法。

我们在水池边上找到好几条鼻涕虫后，他便拿盐去泼他们，鼻涕虫一会儿就化成水消失不见了，我要玩他却不肯，说是独门法术，价值一块钱。

打小就是财迷的我，不想付钱又要学法术，正想学我姑妈哭上一哭的时候，蒋绍聪的妈妈过来赶人，说要锁门了，我就只好跟着陈翰林去他家。

他妈妈那时候上晚班，老晚才回来，搓麻将的人见她回来了，就纷纷对陈虎说："你家的母老虎回来了，人家在上班，你倒是在搓麻将，母老虎发起火来不得了。"

陈翰林的爸妈都属虎，名字也都叫虎，因此给人感觉他们一家人都很凶很不好惹，可其实完全不是这样的。他妈妈张虎是个健康壮实的妇人，因为经常站柜台，所以常年烫着大波浪化着妆，做事爽利，为人风趣，大家都喊她老虎，因为陈虎也是虎，所以大家又喊她母老虎。

"好呀，你们在我背后喊我母老虎，我是要发发威了。"陈翰林的妈妈一边这样说，一边手脚麻利地给大家泡茶，拿瓜子。

"哎哟，不得了，不得了，母老虎发起火来，谁能不怕。"大家每次都要这样故意打趣，搞得不相熟的人真以为陈虎家那个母老虎凶得不得了。

好像怕气氛不够热闹似的，陈翰林一会儿冲着我妈大喊"丈母娘、丈母娘"，一会儿又喊他自己的妈"那只母大虫""那只母夜叉"。

这就像电视上用蛋糕拍人脸的桥段那样，也不知道有什么好笑的，但每次他们都会笑。相信你们也发现了，丈母娘和女婿这个关系仅限于我妈和陈翰林之间，和别人都是没有关系的，但陈翰林从来没有改过口。

大人们一会儿让他诗朗诵，一会儿让他看着夜色即兴写作文，他就念歪诗说"举头望明月，低头见狗头"，此处配合指着我的头。

他妈妈让他去老虎灶里打点水，但他在人群中快乐得像个花蝴蝶根本不肯走，就喊他妈妈是"凶狠的母大虫"，"恶毒的贼婆娘"。

他爸便呵斥他："你怎么说话呢？信不信我揍你，别没轻没重的！"

他就装出一副老实巴交的样子来，好像知道自己错了，一句话也不说，大家就赶忙给他求情，说你儿子知道错了，别怪他了。

这简直让我目瞪口呆，要是我敢叫我妈"母大虫"，绝对会被打成高位截瘫的。

晚上回家后，我问我爸："为什么陈翰林的妈妈一点也不凶，你们非要喊她母老虎，非要说她厉害啊？"

这时我爸就发挥他阴阳怪气的本事说道："就是不凶才可以开玩笑啊，像你妈这种真的母老虎，谁又敢说她呢？"

我妈说："你说什么？"

"我说大家都不敢说你。"

"你再说一遍？"

"不敢说你。"

情况一下子就白热化了，看来不打起来是不行了。但你们也知道苏州这个地方的民风并不彪悍，也不尚武。除非是非常丧心病狂的人家，夫妻之间才会互相毆打对方，平时有矛盾，一般就是站得两米开外，互相叉着腰骂对方，你是不是有毛病？要不要吃点药？要不要我给你点耳光嗒嗒[1]？讲究一个你来我往，适当的时候要给邻居使眼色来劝架，然后各自宣布自己获胜就可以了。

但是这种没有邻居，不打起来又说不过去的场合，就需要使用一些道具，于是他们就互相朝对方投掷速冻的汤圆。这让我非常难过，坐在地板上号啕大哭，因为本来说好让我明天吃汤圆的。

等我再开学升上小学三年级时，经过一个暑假的漫长扯皮，姑妈他们所在的街区也已经签好了搬迁协议，等待着进入新公寓楼。

那时候我们便忙着一家家地去吃搬家饭，去恭贺乔迁。蒋绍聪家搬到了东中市（一个地名，不是城市），他妈妈便忙着要给他换学校，说以前的小学水平不行，害他儿子功课不好，还说她原本就觉得这个老街区风水不行……那时候人人都忙得要命，等一切安顿下来，蒋绍聪家早就不知去向了，我竟再也没见过这个虎头虎脑的小伙伴。

外婆家隔壁有个性格古怪的画家，成天画些山水画，据说原来还是我妈的小学同学。他把画一张张地晾在屋子里，但有人见了要去买，他又不卖，觉得暴发户不懂他的艺术。由于过得穷困潦倒，不多久他老婆就和他离婚跑了，留下两个小女儿给他。我爸和他是吃酒的朋友，倒是说得上话，为了给陈翰林家恭贺乔迁之喜，就和

1　嗒嗒：吴方言，此处为"尝尝"之意。

他求了一幅墨宝，他挥毫写了"谈笑有鸿儒"几个字，我们就给陈翰林家送过去，他爸陈虎非常高兴，赶紧找人裱了起来挂上。

其余人又送了一众布老虎、步步高升竹和甘蔗。吃过饭，陈虎带我们参观他特意留给陈翰林的书房，他花大价钱买了一套书桌、书柜，并且出手阔绰地给陈翰林配了一台电脑，这让我非常羡慕，眼睛直放绿光。

大家便开始鼓励陈翰林好好学习，他立刻背手而立，说道："谢谢爸爸、妈妈的辛苦栽培，我一定会好好念书，争取考个好中学，以后好好孝敬你们。你们的苦心我都是懂的，不会辜负你们。"

等他们终于客套完了，我一个箭步冲上去对陈翰林说："我要玩你的电脑！"

他便开出一个大富翁游戏给我玩。大人们打了几圈牌，看时间也不早了，我却还没有玩够，依依不舍地离开了陈翰林家，想着以后还会有机会再来的。

没想到我再去他家已是四年后，那时候陈翰林刚刚中考完，考成了一团糨糊。而更让人尴尬的是，直到考分出来前，他还一直和人说自己估分保守起见有 630 分，这让他爸陈虎大喜过望，实在是憋不住了，四处和人说："我儿子这次最起码能有 630 分！"大家立刻就贺喜他："陈翰林真是没得说，以后肯定要上清华北大的！"陈虎就说："男孩子还是要学理科，说实话北大我是有点看不上的。"

于是一众朋友又撺掇陈虎去订个大酒店，大家好庆祝陈公子中考大捷。他爸妈一商量立刻兴兜兜地去订了一个大酒店，只等着陈翰林分数出来，最好是要冲到 640 分，在全省拿个好排名。

他爸天天打电话来和我爸说："那要是 630 分还往上，最好的高中都是不在话下的，我看还能进个尖子班，等进了尖子班，我再给他换台电脑。"

这番话让我妈听见了，她便奇怪道："怎么，老虎家现在发财了？"一会儿又说："要是陈翰林出息了，现在花的这点钱也不算什么，以后他们老陈家真是要光宗耀祖了。"说着说着又想起我来，骂道："你怎么就这么没出息，我都不指望你考什么 630 分，你随便给我考个高中就行，要是连高中都考不上，信不信我扒你的皮！"随后又是一些"你学学人家陈翰林"之类的老生常谈。

等陈翰林考了 512 分这个消息出来后，我妈就再也不提陈翰林如何如何了。原本他爸应该暴揍他一顿才对，但现在也没了心思。他自己到处说儿子考了 630，等分数出来后就躲在家里不好意思见人了，自己一个头两个大，没心思再去揍陈翰林，于是我们吃了一顿非常尴尬的升学饭。

因为我妈和张虎几年没见，张虎就叫我们去家里小坐。四年没见，陈翰林又长高了许多，还是一副唇红齿白的样子，嘴非常甜，完全看不出什么懊恼的神色来。他家里倒还是老样子，客厅正中央挂着那副"谈笑有鸿儒"，饰品柜里摆着许多小老虎。

一坐下来聊天，我爸就阴阳怪气地说他："怎么自己做的卷子都不会对答案了，一对就对错一百多分，我看你也是个人才。"

换作别人听到这番话，可能要羞愧地去死了，可陈翰林面不改色道："答案嘛，有时候也是模棱两可的，我觉得对，他觉得错，一个不凑巧就差了一百多分也是有的，可是男子汉大丈夫也不该拘泥于一次考试。"

他妈妈张虎说："你少说两句吧，那么会说，怎么不多考几分，现在连上高中都成了问题了！"

"上高中还是没有问题的。我和老师说一下，请他们推荐推荐，凭我平时的表现，上个高中总归是不成问题的。"陈翰林好像完全不着急自己的学业问题。

"这么有本事啊，"我爸边喝茶边阴阳怪气道，"那还等什么，时间紧迫，现在就去和老师联系吧。"

不一会儿大人们又去打牌了，陈翰林就过来关心一下我，类似于，你学习好不好啊，挺久没见变化很大啊，要不要跟我去玩会儿电脑啊，有什么不懂的题目你可以来问我，千万不要客气啊。

随后便将他的手机号码给我，并且说道："我现在很忙的，很多人都要找我解决问题，反正我也是能者多劳了，不过你要是给我发短信，我会优先回你的。"

"我们还是去玩一下电脑吧。"

于是陈翰林将我带去书房，我见他已经换了台崭新的电脑，情不自禁地伸手摸了摸，他便得意道："这可是最新的配置，那些大的游戏都带得起来。"

"我能玩一下《仙剑》吗？"

"那么过时的游戏谁要玩，你来看我玩《侍魂》吧。"

"《侍魂》是什么？"

"唉……你真的……初中生小鬼头真是什么也不懂。"

开学后陈翰林就去上了一所师范中专，他爸陈虎又开始计划，几年后升大专然后再专升本，去做个老师，也是个体面职业，只要上过大学，他们老陈家就算是出了一个读书人了，他也不算愧对列祖列宗。

见陈翰林运气这样好，没考上高中也能得到新电脑，我便心里不平衡起来，缠着我妈也要新电脑，我妈说："你考上了高中我也给你买。"后来我考上了高中，她也不肯给我买，我便大吵大闹道："陈翰林还没考上高中呢，就有新电脑，你说好给我买的，凭什么不买！"

我妈便将我打了一顿，说我好的不学学差的，竟然敢拿陈翰林做榜样。

上高中后有一次在文化市场买书遇到了陈翰林的老爸，他爸爸叫住我，说几年没见我还是老样子。我愣了一会儿，这才认出是他爸爸陈虎，也不知道怎么回事，他看起来老得厉害，头发已经花白了。

客套了几句后，他叫我去他家里玩，我说："好呀，空了就来。"

"什么空了就来，必须要来，陈翰林要结婚了！"

"什么？"

"房子都装修好了，就等办喜酒了。"

回去后一问我爸，才知道确实有这么一件事情，我奇怪道："那你怎么不告诉我呢？"

"这种事情告诉你干什么，"我妈说，"你以为陈翰林结婚是什么好事情？老虎白叫老虎了，一点也管不住儿子，由得陈翰林在那里胡扯，要是我，早就打乖了。"

"你不是陈翰林的丈母娘吗？"我爸说。

"谁是他丈母娘，不要触我霉头！"

听我爸说，其实陈翰林结婚也不是他愿意的，他中专都没有毕业，别说再念什么大专了，他爸只好求爷爷告奶奶去学校里恳求校方先让陈翰林继续念大专，中专缺的课再慢慢过，也不知道走了什么关系，最后校方就勉为其难地同意了。

又说陈翰林上了大专后人长得越发标致，站在人前十分神气，也不知道怎么搞的，就把班里女同学的肚子给搞大了，对方来闹了又闹，学校就把陈翰林给开除了。他爸爸大为光火，还在上班呢，立刻跑去陈翰林的学校将他一顿狠揍，差点打断他的肋骨。

最后两家商量了一下，还是结婚吧，他爸爸气消了，觉得虽然不能继续念书了，但是先结婚有个小孩，照样也算对得起列祖列宗了。

于是找了个周末，我们便提着一条蚕丝被去了他家。陈翰林反正也不念书，又不工作就整天在家里闲着，我们来了，他就一起过来招待。

"怎么还不去工作？"我爸问他。

"可能还是要去学校念书的，我以前一直帮老师处理事情，耽误了学习，但很多事情吧，没有了我就真的不太好办，过一阶段，估计还是要叫我回去的。"陈翰林说得很诚恳，要不是老早认识他我差点就要相信了。

"希望他结了婚稳定一点。"他妈妈张虎边说边带我们参观装修过的房子，"你看家具大部分都换了哦，这个沙发这次换了个真皮的，小赤佬的书房以后腾出来变婴儿房就可以了，我们把自己的主卧换给他了，买了一张新的大双人床，一样是真皮的嘞。"

"你们全部粉刷过了吧？"我妈抬头看了看。

"何止粉刷过哦，地板都撬了换新的，做婚房嘛，总归要大弄弄的。"他妈妈显得有些疲惫，不再是以前那种健康壮实的样子了，"你是不知道，足足搞了三个月，我是累死了。"

"蛮好的，蛮好的。"我妈点点头，"什么时候办仪式啊。"

"等孩子生出来再办吧，现在说是肚子大了穿婚纱不好看。"

"那什么时候领证啊?"我爸又问。

"下周，下周就去。"陈翰林说。

到了下周，吃过晚饭，陈翰林说要出门买点东西，他爸妈在客厅里看电视，叫他不要在外面逗留太久，他说好，出门后便没有再回来。

你的脸好像红苹果

大概易士冠从出生的那一刻起，就注定了他以后的绰号会被叫作"易拉罐"。

他是我第一个提前认识的同学，可那时候天真的我哪里能想到这个第一次见面就飞奔而来给我一拳的朋友，日后会成为我的小学和中学同学呢。

在那个科技还没有日新月异的90年代，年轻人的娱乐活动除了等待新片子的盗版碟上市，就是偶尔去夜总会唱个歌跳个舞，后来又出现了迪斯科和溜冰场，但不管怎样，任天堂FC红白机的出现都是具有历史革命意义的。

在那时好像哪个男孩子家里没有一台红白机，那么天哪，你就不要再说自己是个男孩子了好吗，回家去跳橡皮筋吧。

彼时的我还很小，站起来只有餐桌那样高，因此我姆妈不辞辛苦地将差不多高度的桌椅四角都包上柔软的布条，她怕我整日疯跑，磕到脑袋撞成一个傻子。但总之，还没成为傻子的我，也感受到了时代洪流的召唤，连梦里都是超级玛丽的背景音。

尽管因为年龄的关系，我永远只能是吸着鼻涕的旁观者，以及大孩子们背后的人肉背景墙，可这一点也不妨碍我痴迷地看他们打《魂斗罗》《赤色要塞》，在那里紧张地看着那些参与者们摁手柄，上上下下左左右右BABA……好好好，放大招了，暴击了，KO！

命运的时刻悄然而来。那只是一个平凡的傍晚，已经玩耍了一整天的表哥疲倦地将手柄丢了过来，我难以置信地握着手柄，激动地吸着鼻涕将画面调到《超级玛丽》界面，然后跳跳跳吃蘑菇，变成大玛丽，又跳过乌龟，顶出金币。我是如此高度投入，以至于没注意到表哥家里来了人。

正当我要跳下水管时，一个小男孩旋风一样冲了过来，冲我照脸就是一拳，将还在感冒的我鼻涕眼泪一起打出来。尔后他身手敏捷地夺过手柄，拔出《超级玛丽》的游戏卡插入《魂斗罗》，这番动作一气呵成，一看便是个中老手。

因为忙着打游戏而来不及擤的鼻涕此刻全部糊到了脸上，狼狈不堪之余又觉得备受屈辱，于是我立刻躺倒在地哇哇大哭起来。他老妈便骂道："易士冠，你怎么能打人呢！"

姑妈便在一旁和稀泥道："哎呀，小孩子嘛，闹着玩的，不要紧的。"

为了平息事端，我爸立刻小跑过来将我拖走，用热毛巾在我脸上胡乱地抹着，将鼻涕糊得满脸都是，因此我便哭得更加起劲了。

尽管我们是同龄人，但那时的易士冠比我要高上一些，而我又打小就是个识时务的俊杰，见他身手这般敏捷，之后几次在表哥家里见了他，立刻一跃而起躲得远远的，决不靠近红白机半步，看着他痛快打游戏的背影在心里默念不久前才习得的台词："哼，君子报仇，十年不晚。"

　　其实什么"君子报仇，十年不晚"我也就是随便说说的，没想到两年后我上小学时，竟然又在教室里遇到了易士冠。那时他却要比我矮上许多，坐在第一排，穿着一件墨绿色的格子衬衫，小短腿晃啊晃，圆圆的脸蛋红扑扑的，发型像半个西瓜皮倒扣在他脑袋上。

　　哎，谁能想到，看起来这样可爱的一个小男孩却是个如此狠辣的角色，他好像早已忘了我是谁，径直从我身边走过，并未表现出什么惊讶的神情来。我想，大概我只是他揍过的无数小孩中的某一个，也许他学龄前的爱好就是揍别的小孩然后抢他们的游戏机吧。

　　这样一想，我不禁就释然了。

　　时间过得很快，我们相安无事地做了三年同学，彼此之间说过的话不超过十句。易士冠还是没怎么长个子，稳稳地坐在第一排，念书不大灵光的样子经常被老师骂。除此之外，我也没再注意过他别的事情，也许按照这个势头下去，到小学毕业时我便会忘记我们更早之前就认识过这个事实。

　　这种美好的趋势被一次借作业所打断，念书不大灵光的易士冠不知怎么就来找我借作业抄："那个……赵曾良，你数学作业写好了是吧，借来抄一下。"

　　这时候被他揍过的记忆便及时地涌上了心头，我立刻拒绝道：

"不借，"并且不怀好意地低头看着他，慢吞吞地念道，"矮冬瓜。"

易士冠冷哼一声，白眼翻到头顶上，一边摇头晃脑一边大声说道："哟，也不知道是谁，小时候被我揍得鬼哭狼嚎，鼻涕眼泪都糊在脸上哦——"

闻言我立刻就坐不住了，口不择言道："那……那也是我年轻时候的事了，现在……现在又谁怕谁呢？"

班里的同学们立刻就沸腾起来，大声嚷嚷着"原来你们之前就认识啊"，"到底是谁揍了谁"。大家很快聚拢过来，易士冠这个小个子便得意扬扬、添油加醋地将那件事叙述一番，不要脸地将自己描述为一个顶天立地的大英雄，而我简直就是一个贼眉鼠眼、胆小如鼠的瘪三。

要是他平日里写作文能有今日一半精彩，语文老师恐怕都要乐得合不拢嘴了，而更加让人难以置信的是，原来这家伙从来就没有忘记过这件事情。

而这也着实让我非常焦虑，感觉除非我能当着全班同学的面将他揍出屎来，否则无论怎样都难以雪耻。

让人稍感安慰的是，没过几天易士冠就因为考砸了数学而被老师点名批评。头发已经花白的数学老太太推了推老花镜看着面前这个小个子，痛心疾首道："易士冠哦，你看看你，脸倒是像个可爱的红苹果，怎么既不长个子又不长脑子呢？我看你哦，是个长僵掉的小苹果。"

易士冠立刻不好意思地举起手里的《金苹果数学练习册》将脸埋在里面，我们便哈哈大笑起来，他的脸很快就涨红到了耳朵根。

那时候因为要听英语磁带的关系，几乎人手一个复读机，但我们的心思很快就飞到了各种各样的磁带上。在小商品市场里，不论香港的还是台湾的，无论邓丽君还是范晓萱，一律都是五元一盒，我们的日常娱乐活动之一就是交换彼此的磁带。

徐怀钰在1998年发行的专辑《我是女生》终于在那几年红到了我们之间，似乎大街小巷都在放着那首同名主打歌《我是女生》。

也不知道是谁起的头，数学课下课后，一堆人便围着易士冠唱起来："你不要这样地看着我，我的脸会变成红苹果，你不要像无尾熊缠着我，我还不想和你做朋友，你不要学劳勃狄尼洛，装酷站在巷子口那里等我……"

一看到此等好事，我立刻飞奔过去加入其中，起哄、加油、助威这期间就数我最起劲，我不但跟着唱还引导大家跟我一起喊："易拉罐，红苹果！易拉罐，红苹果！"

由于我实在是上蹿下跳得太起劲了，上课铃响了还浑然不觉，最终被班主任拎出去罚站。易士冠看着站在走廊上的我，偷摸做着鬼脸。哼，那又如何，反正我的脸可不像红苹果。

我可能确实是有些得意忘形了，完全忘记了这个红苹果脸的家伙本质上是个多么阴险狡诈的人。易士冠的复仇很快就来了。

中秋节的家庭聚会上，姑妈突然话锋一转，用略带责备的目光看着我，语重心长道："我前几天可是见到了易士冠啊，我都听他说了，你因为上课唱歌被老师叫出去罚站了。"

"呃……我……"

我爸妈立马震惊地看着我，那神情仿佛之前从来没见过我似的。我连忙解释道："不不，不是你们想的那样，我其实不是上课唱歌，而是唱着歌就上课了。"

"易士冠还说了啊，你功课不行，老是被老师点名骂，数学一直考不好。"

"我没有啊……谁老是被骂了，明明是他……"

可刚说到这里，亲戚们便哄笑起来，说我这是狡辩和恼羞成怒，便教诲我说："现在知道难堪了吧，平时就要好好学习啊，争取考个好中学，不然被易士冠比下去了我们不也没面子。"

原本明明没有恼羞成怒的我，被他们连番教育得果真恼羞成怒起来，哇啦哇啦大喊大叫，最后被我妈揍了一顿才算完。

这下我便更加讨厌易士冠了，觉得他是个阴险又卑鄙的人，很长一段时间内我都在认真思索揍他一顿的事情。但直到我升上五年级时他已经足足比我矮了一个头，如果我当真去揍他，会显得相当胜之不武，就好比当街揍一个侏儒，算怎么回事呢。同学们一定会嘲笑我的，思来想去最终还是作罢了。

原本事情到这里就该彻底结束了，我们的生活并没有多少交集，最理想的结局就是小学毕业后各自开始新生活，而我小时候被揍了一脸鼻涕的故事也将蒙上时间的尘埃，从此被尘封成一段不为人知的往事。

然而并没有，中学开学第一天又在教室里见到易士冠时，我的心情和见了鬼没什么两样。"啊，真是阴魂不散啊这家伙。"我苦恼地想道。

这一次他并没有装作不认识我的样子，仍旧矮矮的像个长僵掉的小苹果一样坐在第一排，在我从他身边走过时嬉皮笑脸地说道："哟哟哟，这是谁啊，不是赵曾良嘛……看来我又可以和你姑妈汇报你的……"

"闭嘴！"我狠狠地瞪了他一眼，"你再敢多事，信不信我像捏扁一个易拉罐一样捏扁你？"配合着说的话，我伸出右手张开五指又狠狠地旋转着握拳。

"好怕怕哦——"他摆出一副超级贱的表情来，"我要告诉你姑妈你想打我。"

要不是因为开学第一天在新同学面前大吼大叫或是动粗实在是不太好，我真想脱下鞋子扔他脸上，或是将他挂在旗杆上，脖子上套一块板，上书"矮冬瓜"三个字。

可我是个有理智的人，所以我克制住了这一切，只是在心里默默地扎了会儿小人。

也许我们应该感谢古惑仔系列的出现，如果不是有了古惑仔这样一个更为真实的江湖，那时候的我们还只能继续假装自己是圣斗士，并且会因班里没有足够漂亮的女生可以让我们假装她是雅典娜而非常失落。

总之随着 2000 年古惑仔系列的最后一部结束，随着 DVD 机在家家户户的普及，刚上初中荷尔蒙刚过剩的男孩子们都开始幻想自己能成为陈浩南。

这其中就包括我们的老朋友矮冬瓜易士冠同志，他人矮志气高，想成为史上第一个苹果脸陈浩南。为了更好地 cos 陈浩南，易士冠找了片木头插在书包里假装那是砍刀，并且为了更好地进入角色，他开始不断地挑衅别人，试图制造气氛打架。

那段时间，他成了一个表演欲望非常旺盛的人，也就是这样，我们发现了一个本来并不明显的问题，那就是易士冠是个轻微的结巴，每当他激动、紧张或者语速加快时，说话就会有些结巴。

　　而所有看过《猛龙过江》的人应该都知道陈浩南有个马子，叫作小结巴，她是个结巴……而我们的易士冠同学不但是个结巴还因为苹果脸有些男生女相，于是班里的男生建议他可以角色扮演一下小结巴。

　　"谁……谁是小结巴……叫……叫我浩南哥，你……你当山鸡！"感觉易士冠快要气疯了。

　　而班里另一些想当浩南哥的男生则毫不客气地嘲笑他痴人说梦，他们时不时便因这些问题而推搡起来，好几次易士冠都涨红了脸，学着古惑仔里的粗口，边高声叫骂边死死扯住对方的领子，试图营造出一股狠劲来唬住对方。

　　就这样直到初二，他第一次真的被人揍了。那时候易士冠已经惯常于摆出一副吊儿郎当的小流氓样子。尽管念书仍旧是不大灵光的样子，可也不见他为此担心，总是努力表现出一副看透一切的无所谓的样子来。明明还稚嫩得很，却偏偏要装作自己是已经在社会上混了几年的老油条。

　　与此同时，也不知道从什么时候起，曹国仁便是大家的老大了。我非常不喜欢这个人，刚入学时他总说自己是曹操的后人，注定要成为一代枭雄，后来又让大家喊他曹国舅，平日里又表现得像个老娘舅一样什么事情都要管。我心里烦得要死，心说，帮帮忙呢，这位朋友你是不是太看得起自己了。

但曹国仁没有感受到我的心意，之后变本加厉地将手伸得到处都是，不但主动要求帮老师批作业、办班会，还积极充当纠纷仲裁，其中有一次就帮助他手下的一位小弟金雨强抢了我一盒新买的跳棋。

我原本就坐在此君身后，曹国仁因而一度想要收归我为小弟，但那时我别扭性格的雏形已经形成了。至于我的性格究竟如何，简单来说就是，明明自己也很不怎么样，却老是瞧不起别人。

几次面对邀请，我都顾左右而言他地推脱了，这之后曹国仁和金雨之流的班级风云人物便不怎么搭理我了。在初二的结尾，我恰巧也因为总是上课说话而被班主任暂时调到了最后一排，如我所愿地远离了他们。

也就是在这样一个鼓噪的夏天，我似乎只是趴在桌子上睡了一会儿，便被我的老同桌李书笑给急急忙忙地推醒了："快醒醒，看好戏啊！"

"啊，什么？"大梦初醒，我颇有些不知今夕是何年的感觉。

随即，我立刻被教室中间的巨大争吵声吸引。曹国仁恶狠狠地掐住易士冠的脖子，用挑衅的语气说着："小结巴还想造反啊？"

说着，他给了一旁加油助威的金雨一个眼神，金雨立刻会意，模仿着《只手遮天》里东升乌鸦枪杀小结巴的那场戏，一边手脚不协调地跳着舞，一边双手比出枪的样子，嘴里发出"biu biu biu——"的声音来。

围观的众人不断发出各种各样的声音来起哄，有时是嘘声，有时是噫声，但没有一个人想要上前去阻止事态变得更严重。

很难说这是因为大家比较怕曹国仁还是因为大家比较讨厌易

士冠。

被掐住脖子的易士冠脸涨得血红，双脚乱踢，同时双手死死地扣住曹国仁的手，嘴里挤出最后一丝力气来骂娘，一副发了疯要和他拼命的架势。

但是曹国仁完全不为所动，他粗壮的手臂牢牢掐住易士冠，嘴里还不紧不慢道："捏扁易拉罐，真是易如反掌。"

"曹国舅，要不还是松开他吧。"金雨这时有些害怕了，开始想要拉开他们。

"哼，结巴还想当老大。"曹国仁边说边松开了手。他甫一松手，易士冠立刻沙哑地号着扑过去，用头顶着曹国仁的胸，双手牢牢抱住他的腰，要把他推倒。

曹国仁也毫不客气双手握拳噼里啪啦地在易士冠背上一阵乱敲，直把他打得跌到地上。我们围上前去，一看，易士冠已被打出了眼泪，哑着嗓子在号哭，嘴里还不服输地骂着娘。

这时班里一位向来以果敢利落著称的女生张佳晨突然过来，出人意料地用跳绳将易士冠给反绑了起来，呵斥道："你服不服？"

"我不服！"易士冠躺在地上挣扎。

"怎么他们之间也有仇啊？"我转头问李书笑，李书笑说她也不知道。

接着，张佳晨和曹国仁一起将易士冠抬起来搬去了隔壁的杂物间，他们又叫嚷了一会儿。午休结束前，其余人便没事人一样回来了，杂物间也没了声响。

下午上课时，老师奇怪地问道："易士冠呢？"

众人也不回答，于是便照常上课。

临近放学，大家都开始收拾书包了，张佳晨跑来找我："听易拉罐说他也揍过你，怎么样，现在他可被绑住了，大家都有仇报仇啊。"

"那也是小时候的事情了啊……"能报仇雪恨当然好了，只是易士冠这个家伙太过阴险狡诈，真揍了他，不晓得他要和我姑妈怎样添油加醋地哭诉了。

我离校前去杂物间看了一眼，易士冠还被反绑着，狼狈地躺在地上，眼泪冲开了脸上的灰尘，形成了两道泪沟，看起来活像一个等着被撕票的人质。

看见我来了，他昂着头喊道："赵曾良，你滚，我不要你来救！"

原本是打算他若求我的话，给他松个绑也不是不可以，没想到他这样嘴硬，于是我扭头就走完全不给他反悔的机会。

我并不知道这件事情究竟是怎样收尾的，也许他们之间还进行了一番骂战，也许第二天所有人都当作没事情发生过一样继续上课。总之，这件事情终究还是和别的事情一样，湮灭在中学的时间线上。

很快，我们就毕业了。由于分流的关系，这一次我终于不用再和易士冠做同学了。

偶尔几次从我爸那儿听到一些关于他的消息，诸如，易士冠入室偷盗被学校开除啦，易士冠的父母为了他大打出手啦……

只觉他的生活也是鸡飞狗跳，不得安宁。

再一次见到他是在中学同学聚会上。应当感谢校内网的出现，如果不是在校内网和手机还不太普及的中学时代，相忘于江湖是太容易的一件事情。

那时候我们都已经上了大学，毕业后再也没见过彼此，在饭桌上惊叹着这些年来同学们身上发生的变化，热热闹闹地叙着旧。

一会儿又来了几个同学，其中有个非常漂亮的瘦高个男生看了我一眼后径直走来在我身边坐下，我们都以为这是谁的男朋友，因此也不好去搭理他。过了好一会儿，他突然伸手拍了拍我的肩膀，说道："喂，赵曾良，不打算和我打个招呼吗？"

我莫名其妙地看着他："你是？"

"易士冠啊，我们很小就认识了。"

"哎！"我们其余的人一起不由自主地喊起来，"你是易士冠啊？"

当年那个长僵掉的小苹果也不知在哪年哪月，在某个我们不知道的时节突然苏醒了过来，以惊人的速度开始疯长，从比我矮了一个头到现在比我足足高出一个头来，四肢都被拔得细细长长。当初红苹果一样的脸蛋也完全长开了，成了一张漂亮的脸。

"哟，有女朋友了吗？"当年绑过他的张佳晨凑过来问道。

"哪一个女朋友？"他油腔滑调地回应着。

我们一如当年那样起哄起来。"那你说，你有几个女朋友？"张佳晨举起酒杯问道。

"每去一次酒吧就会有一个女朋友，但我不保证早上起来的时候那还是我的女朋友。"他耸了耸肩，展现得游刃有余。

于是我们只好继续起哄，装作我们也在社会上混过好些年的样子。

没想到金雨也来了，因为迟到了，他一坐下便立刻客气地和我们道歉。他穿着一身笔挺西装，长成了硬朗的样子，完全没有了当年跟屁虫金雨的模样。

　　"我去，金雨你也穿得太正式了吧！"易士冠一边打招呼一边递过一根烟去。

　　金雨摆摆手拒绝了他的烟："不抽不抽，我现在改名字了，不过大家还是叫我金雨吧。"

　　"这个事情我知道，金雨是刚从英国回来的，人家现在是海外侨胞不得了了。"张佳晨冲着金雨举了举酒杯。金雨立刻拘谨地站起来端起自己的酒杯："就是很早就去了英国，现在回来探亲。"

　　"你什么时候去了英国啊？"我好奇地问道。

　　"初中毕业后就去了啊。"金雨整了整西装坐下去。

　　吃喝到一半，张佳晨突然一拍桌子："怎么曹国舅不来呢，曹国舅应该最喜欢这种聚会了！"

　　"是啊，是啊。"我们应和道，"他怎么不来呢？"

　　此时，一直在笑嘻嘻听我们说话的女生周敏放下筷子小心翼翼地看了我们一眼。我们被她这个异常的举动吸引，所有人都看着她。她试探着问道："你们都不知道曹国仁的事情吗？"

　　"曹国仁怎么了？"金雨问道。

　　"曹国仁是我高中同学，他在高二的时候——"说到这里周敏欲言又止起来。

　　"说呀，曹国舅怎么了？"易士冠不耐烦地催促起来，"大家都是同学，有什么不能说的。"

"高二的时候，他老爸因为经济问题被抓了，他好像不能承受这些事情，就——就疯了。"

"疯了？"我们惊讶地看着彼此。

"不是不是，疯了是什么意思？"易士冠追问道。

"就是疯了啊，"周敏咽了咽口水继续说道，"先是上课的时候他会突然发出怪声，一会儿哭一会儿笑，后来上课的时候他会突然站起来，张开双手绕着教室跑。"

我们简直不敢相信我们听见的这些，当初那个霸道、蛮横、热爱做大哥的曹国仁竟会因为不能承受家庭的变故而发疯。

"呃……你这么说的话，我倒是想起了一件事情，我高三的时候还见过一次曹国仁呢。"沉默了一会儿，张佳晨慢吞吞地说道，"那时候，我在教学楼的楼梯口看见一个打扮奇怪的人，染着红色的头发，用发蜡抓成大背头，穿着带铆钉的黑色机车皮夹克。那时候我看了一眼，觉得他特别像曹国仁，可我又觉得曹国仁不可能打扮成这样啊。"

"那应该就是曹国仁吧。"周敏想了一会儿说道，"他高二后期就退学了，他妈妈领着他来退学的。"

余下的时间我们纷纷就此事议论了一会儿，感到一阵奇异的沉重。似乎是为了打破这种沉重，易士冠站起来鼓动大家拼酒聊天，于是不一会儿，气氛又热闹了起来。

喝酒喝到第三轮，就算是啤酒也有些上头了，我开始觉得自己的反应迟钝起来，于是便站起来和大家道别："我要走啦，再见啊。"

"再坐一会儿啊，他们待会儿还准备去酒吧续摊呢！"不知是谁挽留了我一下。

"不了，明天还有事呢，趁着还能自己走，我要回家了。"我拒绝了这番好意。刚打算走，突然想起来，怎么说和易士冠也算是老朋友了，得再和他打个招呼吧。于是我找了一下，发现他正在人群中高谈阔论，也许是因为酒的缘故，脸又变得红扑扑的，可是现在啊，不像红苹果了。

　　"去酒吧你能怎么办，不可能认怂对不对，上次在酒吧认识了一个女的，开口就要点一千块的酒，你说我点不点？那个时候你不点可不行，那就下不来台……"他一手夹着烟，一手举着酒杯，边谈边劝酒，"你喝不喝，我都口渴了，赶紧的!"

　　我想起了当年那个矮个子，圆圆的脸蛋，又要学着社会上老油条的样子，有时装得流里流气，有时装得阴险狠辣，但总之都不太像。可是现在，现在好多了，也许他已经成了希望成为的人吧。

　　"再见啦，易士冠。"我远远地喊了一声。

　　他好像听见了，侧转身子冲我挥了挥手："再联系啊。"

　　恍惚间觉得自己似乎刚刚做了一场梦，梦醒来，发现自己还在中学时代的课桌上。

斯人独憔悴

　　自打上了初中后，我的朋友们便热衷于去网吧鬼混，其实也不是真的要去做什么，只是他们觉得这件事情看起来很酷，而对于一个十四五岁的青春期少年来说，看起来很酷就是课余生活中所追求的全部了。

　　其实在最开始，网吧刚兴起的时候，是谁都可以去的，后来有些家长认为网吧是导致自己小孩念书不好的唯一原因，于是频繁举报，很快地上网就需要提供身份证了。

　　刚上中学的我们都还没到十六岁，但个子蹿得高，性格老成的人看起来却已经有点成年人的模样了，这时候他们只消拿出角逐奥斯卡影帝的演技，跑过去对着看网吧的网管诚恳地说道："叔叔／阿姨，我今天忘带身份证了，能不能让我玩一个小时？"并接受一会儿质疑探究的目光就好了。

　　也许你已经发现了，这件事情的核心就是没到十六岁，却装作十六岁的样子去网吧里玩一会儿，至于玩什么则无关紧要，堪称贫乏生活中激动人心的冒险瞬间。如果真的到了十六岁，那就好比十二点之后的辛德瑞拉，失去了魔力。

我的同桌李书笑就非常热衷于此，经常到处约人组队去网吧浪费时间。那几年暑假我以一种非常均衡的速度在长高，比同龄人要来得笔直高瘦些，看起来完全是十六岁的样子，她便经常来打我的主意，试图说服我跟她一起去消磨时间。

"去网吧做什么？"我问道。

"随便干什么，你可以聊 QQ，也可以在游戏大厅里下五子棋、斗地主。"李书笑热情地给我介绍着。

"你有病吗？"我发自内心地问道。

就这样，整个中学时代我也只不过在他们的软磨硬泡下去过两次而已，很后来，直到高中都快要结束时，李书笑和我谈起此事，她说："你为什么那时候就这样啊？"

我以为她要说什么呢，便奇怪道："你知道的啊，我死样怪气这点是继承我爸。"

"你爸那是阴阳怪气，再说你爸很酷啊，你一点也不酷，那时候大家都想去网吧，你为什么老是不肯去呢？"

"我要回家看电视啊！"我没明白她怎么就在这件事情上纠缠不清。

"不是，你怎么就没点年轻人该有的好奇心呢，那时候大家都没去过网吧，不应该很好奇才对吗？"

"哦……"直到那时我才想起我从未和他们说过，"我上初中前有两个暑假都是在网吧里度过的。"

在我上小学五年级时，我的舅舅也就是我妈的亲弟弟，决心成为一名稍稍有些迟了的改革开放浪潮里的弄潮儿，即一名光荣的个体户。身为《电脑世界》杂志的爱好者，他思来想去果断地开了一家网吧，解决了自己上班时间不能打游戏的问题。

在那时开网吧主要有两个问题，一是得想办法搞到合法的营业执照，毕竟小孩们的家长老是打举报电话；二是得有个值得信赖的人值夜班。你们知道网吧都是通宵营业的，算了，还是解释一下吧，谨防有些虽然不死样怪气但也没去过网吧的朋友们不清楚行情。网吧肯定都是通宵营业的，如果不能通宵营业那和嫁给李嘉诚但给的信用卡额度只有十万块有什么区别？但通宵营业不代表非要像二十四小时便利店那样开着。规模不大的网吧，到了凌晨五六点包夜结束的人都走了后，还是会关门歇业的，等到了早上十点再开。好了，现在开始提问，二十四小时中为什么非要关四个小时呢？

同学们，这是一道送分题啊，当你们在考场上看到这种题目时，是要露出会心的微笑的啊。答案很简单，如果二十四小时营业，就必须三班倒才行，但只开二十个小时的话是可以两班倒的，所以这就是为什么我说，需要一个值（ren）得（lao）信（ren）赖（yuan）的人值夜班，这种人通常都是亲戚朋友，而我就是这类人中的一个。

那我又没得选，当我妈决心要帮她弟弟稍微值一下夜班的时候，命运的齿轮就连带着我那部分一起转动了起来。

一开始，在还没有放暑假的时候，我只是负责周末给大家送晚饭的杂役。网吧租在被几所大专和职校包围的小商业街上，商业街上有网吧、网吧、网吧以及网吧和小卖部。夜幕低垂后，夜市便会出摊，往来的学生和居民会在小炒铺子里打包几个小炒或是三五成群地坐在路边摊里撸串，爆炒和孜然的辛香、锅碗碰撞的油火气、水果摊门口散发出的甜腻果香、小卖部前堆放着的玻璃可乐瓶，无一不奏响着夏日的序曲。

大家都知道，晚饭过后是老少皆宜的休闲娱乐时间，因此我必须赶在饭点前去隔壁街上我外公外婆所开的棋牌室里帮忙看店，好让他们得空在休息室里吃晚饭。是的，我外公外婆也是时代的弄潮儿，在别的中老年人每日挥霍钱财瞎打牌的时候，他们不但可以自己随时瞎打牌还能顺便收别人点钱，非常鸡贼。

棋牌室顾名思义就是搓麻将和打牌的地方。哦，这样一说其实也不是很顾名思义，毕竟如果你真的在里面下象棋的话还是要被赶出去的。

每开一桌收三十块钱，点一杯茶水十块钱，但茶水是必须点的，另外一盘瓜子十块钱，这虽然不是强制的，可谁打牌还不磕个瓜子呢，所以保守估算下来，一桌最低也可以收八十块钱。如果遇到一些牌品恶劣的牌友，谁赢了必定要起哄买点果品瓜子一类的，那么一晚上下来一桌收个两三百块钱也是常有的事。

一整层楼可以开二十来桌，看起来好像是挺容易的事情，其实不然。每次我踏进去不消十分钟，便觉得自己要暂时性失聪了，七八十个中老年人哇啦哇啦中气十足地大喊大叫，让人感觉此地并非是什么棋牌室，而是中老年业余京剧爱好者吊嗓中心。

看店的这段时间里我先要将瓜子从麻袋里舀出来装盘、切水果，跑来跑去地给牌友们续水，然后再回来用热得快烧水，接着又要出去扫地，给冰柜里添上新的饮料，他们又在那里哇啦哇啦地吵。

我真是一个头两个大，但这也是没办法的事情，众所周知，在中老年人的世界中，大喊大叫是一种给棋牌类活动进行加持的仪式。

偶尔遇到常来的客人还要拉着我絮叨："阿良又长高了吧，学习好不好，数学考了多少分？"真是哪壶不开提哪壶。可要是碰上去舞厅跳舞刚回来的阿姨们则更麻烦，她们往往浓妆艳抹，穿着明晃晃的亮片裙子，真可谓是花枝招展、争奇斗艳，没聊两句就会争风吃醋道："我与你城北徐姨孰美？"

等我外公外婆吃好饭，我便要立刻提着饭盒去网吧。通常这时候店里是比较空的，中学生们已经回家了，大学生们还没有下晚自习，我妈在收银台的电脑上玩空当接龙或者蜘蛛纸牌。她原以为来看看网吧可以变成时代的弄潮儿，比别的中年妇女更酷一点，但这早已不是她里弄一枝花的时代了，年轻人嫌她土，她自持美貌又不高兴学电脑，满以为大家会争着抢着来教她，结果竟没什么人搭理她，所以这个故事告诉我们要变成时代的弄潮儿，看网吧是不够的，得开网吧。

事后当我妈抱怨这件事时，我爸便一如既往地阴阳怪气道："看来某些人是觉得自己徐娘半老，风韵犹存。"

我妈立刻气得昏古七："你什么意思，你是不是今朝吃错了药，想找事？"

"我港你了吗，你为什么要自己对号入座？"

每一次，我妈都会自己往陷阱里跳。

因为客人少，正好将门打开透透气，散一散电脑主机发热散发出的塑胶味、烟味以及泡面味。饭点一过，中年人开始泡杯茶看电视的时候，年轻人便走出家门来到网吧，老年人便走出家门来到棋牌室，我家赚钱的时候就到了。所以，这个世界可能对中年人不太友好，他们只能闷在家里看广告间隙插播的电视剧。

一般我会在电脑前看会儿新闻，蹭着喝掉一瓶冰可乐，大波大波的人流涌进来便是我功成身退之时。

临近暑假的时候，江枫也被我表哥带来了，他们俩是小朋友。"小朋友"在苏州话里，就是认识时间很久，玩得非常好的朋友。我一直以为我表哥也就是我爸爸的大姐的小儿子根本就不认识我妈的弟弟，也就是我舅舅，虽然理论上他们的确沾亲带故。可仔细一想，他们好像也没有什么非要认识的理由，但总之情理之中、意料之外得像一个高级包袱般，江枫被我舅舅给抖了出来。

那时候江枫刚刚工作，是个干净清秀的男生，可能因为他是我表哥的小朋友，人又很好，在外人面前沉默腼腆很客气，我舅舅在的时候总是不肯收他的钱，一来二去，他就不好意思了，将自己的邻居鲁斯涯带过来一起玩。

鲁斯涯和他们不一样，"他们"指的就是江枫和我表哥这种，算不上很聪明，但是宽厚礼貌，还带有一点迷惘的男生。可鲁斯涯是别人家的小孩，那种所谓的邻居家的大哥哥，高高瘦瘦，五官端正，穿着打扮都很得体，念书的时候轻轻松松就可以念得很好，打游戏的时候也轻轻松松就可以打得很好，好像只要他愿意，就没有做不成的事。

小五升小六那一年的暑假，人民群众对于网吧的需求呈爆炸式增长，趁着形势一片大好，我舅舅盘下了同一条街上另一家上下楼面的店铺，将网吧的规模扩大了一倍，最多的时候拥有多达五十台电脑。就这样，稍微来晚一些，还是一座难求，堪比期末考期间的自习教室。

扩大规模后赋闲在家的小姨也被叫来看店，我小姨是家族里最出名的美人，比我那里弄一枝花的姆妈还要美上一两个数量级。她虽然对电脑啊、经营啊这类的东西一窍不通，但也许是我们的错觉，自从她来了后网吧的生意似乎好了许多。她总是笑嘻嘻地问客人，要不要喝冰可乐呀，要不要加时间呀？客人们从来都是说，好的好的，问几次答应几次，我想他们可能是真的非常渴吧。

小姨是负责值夜班的，理由是她早上起不来。啊，真不愧是我的小姨啊，nice job! 但她貌美如花的，一个人值夜班会害怕，于是放假在家终日无所事事的我被拉去陪着值夜班。

夜班从晚上八点开始，到次日的凌晨五点左右。虽然包夜是从晚上十二点到凌晨六点，但很少有人会真的玩到六点整才走（如果非要那么做就是不识相），一般五点左右就可以打烊回家了。

表哥本人倒是很少来，住在附近的江枫和鲁斯涯慢慢就成了常客。尤其是还在念书的鲁斯涯，他马上升大四了，没有什么课也不用去学校，就经常在网吧里泡着，时间久了，常来的学生们大多都认识他，甚至有人专程来找他一起玩。江枫要上班，时常在晚饭后过来找鲁斯涯玩两个小时，周末没事的时候才会整日整夜泡着。

出了新游戏的时候是最热闹的，那时候的贴吧和论坛还没有现在这样发达，很多人用都不会用，出了什么新游戏遇到过不去的关卡，就是几个厉害的人边玩边做攻略，一堆人围在后面看，七嘴八舌地出谋划策。一旦成功破了关卡，就会成为网吧里的传说，被人夸一句"这家伙厉害了"，那就是至高无上的荣誉。

某个寻常的午夜，资深玩家们在喋喋不休地讨论攻略，小姨在店里涂指甲，我百无聊赖地看着他们，没有包夜的客人们已经走光了，当日所有的新闻也已经浏览过，而我对游戏的兴趣向来就是有限的，白天打了几回合后就不想再玩了。

记得那日并不是周末，江枫却在这个奇怪的时间点来了，进门后先跟正在和人联机对战《帝国时代》的鲁斯涯打了个招呼，就来找我小姨说话。小姨在空调口吹她的指甲，江枫说她这样会感冒的，我支着脑袋在一旁打瞌睡，小姨突然让我去棋牌室里拿一些瓜子果脯来。

仲夏的夜晚很是闷热，从冰凉的空调间里出来，室外的空气黏腻地像是一张覆在蒸笼上的保鲜膜，紧贴着肌肤将人整个包起来，迅速地发汗不说，胸腔里却闷闷的，感觉呼吸都不顺畅了。

才走到棋牌室楼下，便听见里面涛声依旧，哗啦哗啦的搓麻将声像是欢乐仲夏夜的奏鸣曲，间或夹杂着一两个性格活泼会来事的中老年人的高声调笑。

上楼后发现杜老倌果然在。杜老倌姓杜，真名叫杜国雄，在苏州话里"杜老倌"和"大老倌"同音，所以大家都喊他"杜老倌"，而"大老倌"是什么意思呢，大致可以理解为"你大哥我"的意思。

"你去问问看，哪个不认得我杜老倌，我杜老倌是什么人，我的那些干妹妹们哪个讲过我不好，你去问问，没有的！"我路过牌桌时他正站起来高声夸耀自己。

"认识认识，都认识。"对桌的人面色尴尬一迭声地回应道。

"借我一千，再来一局，赢了就别想走，这是牌场规矩！"杜老倌涨红了脸，复又坐下，右手"砰砰砰"地拍着桌面。

他的干妹妹们也立刻附和道："就是就是，赢了就想走啊，你是不是不够朋友！"

我在抓瓜子和果脯的时候，外公便在一旁和我外婆抱怨道："杜老倌这个老不要脸的东西，我们棋牌室里但凡有点姿色的女的，都被他认去做干妹妹了，不要脸皮！"

"做什么，你啊是也想认几个干妹妹，是不是看那徐朝凤又会跳舞又会唱歌的，也心活念念起来了？"我外婆一边分茶叶一边讥讽道。

"你放屁！"我外公闻言怒目而斥道，"我行得正，站得直，你这个大字不识的婆娘，谁教你说的这些话？"

"好，你有文化，你要认干妹妹。"

"我是怕杜老倌那个瘪三输得连裤衩都不剩，付不出茶水钱来，到时候他喊我大老倌都没有用！"

话音刚落，大厅里突然传来一阵巨大的喧闹嘈杂声，我们便赶紧跑出去看。外边来势汹汹闯进来两女一男三个人，其中一个矮胖红润的妇人一上楼便指着杜老倌的鼻子骂："我告诉你，杜夹里，你这个棺材板、死人头，你早晚要输得连自己的棺材板钱都不剩。"

杜老倌也很厉害的，毫不示弱地骂回去："你这个毒婆娘，今朝吃错了药，倒是发起疯来了，我要拿你嫁妆做棺材板吗？你急什么，难不成等着再嫁人，倒是问我讨起嫁妆来了。"

跟着围观群众听了一会儿，才发现这个口口声声喊他杜夹里的妇人是他老婆。"杜夹里"的意思就是姓杜的这个家伙，是一种比较生分的说法。

他老婆后面还跟着他急赤白脸的儿子和儿媳，他儿子显然对他积怨极深，在他老娘身后上蹿下跳地骂道："你这个老棺材，为老不尊，一把年纪了还认什么干妹妹、鸡女儿（干女儿），两个老东西加起来都一百多岁的人了，还搞这些，要不要脸皮了还，手气臭得要死么，还非要学人家打牌，养老金养老金输光，股票股票套牢，从家里骗了钱出来就是赌，赌光了回来骗，连姆妈的买菜钱都不放过，你是要输得倾家荡产一家人陪你喝西北风才开心是吧？"

"不孝的东西，白眼狼，我养大你做什么？当初就该把你摁死在马桶里！"杜老倌腹背受敌，前后夹攻，气得脸都白了，嘶吼起来唾沫横飞，他的干妹妹们此刻倒都不敢帮腔说话了。

但最厉害的还是他儿媳，他儿媳喜欢说"爹爹啊，不是我说你"，然后毫无顾忌地大说特说起来，一会儿说"你只是个退休了的处级干部，竟然学人家乱搞男女关系，说出去真是要笑死个人了"。一会儿又演技大爆发，和周围的牌友们哭诉道："各位叔叔阿姨啊，你们评评理啊，我儿子要上学啊，要择校啊，择校费都给他轧姘头轧掉了啊。人家轧姘头都是往家里拿钱，他倒是好，到处贴钱给别的女人，救救我的儿子啊，他要读书啊！"边说边以手背有节奏地敲击手心来为自己打节拍。

那我就不懂了啊，处级干部怎么了，处级干部就不能乱搞男女关系吗？这是不是歧视，大家讲。还有，轧姘头当然要花钱了，谁轧姘头还能整天往家里拿钱的，那叫轧姘头吗，那叫吃软饭好不好？

最后他那个矮胖的婆娘，脸憋得通红，向下微蹲，双手握拳中气十足地大喊一声："穷爷我今天和你拼了！"然后秤砣般向前砸去，"哗"地将牌桌给掀了。嗯？这到底是要和谁拼了？

掀完桌子后，他那壮硕的婆娘又来了一句歇后语："杜夹里，咱们骑驴看唱本——走着瞧！"随后便手一挥率领着自己的儿子儿媳走了。

闹剧就这样忽而收场了，人潮退去，大家回到自己的牌桌上，继续开始搓麻将，不一会儿涛声依旧，又是一个宁静而寻常的夏夜。

我带着瓜子和果脯回去，夜虽然已经深了，小小的夜市却热闹非凡，夜空中的群星也格外闪亮。回了网吧后，江枫正坐在收银台的位置上和我小姨聊天，我把东西交给他们就被打发去玩电脑了。

这时候鲁斯涯他们已经打完联机，开了单机的剧情类游戏，边随便打打边靠在椅子上闲聊。见我来了，鲁斯涯问我想玩什么，我一眼就看到桌面上的《仙剑奇侠传98柔情版》图标，便想也没想地开口道："那就《仙剑》吧。"结果鲁斯涯说他没玩过要看我玩。

其实那时候我已经通关过一次《仙剑》了，可能是那悲伤的结局给我的印象实在是太过深刻，后来陆陆续续打了几次，到锁妖塔林月如要被巨石砸死前，我就会给自己找各种各样的理由停止打下去。

那天我像往常一样打开存档，随意地找一个别的玩家的游戏存档接着玩。这个行为虽然看起来很没有素质，不过那时候就是这样的，因为归根结底这不是你的电脑，你不可能要求或者奢望自己的游戏存档一直都被保存得好好的，就算没有人去动，新的存档记录到一定数量，旧的也会被顶掉。

打开这个存档后游戏剧情进行到桃花林那段，那时已经遇到了苗族少女阿奴。我时常会想这个美丽的鬼马少女要是没遇到李逍遥就好了，我真是想太多了。走出迷宫后地图左上方有一片被浓雾掩盖的桃花林，主角只要向前靠近，系统就会提示浓雾挡住了去路，我嘟囔了一句："明明看起来好像可以进去的样子啊，其实根本进不去。"说着便想让主角回头。

"你等等，如果不能进去为什么要画这么一片桃花林，为什么靠近了还会出现系统提示，那就是在告诉你要使用道具啊。"鲁斯涯阻止了我的操作。

"我已经通关过一次了，这里什么也没有，根本就不会触发剧情。"

"可能是分支任务，那就证明会掉宝。"

"前面有迷雾挡着，根本进不去啊，我早就试过了，无论从哪里走都会被迷雾给挡回来。"

"不是有买各种符咒吗，哪种符咒可以跳过去，你先试试引路蜂。"

我点开个人物品栏，结果非迷宫状态下引路蜂无法使用。鲁斯涯不死心顺着物品栏里的东西一个个往下看，突然眼睛亮了亮，指着风灵珠说："你用这个试一下。"

将信将疑地点了一下，迷雾被顺利吹散时，我惊得下巴都要掉下来了。第一次玩到这个剧情时，我们一屋子小伙伴都找不到办法，以为就是一个无聊又普通的系统提示，谁也没想到要用风灵珠去吹一下。其实仔细想想，雾气就是会被风给吹散的啊，我们当时怎么会想不到呢。

在桃花村里获得了紫金葫芦，习得灵葫咒后，鲁斯涯似乎觉得这个游戏很有意思，让我不要存档退出游戏从头开始打一遍试试。

于是我点开新的故事，又听到了熟悉的"余杭春日"背景音，又看见李逍遥被他婶婶用平底锅砸脑袋，街边的稚童在用打油诗嘲笑他："小李子，志气高，想学剑仙登云霄。日上三竿不觉醒，天天梦里乐陶陶。"

五点左右，包夜的客人们陆陆续续一波波都走了。江枫问我要不要去吃早饭，我说好啊。锁了门后，我抬头看了看，发现夜色没有那么深了，似乎随时就要破晓的样子，夜市在不知不觉间已经结束，街上有零星的人在走动。

这个点只能去二十四小时开门的永和豆浆大王，号称是每炸一百根油条就会换一锅油的高级食物。但我已经困倦得感官都麻木了，打游戏的兴奋感退去后，困意像潮水一般袭来，这个时候就算给我吃用洗衣粉炸出来的油条也毫无区别。

勉强喝完了一碗豆浆吃了一根油条后，我便起身和他们告别。江枫还在那里和我小姨说着什么，鲁斯涯跟我约明天继续打《仙剑》，我说好啊好啊，便赶紧骑车回家了。

网吧离我家算不上很近，等我到家时已经天光大亮，爸妈还没有起来，我在浴室轻手轻脚地刷牙洗脸，随后终于可以沉沉睡去。

等我醒来的时候已经是下午了，如果不是鲁斯涯打电话来，我肯定是要睡到晚上的。他在电话那头问我，要不要过去一起打《仙剑》？我说："好啊好啊，但是我还没有吃饭呢，你等我一会儿。"他便说："那过来一起吃吧。"

等我过去的时候，他已经叫好了外卖正等着我呢。我骑车骑得满头大汗，拎过一瓶可乐就喝，他起身把位子让给我，又拖了把椅子坐在一边看，给我的感觉似乎是他很喜欢这个游戏，可当时和他同龄的男生都在玩《魔兽》或者《帝国》，最次也是《魔法门》吧，他这个时候玩《仙剑》似乎有点不太好意思。

我舅舅偶尔在身后路过探头看我们一眼，嘟囔一句："你们两个有意思吗？""有啊。"我们异口同声地回答道。

那个暑假，每一天都被拉得无比漫长，看着日升月落，每一关都有数个巧思和细节被鲁斯涯发掘，可是回想起来，却又短暂到只剩下翻过一页日历的那个瞬间。

临到假期的尾声，我就回去补写我的暑假作业了，鲁斯涯也回校去商量他毕业论文的事情，小姨仍旧在看店，听说江枫还是时不时会去玩一会儿。

再次见到大家时，是在小升初考试后，我没有如愿考上我母亲的母校，为此她非常不高兴，成日在家里喋喋不休地念叨，为何冰雪聪明的她生出了如此愚钝不堪的我。听多了，我爸便阴阳怪气地讽刺她道："没有啊，你也没有很聪明啊，阿良不聪明这点不就是随你吗？"

于是很快就爆发了第三次世界大战。

因为没考好，被暂时剥夺了看电视权利的我，终日在家十分讨嫌，便又被叫去看网吧，小姨照旧是那个网吧西施，江枫还是下了班会过来，鲁斯涯已经大学毕业了。

好像是物是人非了，又好像什么也没有改变。

商业街上的小网吧已经消失了大半，取而代之的是几家二十四小时营业的大型网咖。在街道的尽头不知何时新开了一家名为"夜巴黎"的夜总会，夜夜笙歌，好不热闹。

也因为这样，当我那一年再去网吧值夜班时，过了凌晨两点，便会遇到各种各样奇怪的客人。有带着两个小姐一手搂一个来网吧斗地主的客人，后来被我小姨介绍到了临街的棋牌室（也就是我外公外婆开的那家），下班后成群结队而来的夜总会姐妹花们，穿着超短裙和抹胸，吓跑了一众只会打游戏的死宅男。还有不知从哪儿冒出来的非主流青年，主要任务就是在网吧用前置摄像头自拍，那时候他们还不知道《劲舞团》就在不远的未来朝他们招手。

由于电脑更新换代，楼上的旧电脑卖掉后，余下的钱只够补买一半的新电脑，因此二楼便显得宽敞了许多。我舅舅便时常感慨，那些坐拥上百台电脑的大网咖财大气粗，机子新、服务好，中小型的网吧要是更新换代跟不上他们，分分钟就会被完全挤压出市场，思及此，他不禁有点痛恨时代发展的速度了。

姐妹花们常来后，我们就想办法将她们请去二楼，一来不要吓到一楼的客人，二来我舅舅害怕哪天被人举报了，警察要来扫黄打非。你想想，一个网吧被扫黄打非这算怎么一回事啊。

电脑开机后就会给客人一张单子，记上开机时间，白天都按一小时两块五来算，吃喝了什么也一并自己在单子上写好，结账时一起算就是了。

姐妹花们就将我叫上去让我写："你们自己写就行了啊。"我磨蹭着想要推脱。啊，我那么懒的一个人，根本就不想跑上跑下地帮她们写这些。

"你写你写呀，"画着大浓妆的姑娘将纸笔推给我，"我不会写字。"

哎，不会写字啊，那就没办法了。我只好像饭店里等待着客人们点菜的服务生一样站在那里问她们："那你们要喝些什么？"

"有没有啤酒，要清爽一点的。"

"只有软饮料啊。"我为难道。

"什么软的饮料，姐姐们要喝硬的饮料！"一个豪爽的姐姐喊道，其余的姐妹花们便嘻嘻哈哈笑做一团。

"只有可乐、雪碧、芬达，你们选一个吧。"

那个豪爽的姐姐思考了一会儿："那就矿泉水吧。"

"姐姐你要我吗？"

没过多久她们的妈妈桑，哦，她们喊他叫经理的。对，她们的妈妈桑是个干瘦的中年男人，一副在社会上摸爬滚打了很多年的老油条样子，绝对不是永和豆浆里那种蓬松饱满的高级货。经理组织姐妹花们来网吧搞业务，具体就是在聊天室里发小广告，每个小姐要负责十个聊天室，刷完大家就可以去吃火锅了。

经理在成为老油条之前的人生梦想可能是当一个诗人，每晚他都会即兴创作出一些打油诗来，我记得的有"夜巴黎夜巴黎，夜夜伴君入梦来""北妹南妹马来妹，白领小姐学生妹"，下面会接有地址×××、联系电话×××，欢迎光临，请君潇洒之类的。

指挥姐妹花们发点广告可真是个体力活，那些字都不会写的也不能指望她们会打字了，只能一个个帮她们申请QQ号。然后经理在记事本里打好，附上一些不知从哪里搞来的由字符组成的表情，再统一复制了发给小姐们，接着大家就随机打开聊天室，开始拼命地刷，不但要被聊天室里的管理员不断地踢出来，还没有加班费。看来人到中年，混成了一根老油条日子也不好过啊。

但来的次数多了，那些好歹念完了小学的姐妹花们，就学会打字了，反正学过拼音就知道怎么用智能 ABC 输入法，那里面就包括初中二年级才辍学的豪爽姐姐。豪爽姐姐在小姐里就算是读书人了，平日里的定位都是学生妹。

后来我们熟了，她告诉我说，她从来都跟客人说自己是大学生，也没有人发现不对。不过，夜巴黎里也有真正的大学生，陪酒的保底费是三百，她这种假的就是二百，提成另算。

"那为什么还要念大学啊?"我疑惑道。

"什么为什么，差一百块钱啊!"

自从部分姐妹花们学会用电脑打字后，加上那时候出了小灵通手机，她们便发现了一条崭新的致富途径，在聊天室里发情色声讯广告。

这又苦了我了，因为不会打字的姐妹们看别的人赚得那么好，心里不甘心，就揪着我过去打广告，比如最开始那个告诉我自己不会写字的姐姐，她就坚持要给自己起艺名叫"淫荡小野猫"，结果很多管得比较严的聊天室这个名字根本无法使用。

姐姐便生气了："凭什么不让我叫'淫荡小野猫'?"

"姐姐，你差不多得了，人家都叫欢欢、露露的，你干吗非要叫这个?"我抱怨道。

"我这是一枝红杏出墙来，你懂不懂，客人看了印象深刻。"

"你是想说一枝梨花压海棠吧。"

"好，那我就要叫'梨花压海棠'，你快给我打：寂寞深夜，清纯女大学生化身淫荡小野猫，陪聊150元／小时，联系电话：梨花压海棠××××××。"

于是还没复制粘贴刷满十条我们就被踢了出来，我埋怨道："我告诉你不能这样说吧。"

"难道是我价钱要太高了？"姐姐疑惑道。

江枫和鲁斯涯在后面听见了就开始狂笑。我只是一个普通的准初中生，就算小升初没有考好也不用这样来折磨我吧，为什么半夜看网吧不够还要写什么色情小广告啊，便又气又恼地冲他们喊道："笑什么笑，滚，都给我滚！"

并没有人理我，他们继续笑。

后来也不知道为什么她们便不那么成群结队地来了，只剩下那个豪爽的姐姐和一个瘦高个、爱穿白衣服、脖子很长的姐姐常来。

记忆中大约是八月初的某个夜晚，豪爽的姐姐把我叫过去，问我叫什么名字。

"赵曾良。"我回答她。

"我叫周宝珠。"

"珍宝珠啊。"我故意说道。

第二天她就给我抱了一整盒的珍宝珠过来。"哇，你怎么那么大方？"我边接过来边惊呼。

"姐姐有钱啊。"她倒是不以为意。

有时候她们也会来得很早，周宝珠不一定就发广告，她也会随便聊聊天，看看新闻，跟我扯扯夜总会里的事情。比如，她强调说："我可不是做那些的小姐，我就是陪陪酒的，大学生陪酒还是很吃香的，你知道吗？"

"我不知道啊。"

"你就是什么都不知道。赚这个来钱快，没人想把这个当长期职业，我们捞一票就要走的，以后我都想好了，开一家美甲店。"

"但是能做的事情很多，没有必要非要消耗自己做这个。"背对着我们打游戏的鲁斯涯突然接了一句。

"大学生，你能做的当然多了，我们这些初中学历的只能给人家端端盘子。"

"不管怎么说，端盘子也可以活下来吧。"

"端盘子当然可以活下来，但是你只想活下来吗，你肯定还有别的要做的事情吧？那不能因为你是大学生，你就会想做一些别的事情；我是打工妹，我就只能活下来不能想别的事情，人当然都想过得好一点啊。"

"想过得好一点也有很多别的方法的，不一定非要去陪酒。"

"是啊，还有别的方法的，但别的方法都很辛苦的，就好比说去工地搬砖倒也可以赚很多，但是你去吗？你肯定不会去啊，因为太累了。对我来说也是一样的啊，难道因为我是初中学历我就没有权利觉得搬砖很累吗？既然陪酒也可以赚很多，为什么我不陪酒呢？我是不会为了让大家舒服或者夸我几句而去搬砖的。"

鲁斯涯便长久地没有再说话。我插嘴问道："那客人会动手动脚吗？"

"给钱就可以动手动脚。"

我们聊天的这期间，白衣服的长脖子姐姐一直在认认真真地打字发小广告。我便忍不住提醒她："姐姐，可以复制的，不用每次都手打。"

那位姐姐便拘谨地笑了笑："手打的有诚意一点啊，而且手打慢一点，不会妨碍到大家聊天。"

这位姐姐没有周宝珠那么健谈，她很偶尔地聊一聊自己。比如，她只肯说自己的艺名叫双儿，那是因为她很喜欢《鹿鼎记》里的双儿，又老实又很善良，默默地为韦小宝做了很多，是个非常好的人；还有她想要以后安安分分地嫁人，开一家小店，这段经历不光彩，希望不要有人知道，传回老家就不好了，但现在既然做小姐，那也要努力一点，于是就一直笨拙地努力着。

大概在她说完这些话没过多久的某一天，夜巴黎就来了她的老乡，她卷了当天的酒钱便跑。经理说跑就跑了吧，没人去找她，她也再没有音信过。

自此之后，大约是八月的下旬便只有周宝珠常来了，鲁斯涯倒是意外地和她熟络了很多，害我之前还担心他们会不会吵起来。

又是一个静谧的凌晨，因为快开学了，那晚包夜的人并不多，江枫和我小姨在商量些什么，一会儿江枫就去收银台的抽屉里找了一根针出来，用打火机烧了烧针头后，默默地在手心里挑着什么。

一会儿血就沿着掌心往下滴。我目瞪口呆地看着他，小姨却只是拿着纸巾在一旁帮他将快要滴落的血擦掉。于是我扭头去看鲁斯涯，鲁斯涯朝他们那边张望了一下，起身去冰箱里拿了一瓶冰的可乐给江枫送去。

我蹭在鲁斯涯身后去看，原来江枫将手心里的一颗痣给挑了，他原本就一直觉得手心里的痣很麻烦。我小姨告诉他，他要是觉得麻烦挑了就行了，以后会长出新的肉来，于是他们商量了一下，江枫就拿针将痣给挑了。

他既没有哼一声也没显示出很痛苦的样子来，而我的小姨、鲁斯涯也没有表现出什么惊讶的神色来，只是拿瓶可乐给他冰了一下手。那一刻，二十多岁的年轻人的世界让我充满向往和期待，多么希望自己也快点二十岁啊，变成这样酷的大人。

可我哪里能想到，二十岁的我不但没有变酷，反而更加死样怪气了呢。哎，让人措手不及的未来啊！

这时候周宝珠就问他："鲁斯涯你手里有没有痣？"

"你看有没有啊。"鲁斯涯朝她伸出手去。

周宝珠握住他的手翻来覆去看了几遍："你们读书人的手哦，怎么那么好看！"

很晚了，都快关门打烊的时候，片警过来了一次，问我们见没见到杜国雄。我想了一会儿才反应过来，杜国雄就是杜老倌，于是我们几个便露出一副"还用得着问吗"的表情："肯定是在他哪个干妹妹家里啊……他家主婆用这个办法来捉奸啊。"

七嘴八舌说了一会儿，警察也觉得八成就是这样，便走了。

两天后，我最后一次来值夜班。那天八点左右，鲁斯涯正要回家吃晚饭的时候，周宝珠打扮得非常漂亮抱着一只小黑狗来了，说是夜总会后巷里的野狗，她觉得可怜就想抱回来养。

"你要养在哪里啊？"鲁斯涯问她，"你也没空管它。"

"哎呀，我哪里会养狗，我什么也不懂，读书人你懂吗？"

鲁斯涯便叹了一口气："我以前养过狗。"

"那养你家吧，你家不就在附近吗？就养你家吧，我有空了去看它。"说完她就把狗往鲁斯涯怀里塞，鲁斯涯接过狗和她一起回家了。

晚上江枫过来时，告诉小姨鲁斯涯不知道从哪儿抱了条狗回来，一晚上都在忙那条狗。小姨说："我知道啊，周宝珠抱来的。"江枫就"哦"了一声，倒也没有说什么。

那天包夜的客人离开得很早，鲁斯涯和周宝珠都没有再来。凌晨四点多，我们就关门打烊了，江枫照例要请我们去吃早饭。

才关好门我便看见我舅舅骑着一辆轻骑从路的那边过来了，看见我们，他急匆匆地停下来打了个招呼："今天关门很早啊，那你们赶紧回家吧。"

"舅舅，这个时候你怎么来了啊？"

"棋牌室好像出事了，你外公一个电话把我叫起来，叫我赶紧过来。"说着他就发动轻骑，"先过去了啊，你们赶快回去吧。"

"棋牌室怎么了，杜老倌的家主婆又来闹事了？"舅舅走后，我小姨有点担心。

"我觉得也是啊，该不会把棋牌室给砸了吧。"江枫犹豫地看了一下小姨和我，"我们要不过去看看，不过如果闹得不可开交，你们可别跑上前啊。"

临街那一片以棋牌室为中心灯火通明，楼下停了好几辆警车。杜老倌的老婆号哭着在空气中踢打，大声辱骂着谁，他儿子则一直要冲上前进到棋牌室里面，两个警察死死拦着他。我舅舅和外公正在和警察说着什么，眉头紧皱，一副大事不好的样子。

江枫让我和小姨留在街角不要走上前，他过去晃了一圈和周围的围观群众聊了一会儿就回来了。

"杜老倌死了。"他开口便是，"这下麻烦大了。"

当晚还发生了些什么我已经记不清了，后来我又听我外公外婆详细地说了一次。其实两天前片警来巡逻问有没有人见过杜国雄的时候，他就已经死了。那晚他要和别人来一局大的，一晚就输了两万多。那时候他已经不可能再拿出这么多钱来了，而对方偏偏又是夜巴黎的一个老板，边笑边威胁他，愿赌服输，给不出钱就砍手指。为了逃掉这笔钱，杜老倌佯装去上厕所，实际上想要从二楼的厕所跳到隔壁楼里逃回家。其实两栋楼之间的距离是挺近的，对楼也大开着窗户，偏偏他一把老骨头了，没跳过去摔死在了两栋楼之间的缝隙里，也一直没人发现。由于他极少夜不归宿，家里人来棋牌室看过，发现他不在后就报了警。直到两天后，棋牌室里别的客人上厕所时老觉得楼下有恶臭飘来，爬上去看了一眼，差点没吓出毛病来。

夜巴黎的那个老板仍旧管杜老倌的家里人要钱，他家里人便威胁要报警，那边就威胁要砍他儿子手指；而另一边，杜老倌的老婆又叫着嚷着要砸了我外公外婆的棋牌室，说这里害死了她老公。

杜老倌的头七一过，他老婆说到做到，带了一群人来将棋牌室给砸了。但没有办法，他死了老公嘛，她最大，没有人敢拦她，也没有人敢说什么，于是我外公外婆开棋牌室的生涯就这样结束了。

半年后，我舅舅查出有肝硬化，这和他长期不规律的生活方式有很大的关系。再加上追赶时代的潮流越来越困难，中小网吧的生存空间被各种新开的大型网咖挤压，他便寻了个下家将网吧给整个卖了。

我上高中时，表妹刚上初中，照例是要请吃升学饭的。舅舅请的人中还有几个是他当年开网吧时结识的朋友，期间他们偶然谈起了鲁斯涯，我立刻竖着耳朵听了一下。

"鲁斯涯啊，那家伙是个聪明人，又是正经大学生，现在混得该是很好吧。"我舅舅说道。

"不知道啊，后来就没有联系了，那得问江枫吧。"

"什么聪明人，他糊涂起来也是要命，我听人说他要娶一个小姐做老婆，差点没被他老爸给打断腿。"

"什么小姐？"众人都来了兴致。

"谁知道，姓周吧好像，你们有谁认识？"

尔后话题很快被敬酒所打断，再开始时已经回到了各自的小孩身上。

高三那一年，我住得离汤睿家很近，国庆的时候她每晚约我一起去平江路上遛狗。那几年的平江路还不像现在这样游人如织，节假日别说遛狗了，连遛蚂蚁都困难。

假期中的某一天，我和汤睿两个人正在河边大讲特讲别人的坏话，突然有人不怎么确定地喊了我一声："阿良？"

我猛地回头便看见了不远处的鲁斯涯，他好像还是原来的样子，又好像已经变了。

"哎呀，好久不见，阿良也长大了啊。"他笑了下，"不过你好像没怎么长高啊，那时候你都可以去篮球校队了。"

"闭嘴！"我要恼羞成怒了，十六岁之后就没有再长高难道是我愿意的吗？

这时我注意到一个抱着小孩的白净妇人有点拘谨地站在一旁，我朝她看时，她便局促地冲我笑笑，鲁斯涯就简单地介绍道："我老婆女儿。"

随后，不等我再问些什么，他低头揉了揉汤睿的两条狗，便挥了挥手和我们告别了。

哎，鲁斯涯结婚了啊，老婆不是周宝珠。

毫无意义的意义

如果我要讲述关于自己中学时代的故事，那么无论如何都绕不开的一个人就是李书笑，因为她是我从初中到高中横跨整个中学时代的老同桌，我们常说这不知是怎样的一段孽缘。

李书笑于我的意义不仅仅是同学和朋友那么简单，更是回忆里无处不在的一个人，她似乎一直都扎根在我的生活中。李书笑很喜欢对我说，你才是我的亲人，说这句话的前提是，她确实有个妹妹。

李书笑有个同父同母只比她小一岁半的亲妹妹，名叫李稚心，但李书笑对此采取一种绝口不提的态度，导致一般人根本不知道她其实并非独生女。

我第一次知道李稚心的存在还是在初二。那天李书笑青着嘴角和眼角来上课，脸上显示出一种格外幽怨的神情来，我凑过去小心翼翼地问她："你……上次数学不及格的事情被你妈发现啦？你妈现在怎么这么暴力了？"

李书笑斜了我一眼，龇牙咧嘴地没有说话。等到了体育课上，我好奇心作祟，又凑过去问她："哎，你这到底是和谁打架了啊？学校门口的小混混吗？"

她这才不耐烦地回答道："我妹！"

"哪个表妹？"我问道。

"亲妹妹，"她捂了捂嘴角说道，"我以前没和你说过，我有个亲妹妹。"

"就凭咱俩这关系，你有亲妹妹竟然不告诉我？"说着我就扑上去掐她，她便哇啦哇啦乱喊："我超讨厌她。"

"有妹妹不好吗？"我露出了羡慕的表情说道，"可以一起度过欢乐的童年时光。"对此李书笑捂着伤口比着口型说道："你做梦。"

当我正式认识了李稚心后，我才发现并不是每个人的妹妹都是小天使，有些人的妹妹就是个不折不扣的小恶魔。她聪明、难搞，保持着一种旺盛的好奇心和行动力，热衷于挑战秩序，鄙夷不屑那些庸碌生活着的寻常人，比如说我和李书笑。

如果要追述李书笑和李稚心的关系恶劣史，标志性的关系破裂事件发生在李书笑七岁半，李稚心六岁那年。亲戚们总是不断地夸奖李稚心的聪慧，又取得了怎样怎样的成绩啦，又获得了什么什么比赛的冠军啦；而面对李书笑，大家就只剩下"看看你妹妹""你要多努力向妹妹学习""呵呵呵"之类让人寒心的话。

那年李氏姐妹都在学钢琴，都参加了一个幼儿钢琴比赛，李稚心轻松拿了冠军，可李书笑什么奖都没有拿到。显然那时候的李书笑还没有完全接受这种智商上的残酷落差，换到现在，以李书笑的厚脸皮程度，我想她一定能轻松接受这种完全是意料之中的结果。因此，被亲戚们半开玩笑地奚落了一番的小李书笑感到十分不开心，好在她们的父母还讲求人道主义精神，一人准备了一份礼物，李书笑得到了一双球鞋，李稚心得到了一双皮鞋。

当晚要睡觉时，李稚心突然拿走了李书笑的球鞋。李书笑说："你干吗？"李稚心说："我要研究一下球鞋的构造。"本来就心情十分不爽的小李书笑说："我才不给，还给我。"小李稚心不但坚决不还，还在两人的争抢过程中给了小李书笑一个肘击，把她的鼻子打出了血，尔后扬扬得意地当着小李书笑的面用剪刀把球鞋剪开，因为她要研究球鞋的构造。

当她们的父母将两个扭打成一团的小孩分开后，小李书笑一边飙着泪一边大喊道："我没有妹妹！我永远都没有你这个妹妹！我恨你！"而小李稚心则是一副完全不在乎的表情。

许多年后，当李书笑和我叙述这件事情的时候，她仍然咬牙切齿，十分愤恨地说道："你不知道她有多烦人，我每天都在向上帝祈祷我妹妹能消失到另一个空间里去！"

但不幸的是，李稚心非但没能如李书笑所愿消失到另一个空间里去，反而来到了和她同一个空间里。

李稚心原本比我们小一届，但念到一半她就跳级了，所以等到我们上高中的时候她也上了高中。据说在原来那个高中，她整天奇思怪想严重影响其他同学学习，把大家都搞得叫苦连天，实在是没办法了，李母便狗急跳墙，这个比喻似乎十分的不恰当，但总之李母想出了一个奇怪的办法来，她把李稚心转到我们学校，放在李书笑的眼皮底下让李书笑看着她。

我实在是难以相信李母竟然天真地认为这个办法会有效，要知道她们可是一对直到初中还在互相殴打的姐妹啊！

但不管怎么说，李稚心还是在高一下半学期转到了我们学校，她被老师特意安排在李书笑的后面。尔后班主任和我们介绍道："这位新同学叫李稚心，是李书笑的妹妹。"大家便看核爆现场般露出极尽夸张的表情来看着李书笑，李书笑对此龇牙咧嘴地回应以难看的假笑，然后转过身去对李稚心小声地咬牙切齿道："你离我远点！"

开始上课不久，斜后方的李稚心就用纸团丢我，我回过头去看着她，她问我："喂，你就是赵曾良吧，李书笑的狐朋狗友？"

我问她："你就喊你姐叫李书笑吗？"身旁的李书笑说："这不奇怪，我喊她小浑球，我盛情邀请你也这样称呼她。"

但我的重点不在这上面，我纠正她道："我们不是狐朋狗友而是革命伴侣。"

李稚心不屑道："那种就算整天在一个教室上课，晚上回家后还要最起码煲一个小时电话粥的革命伴侣吗？有时候真羡慕你们这种普通而平庸的人啊，可以随随便便地浪费时间而丝毫不用感到可惜，因为你们无论干什么其实都是在浪费时间。"

我几乎想把所有我能够到的东西都朝她脑袋上砸过去，但我仅存的理智克制住了我这种不理智的想法。我简直不敢相信这个世界上竟然会有这么讨人厌的小鬼，同时也第一次开始佩服起李书笑，毕竟都这样了，她也没有成为一个杀人犯。

我企图用我的循循善诱来教化她，我说："事情不是这样的，你看所有动漫作品里的主角都是我和李书笑这样平凡而普通的人，像你这样一开始看起来很牛×的天才人物，都是用来打败和做成长之路上的垫脚石用的。你知道吗，只有我们这种充满了爱与正义的小伙伴才能成为主角啊！"

李书笑向我投来热泪盈眶的眼神，说："对，就是这样的！"

李稚心说："啊，的确是这样的，但我想问你们一个问题，我们现在生活的次元是二次元还是三次元？"

那一瞬间，我感觉自己突然就跪倒在了地上，再也没有办法好好面对自己的人生了。于是，我和李书笑陷入了长久的沉默之中。快下课时，李稚心又说："对了，我想告诉你们，动漫里看似平凡或者笨得要死的主角其实归根结底都是拥有了不起的天分的人，而你们实际上就和看起来一样的蠢。"

下课后，我和李书笑认真地考虑了一下买凶杀人的可能性。

大体来说，李稚心就像彗星撞地球般砸入了我们的日常生活中，将我和李书笑平静的高中生活搅得天翻地覆。

第一次月考后，李稚心便说念书实在是没什么意思，她要去闯荡社会了。

李书笑就骂她说："闯荡什么社会，你小小年纪懂什么是社会，你知道混社会的都是什么人吗？你要去当黑社会吗？"

在李书笑连珠炮般地发问后，李稚心说："可以啊，我正有此意。"

我说："你什么意思？"李稚心用我刚刚去买了块橡皮般的平静口吻说道："我打算去混黑社会啊。"

大脑空白了一会儿，李书笑才干巴巴地反驳道："黑社会是你想混就能混的吗？你以为打入社团内部就那么容易吗？"

可李稚心似乎早有准备，她说她打算找彪哥去拜码头。彪哥是我们学校里出名的小混混，大家都说他跟着我们这片的黑社会小老大混。接着李稚心又问我们："哎，你们说按照规矩我应该带着什么东西去拜码头？"我随口说道："一块蛋糕两包饼干吧。"

次日李稚心就真的带着一块蛋糕两包饼干去拜码头了。据说彪哥十分激动，感到自己这么多年横行乡里、鱼肉同学的作为得到了新生代的肯定，于是爽快让李稚心加入社团成为一名光荣的黑社会。

加入黑社会后李稚心便开心地回来告诉我们，她已经成功打入黑社会内部，只等找个合适的机会离家出走。李书笑问她："你离家出走干吗？"李稚心说："混社会啊，读书没意思，不想读了，就想混社会看看，体验一下人生。"

面对她这番不负责任的幼稚言论，李书笑难得摆出做姐姐的样子来教训道："我不觉得你这是在体验人生，我只觉得你是青春期。"李稚心便说："那你如何证明你此时此刻的所有行为不是青春期荷尔蒙作用下产生的呢？"

李书笑便语塞了，嚷道："小浑球滚开，别烦我。"

一周后，行动力爆表的少女李稚心果然离家出走了。那天李书笑迟到了半小时才来上课，她告诉我们家里一片兵荒马乱，因为她妹妹真的半夜拖着行李箱跑了，于是大清早起来她被父母揪着耳朵质问，是不是这起有预谋事件的帮凶。

"我是无辜的，我只是睡得死了一点。"李书笑委屈地说道。

显而易见，这不安分的兔崽子跑去体验人生了，家里人给所有可能认识她、收留她的人都打了电话，可是毫无线索。我说："要不我们下课找个时间去问问彪哥？"李书笑说："也只能这样了。"

　　结果还没等我们去问彪哥，上体育课的时候李稚心自己便笑嘻嘻地出现了，她躲在小树丛里朝我们招手，我险些以为撞了鬼，

　　李书笑跑过去没好气地问道："你死哪儿去了？"个子比她稍矮一些的李稚心便昂着她那张鼻梁处撒着零星雀斑的脸说："混社会啊，以后都四海为家。"李书笑说："我实在是不明白你干吗非做这种事情，好好念书不行吗？"李稚心很认真地看着我们说："可是我找不到现如今这种生活的意义啊，好好念书然后上大学，然后呢？找个好工作，结婚嫁人，生个小孩让他继续好好念书？为什么每一个人都要一成不变地过着这种日子？我在这样无比正确的人生道路里看不见自己想要的东西。"

　　"你什么都有了，干吗还那么不满足啊？"我撇了撇嘴问道。

　　"我是有了很多东西，可是我不知道自己想要什么，"李稚心难得收起玩世不恭的无所谓样子来，一本正经地认真说道，"你们想要的得不到，我有了可是不想要，这样子的悖论存在于生活的每时每刻。"

　　为这样充满哲理的话所折服，一时之间我和李书笑两人什么也说不出来。见我们也无言以对了，李稚心便厚着脸皮道："那你们有钱吗？我闯荡社会需要钱啊。"

　　我一个大大的白眼翻过去："那你就别闯荡社会啊。"

　　到底还是李书笑妥协了，她开始翻口袋里的零钱，接着让我也把钱都拿出来，我翻着裤子口袋突然就觉得有什么不对。我说："不

对哎，李书笑，你妹妹现在要离家出走你还出钱资助她？你不应该拦着她吗？"

李书笑如梦初醒拍了拍脑袋说："是哦，我应该拦着她。"然后她对李稚心说："不行，你还是跟我回家吧！"李稚心说："你觉得你拦得住我吗？我想做的事情总会做成的，不是现在就是以后。"

李书笑点点头，大概是感觉有理，可我们身上带的钱寥寥无几，于是李书笑就跑去问财大气粗的 Very 汪借，Very 汪特意上楼拿了五百块钱给她。

对于李书笑这种溺爱的行为我简直难以理解。我说："你拿那么多钱给李稚心，她不是正好多在外面多待几天吗？你还不如只给一百呢，她没钱了，自然也就回来了。"李书笑说："那万一给的不够，她一时兴起要去体验失足妇女的人生呢？"

听到这话，李稚心一边将钱收入口袋一边歪了歪脑袋说道："我不会那么干的。"李书笑瞪了她一眼："你又不是正常人，很难说。"说完她又挨个去问同学借钱，嚷道："行行好吧，借我点钱吧，不然我妹妹可能要变成失足妇女了。"

这件事情之后，李母便让李书笑随时怀揣一千元巨款等着李稚心出现。我说："难道李稚心真的不打算回家了吗？"李书笑说："没有啊，周末会回家吃饭的。"面对这家人接二连三的神经病行为，我只感觉一阵无言以对。我说："那这算哪门子离家出走啊。"李书笑便叹了口气说："你不了解她，她想干的事情就一定会去做，不如控制在一个稍微可控的范围内，不要逼得她太紧。"

我客观评价道："其实你真的挺爱你妹妹的。"李书笑嘴硬道："没有，我特别讨厌她，看见她就烦。"

两个礼拜后的体育课上，李稚心又躲在小树林里朝我们招手。我说："喂，这位同学你已经当自己是树林童子了吗？"李稚心摊开双手说道："请叫我'体育课之神'。"

李书笑皮笑肉不笑地问她："做黑社会的感觉如何？"李稚心说："还可以吧，现在已经成功打入内部高层了。"我说："这么快？"她说："那当然了，我现在已经是这个区扛把子的小弟了。"

这让我不禁好奇起来，问道："那你们做黑社会的平时主要干什么啊？"李稚心说："主要是跟着阎婆去各大初、高中超霸[1]勒索，拿到了钱大家就开开心心地去吃麻辣烫，如果还有富余晚上就去唱歌逛街。"

阎婆就是这个区的黑社会小老大，也就是彪哥的顶头上司。阎婆姓阎，年纪不大才刚刚二十出头，但是性格很泼辣，所以道上的人都喊她阎婆。据李稚心说，阎婆带着一群小弟组团去欺负别人的时候，保留节目是让小弟们围着那个倒霉蛋站成一圈，她自己一手捏住那人的下巴，另一只手拍着他的脸颊说："来，给老娘唱首《征服》听听。"然后，那个倒霉的家伙就只能用颤抖的哭腔开始唱："就这样被你征服——"

这些猎奇小故事让我和李书笑两人听得一愣一愣的，不断发出类似"啊，是这样子啊"之类的畏叹声。

等故事听完，李书笑一拍脑袋说："那这样一来，你也就不需要离家出走的经费了吧，你们不是整天在超霸勒索吗？"

---

1 超霸：学生之间的抢劫。

"可是我没有拿那些学生的钱啊，"李稚心说道，"我还不至于去做这些不道德的事情。"

"在一旁看着而不制止这种行为本身就是不道德的吧？"我说，"你也算是参与者之一，可以称之为消极参与者。"李稚心说："这已经是在不道德环境下的善良了，你别那么苛求我。如果你把我想成是卧底，会不会好理解一些？"

又过了一个礼拜，李稚心又像以往几次那样如约在体育课上出现了，只不过这次她没有躲小树林，而是正大光明地站在操场边和我们聊天。她说她打算回家去了，李书笑连忙抓紧机会讽刺道："不是说好四海为家的吗？"

没想到李稚心露出一副疲惫的样子来，叹口气低声骂道："狗屁黑社会。"

为了缓解这莫名有些严肃的气氛，我转移话题道："你不是已经混入黑帮高层了吗，怎么不见有什么小弟给你打下手？"

"有啊！"李稚心抬头看了我一眼，"你等一会儿。"接着她拿起手机打了个电话，冲电话里的人命令道："带一个披萨、一瓶可乐到 ××高中来。"

半个多小时后，一个黑瘦的男孩子满头大汗地拎着披萨和可乐过来了。李书笑看了看手表说："下节课要开始了。"李稚心白了她一眼道："不上课你会立刻死掉吗？"

那个黑瘦的男孩恭敬地把东西递给李稚心，看起来有些畏畏缩缩，因为黑瘦的关系显得年龄很小。李稚心接过东西后将钱递给他，他还不太肯要，我们只好强迫他收下，并且勒令他一会儿用多下来的钱自己给自己买些吃的。

李稚心打发走那个黑瘦的男生后，拎着披萨、可乐和我们一起躲到操场后面一个被废弃的灰扑扑的乒乓球室里，我们艰难地坐在满是灰尘的箱子上吃披萨。

互相扯皮着吃了一会儿，我问李稚心："是不是黑社会和你想象中的不一样？"李稚心说："一开始就完全不一样，你们也是知道的，我只想看看和现在生活不一样的世界，想见见什么是江湖义气，结果狗屁江湖义气！"李书笑说："怎么了，他们逼你去超霸小学生？"李稚心说："不是的，是他们不允许一个人有任何变好的可能性。"

彻底改变李稚心想法的事情发生在前天晚上，那晚阎婆照样约了李稚心和几个喜欢的核心骨干一起去唱歌，唱到一半，其中一个女生说要早点回家，阎婆问："怎么了，为什么要回家？"那个女生说："今天是我妈妈生日，我想早点回家和妈妈一起过生日，毕竟平时在家的时间也不多，还老惹我妈生气。"阎婆当时就挂下了脸，发怒道："你以为你自己是谁，回家给妈妈过生日？你怎么不说回家去喝你妈的奶啊？"说着就将那个女生噼里啪啦一顿乱骂，说道："你出来混黑社会，还想在家里做个乖宝宝？你做梦去吧你！装什么好人？我最恶心你这种人，你今天走了就不是我阎婆的姐妹！"

那一刻，坐在一边的李稚心突然发觉自己错得很离谱，这里没有什么江湖义气，更没有什么江湖道义，有的只是一群烂到骨子里的人渣，他们愚蠢、自私、固执、暴虐。

李稚心给我们讲完故事，吃完披萨，起身拍拍手说："我要回家了，李书笑咱们家里见吧。"

第二天，她便回到学校领了个处分继续上学了，似乎这种事情对她来说根本就不算什么。

李稚心回到学校没多久，学校附近的岔路口和小胡同里便多了许多小混混，最多的时候他们十几个人站在街边准备堵李稚心。我们问李稚心要怎么办，她说："没事的，他们都是欺软怕硬的货色，只管回家就是了。"结果那群人果真什么都没敢做。

第二周，一个染着金黄色头发，穿着亮银色风衣、绿色丝袜，脸上抹着厚厚一层粉底的女人大刺刺地走到我们班来找李稚心，这个人就是阎婆。她站在班级门口喊道："李稚心你给我出来!"李稚心便跑出去说："干什么?"阎婆说："你以为我这里是公共厕所啊，你想来就来，想走就走?我告诉你，你混黑社会一天就一辈子都是黑社会。"结果，李稚心说："哦，我还以为你们这里是公共汽车，我想上就上、想下就下呢。"

阎婆反手就要给李稚心一个巴掌，结果被李稚心接住了。随后阎婆另一只手揪住她的衣领子将她往旁边的玻璃窗上撞，李稚心忙用手肘护着脑袋，手肘撞碎了玻璃窗，她的手臂也随之被碎玻璃划了长长的一道口子，血哗啦啦地直往下流。我们都被吓住了，一时之间谁也不敢出声。

阎婆松开李稚心，用手指着她的脸说道："我今天就是要给你个教……"话未说完就被李稚心用未受伤的手迅雷不及掩耳地甩了一个巴掌。我们再一次被吓住了，想上来劝阻的人立刻停住脚步，谁都没想到她被划了那么大一个口子不想着去捂伤口还能想着去扇人巴掌。

李书笑大概是第一个反应过来的，她大喊道："叫警察，叫老师啊！"然后还冲着李稚心六神无主地喊道："你跑啊！跑啊！"李稚心没跑，班干部倒是陆续跑了出去。

阎婆用一种你竟然敢打我的表情看着李稚心，李稚心也瞪着阎婆，一整条手臂上全是血，滴答滴答往下淌。随着她的动作，墙上、水泥地上洒了好多血点，神似杀人现场。

在江湖上号称很泼辣的阎婆好像也被这个场面给吓住了，可李稚心依旧没有去捂伤口，她不知哪里来那么大的力气，突然蹿上前一把揪住阎婆的头发将她往还残留着一块尖锐碎玻璃的窗框上压，一边将她推过去，一边用另一只满是鲜血的手往阎婆脸上拍，说："你他妈倒是也给我唱首《征服》来听听啊！"

阎婆瞬间被糊了一脸的血，她使劲要挣脱李稚心，可李稚心就是死死地抓着她的头发不松手，不管她怎么抓她、踢她。最后，阎婆大叫起来："你神经病啊！你去死啊神经病！"

这时候李书笑跑过去要去拉她们，李稚心说："你走开，我今天要把她打到服帖为止，不然后患无穷。"

两人从教室门口扭打到走廊的护栏边，在拖行对方的过程中阎婆的高跟鞋掉了，向后一个趔趄，李稚心就将她仰面压在护栏上，一边打她一边骂："你这种人渣就算死了也没有一个人会为你掉眼泪的！你这种人就算死了，也没有一个人会再记得你的！因为没有一个人需要你！你死了世界只会更好！"

阎婆手脚乱蹬地去拍打李稚心，复读机一样不断重复一句话："你神经病啊！你神经病啊！"可李稚心就是死死地抓住她的头发不松手，我们跑去试图拉开她们也根本不行。

过了一会儿，班主任、教导主任等都赶来了，分开看热闹的同学，看见这种血腥暴力的场面也被吓了一跳，他们一人一个要将她们拉开。可就是到了这个时候，李稚心也不肯松手，最后她活生生从阎婆脑袋上抓下来一大把头发才算完。

李稚心被安置在医务室后，我和李书笑趁乱去看过她，她闭着眼睛躺在简易病床上假寐。李书笑略有些忧愁地看着她妹妹说："这下糟糕了。"李稚心说："没关系的。"

我说："真看不出来你会那么凶。"李稚心说："刚才我心里涌起一阵怒意，简直恨不得杀了她。""你为什么那么愤怒？"我问道。李稚心说："不知道，看起来更愤怒的人应该是阎婆，而实际上最愤怒的人是我。"

"让你好好念书，你不听，现在惹出了这种大麻烦，你总该后悔了吧？"李书笑说着帮她理了理乱七八糟的头发。

意料之中地，李稚心看了她一眼说："我不后悔。"

那时我忍不住想要问她："你以前一直说在学校念书毫无意义，那么对你来说这次混黑社会又有什么意义呢？离经叛道又有什么意义呢？挑战世俗又有什么意义呢？"

面对我的一连串发问，李稚心倒是很平静。她说："我们常说，这件事情是有意义的，那件事情是没有意义的，可意义到底是什么，意义这种东西又到底有什么意义？如果我们把对自己有价值的、自己认可的事物称之为有意义，对自己没有价值、自己不认可的事物称之为没有意义，那么混黑社会、离经叛道、挑战世俗现在看来，于我而言都是没有意义的行为。"

我说："所以归根结底这一切不都是没有意义的吗？那你还不

如一开始就待在学校好好念书，也不用折腾那么一大圈，受这种罪了，反正一切都是没有意义的。"

李稚心看了我一眼："不一样，虽然我现在说不清楚到底为什么不一样。"

一周后，李稚心拿了个特大处分，加上之前那个处分，两个处分累积在一起的她被停课两周。两周后，她没事人一样回来了，似乎完全没有受到各种流言和议论的影响。

我们升到高二后，因为优异的成绩，李稚心再次跳级变成了高三，这原本是不可能的，毕竟她是个问题少女，但是那一年学校很想要一个少年天才上大学的新闻，所以就破格让她再次跳级。

而再一次让人跌破眼镜的是，她最后一天没去参加高考。那天她神色如常地背着包出门了，然后去公园听了一天老年票友唱戏，等到时间差不多她又背着包回家了。她爸妈问她考得怎么样，她说："我没去考试啊。"

在一顿不可置信的气急败坏后，大家问她为什么要这样做。她说："因为我觉得这种考试没有意义，考得好又如何，考得不好又如何，沿着这条路走下去我一眼能看见自己的未来，我不要这种人生。"

最后，李稚心去了莫斯科学音乐，她临走前一天李书笑给我打电话，问我要不要一起去送行。我说："我不喜欢离别的场面，你们一定会哭得很伤心的，我一个外人站在边上好尴尬。"李书笑说："可李稚心说有话想和你说，再说我不会哭的，她走了我开心还来不及，简直就是送走了一个瘟神啊，就让战斗民族去面对她吧！"

我想了想说："那好吧。"

第二天，李家去机场前绕道来接了我，一路李书笑都在和我扯些有的没的，李稚心也没和我说话。到了机场我们陪她等航班，我刚坐下，她就背着一个巨大的背包站在我面前说："我有话和你说。"

我感受到了极大的压迫感，于是立刻站起来问她："你干吗那么严肃啊？"

李稚心说："上次你说我的行为归根结底毫无意义。"我说："咦？你还记得这些话啊，我都快忘了。"她没有理我："继续说，这些毫无意义的事情对于我来说并不是真正的毫无意义，最起码我用亲身经历去证明了这些确实毫无意义。我知道我走了一条错误的路，以后再去走别的路就好，直到真的走上自己想要的道路。"

我说："可是你说来说去这些事情还是毫无意义啊。"李稚心说："不是的，这就是毫无意义的意义。你们什么都没有做，一直待在一个毫无意义的环境里，而我跑出去做自己想做的事情，即便后来证明这些行为是错误的、无意义的，也和你们不同。因为我一直在尝试不同的道路，总有一天我会走上正确的道路，而你们仍然在那个对你们毫无意义的环境里，这就是我那些毫无意义的行为的意义。"

听到这里，李书笑忍不住跳出来打断她，"你哪那么多话，意义来意义去的，我都快被你绕昏了，那你告诉我，活着到底有什么意义？"

李稚心说："去战斗啊！去寻找意义啊！直到某一天自己能认可自己为止！"

"好的，我和你不一样，我现在就非常认可自己，所以我的人生是充满意义的，我赢了。"说着李书笑摆出一个舒服的姿势靠在椅背上。

李稚心便嗤笑道："你们普通人的人生还真是幸福啊，反正不管奋不奋斗都是那样而已。"

我只好皮笑肉不笑地对她说："呵呵。"

进安检后我们不能再继续陪伴她，李稚心背着巨大的背包就往里走，头也不回。李书笑站在我身旁对着她的背影喊道："我可总算摆脱你了！"

她举起手来挥了挥表示自己听到了。

当她快要消失在拐角处时，李书笑又冲她喊道："给我去找到正确的道路啊！"

李稚心仍然没有回头，再次举起手来挥了挥，然后慢慢走过拐弯口消失不见了。

我转身刚想对李书笑说"好了，我们回去吧"，却发现李书笑哭了。

理性分割

老 K 是我的小学同学，会唱歌，会跳舞，会写书法，德智体美劳全面发展的好学生，周一的升旗仪式有那么三五次都在听老师朗读她的作文中度过。

所以，当高中入学报道那天我又在分班表上看见她的名字时，我有那么一瞬间的恍惚。她的名字有些特别，照理说不太可能是另一个同名同姓的女生，可依照我对她模模糊糊的印象来说，她小升初考入了本市最好的中学，高中也该继续待在那儿的，可显然世事无常，她又和我出现在了同一个班级。

我们在班级里相逢时，她似乎并没有认出我，或是单纯地不想和我打招呼，总之她直直地从我身边经过，走到第二排坐下。在小学里她曾是一个高挑美丽的女生，可到了高中她竟显得有些矮胖，还有些黑，鼻梁上架着一副粉色边框的金属架子眼镜，在人群中显得孤独又突兀。

在这个班级里，她的功课算得上不错，虽然没有以前那么好，但总是可以在各科都保持前十。年逾五十的语文老师尤其喜欢她，常常在课堂上念她的作文，这时老 K 就低着头翻看别的书籍或者把玩着水性笔显出漫不经心的样子来。

老 K 和以前很不一样，独来独往又想法诡异，在高中这个大家扎堆变成小团体生活学习的地方显得既多余又不招人喜欢，渐渐地她只有在语文课上被念到作文时才有了那么一点存在感。

就在我都快忘记班级里还有老 K 这个人时，却意外地和老 K 有了交集。某天我的朋友生病了没来上学，我只好独自一人去食堂吃饭，恰巧坐在了同样独自一人吃饭的老 K 对面。我觉得很尴尬，不知道说什么好。老 K 和我打招呼说："好久不见。"我很惊讶，我说："原来你还记得我哦。"老 K 说："当然记得啊，小学同学嘛。"

余下的吃饭时间里我问了老 K 两道数学题，她的解题思路很奇怪，我听不太懂就草草吃完打算回教室了，刚起身老 K 突然抬头满怀期待地对我说："今天是我生日！"

我愣了一下马上说："哦哦，那祝你生日快乐！"老 K 说"谢谢"，又立刻低下头继续吃饭。

我刚出食堂门想想觉得不太好，转头去小卖部买了一个小挂件再折回食堂送给老 K。老 K 很惊喜，说自己很久没有收到生日礼物了，一定会好好收藏的。她这么说，倒是搞得我有些不好意思。我忙说，没什么的，小东西而已。

这件事后，独来独往的老 K 就把我当作了朋友，在此之前我从不知道小挂件可以换来一个朋友。

第二天，我的朋友回来上学了，我们照常准备结伴去吃午饭，可是老K跑过来对我说："我们一起去吃饭吧！"我尴尬地看着我的朋友，朋友对我摆摆手说："没关系你们去吧，我找别人吃饭好了。"

我觉得老K比我想象中的更为奇怪，她的神情、走路姿态和说话的口气无一不透露出一种不自然的怪异来，就连她紧紧箍在身上的文化衫和那粉色的金属眼镜都透出一股子挥之不去的别扭感来。

老K带我跑了几站路去吃一家小面馆的硬面条，那面条很便宜，才两块五一碗，在我们这个城市我已经很多年没有见过这么便宜的面条了。老K欣慰地说，她早就想来吃这个面条了，可是一个人的话就不想跑那么远的路。

我发现在老K的世界里，和他人构筑关系这件事情是单向的，她认为我们可以做朋友，于是我就立刻变成了她的朋友；她想来吃面条，于是作为朋友的我就要陪伴她来吃面条。至于我是否愿意和她做朋友，我想不想吃面条，我觉得老K并不是很关心这个问题。

老K在美味面条的催化下变得很健谈，她说自己十分擅长淘各种便宜货，也变得很能适应生活，尽管自己每个月只有一百块零花钱，但是她过得很有滋有味。

那时候在我们这样的南方城市高中生的月零花钱普遍不止一百块，毕竟要负担自己的早饭和午饭还要购买一些学习用品和别的杂七杂八的东西，譬如杂志和零食。如果每月只有一百块，那只能天天吃泡面，而老K基本就是这么干的。

我看着老 K 身上印着"李阳疯狂英语"的不合身的文化衫，和她说："那我请你吃面条好了。"老 K 说："不用，我又不穷。"

后来我发现，老 K 家真的不穷，甚至还可能是我们班最富有的。可问题是老 K 的妈妈坚持认为他们家是个贫穷的家庭，尽管在当年他们家每年稳定的收入就超过百万，即使放在今日也是相当可观的一笔数字，可老 K 的妈妈就是觉得自己穷得要死掉了。

老 K 的妈妈每个月只肯给老 K 一百块，多一分都不给。老 K 的妈妈也不给老 K 买衣服，每次老 K 在街边的橱窗前用渴望的眼神看着那些漂亮衣服时，她妈妈都会厉声斥责她："看什么看，你这个又黑又矮的死穷鬼！穿你身上也不会好看的！"

我想，幸亏老 K 是个热衷于参加各种课外活动的人，这样可以拿到各种文化衫，不然她很可能会没有衣服穿。后来我又想，老 K 参加课外活动是不是就为了拿文化衫？

老 K 说自己是个崇尚理性主义的人，而她妈妈是个过于情绪化感性的人，她说自己和妈妈是两个极端，绝对理性和绝对感性，注定相处不融洽，一定会有矛盾和冲突。

后来老 K 要去美国，她妈妈勃然大怒，说："穷鬼你去什么美国！家里哪有钱给你去美国，你自己偷渡去美国吧你！"老 K 说，美国是世界上最强大的国家，她要变强大就要去美国念大学，在国内念大学有什么前途？去美国是最理性的选择。为此她们大吵起来，从家里别墅的三楼吵到一楼，一路上老 K 的妈妈暴怒地疯狂摔东西、砸门，可老 K 无所畏惧，她说："我要去美国，这是个理性的选择，我是正确的。"

从此以后，老 K 每天都要说一次"我要去美国"，她妈妈也差不多每天都要暴怒一次，家里的房门、柜子门常常被砸坏，老 K 的爸爸就叫人回家修家具，自己又躲出去不肯回来，似乎不愿意介入她们母女间的战争。

老 K 最常提起的一个词就是"理性"，她崇尚绝对理性，认为只有绝对理性才是这个世界的真理，而任何带有感性色彩的行为都是毫无意义的。比如，有一次我们在上学的路上骑车遇见，开始同行聊天，中途我在路边看见一辆餐车要去买早餐，便自然而然地说："老 K 你等等我。"可是老 K 拒绝了，她说："等你是毫无意义的事情，只会浪费时间，你仔细想想，在等你的过程中我能够获得什么呢，你又能获得什么呢？这是不理性的行为。"说完老 K 就骑车先走了。

我并不生气，因为我很清楚老 K 没有恶意，她经常将"理性"挂在嘴边，也经常做一些"理性的行为"，虽然这些在旁人看来都是莫名其妙的偏执。

高一结束后我们进行了一次分班考，崇尚理性的老 K 自然去了理科班，而我则去了文科班，自那以后我们虽然在同一个学校却迅速地失去了联系。

几年后我在校内网上收到一个好友申请，一看原来是老 K。老 K 在资料上标注的大学在加利福尼亚州，我问她："老 K 你在美国啦?"老 K 说："那当然，我要遵从理性的选择。"

我问老 K 在美国学什么，老 K 说："当然是理科，如果我选择了文科的话，我的人生便立刻就会终结了。"我说："你是不是很喜欢康德?"

老 K 问我康德是谁？我说："Immanuel Kant 啊，写《纯粹理性批判》那个。"老 K 说她不认识什么康德，也不爱看哲学书，因为前人的哲学和自己是没有关系的，如果一个人足够理性便有能力判断自身发生的一切，不需要什么哲学书来帮助自己，哲学书是虚妄的，是理性的大敌。

我很快便沉默不语了，因为实在不知道自己要说什么。我看着校内网老 K 的头像，仍然觉得现如今身在美国的老 K 看起来怪异而不自然。那张照片似乎是用电脑的内置摄像头拍摄的，老 K 抿紧了嘴唇，眼神看起来咄咄逼人，身上穿着一件明黄色的紧身 T 恤，整个人靠在桌子上向前倾，显出一种傲慢与野心来。唯一的变化是，她似乎已经不戴眼镜了。

老 K 每周都会用英文写一篇日志，她说那是用来练习英文的，她的用词都很简单，以至于我也能看懂。

有一篇日志她记录了自己在英语角练习口语时遇见的一个土耳其人，土耳其人说自己很喜欢中国，以后想到中国发展自己的事业。老 K 问他："你要发展什么事业？"土耳其人说折纸事业，然后拿出一个自己用广告纸折叠的小盒子。那种盒子我在高中时，有些女生也会折，一般是放在桌子上用来放小垃圾的。老 K 觉得土耳其人很好笑，她说："去他的，就凭他也想发展什么事业？看见这种人，我便认定自己是可以成功的，我要成为这个世界的王（the king of the world）。"我就回了她一句："为什么不是 the queen of the world？"老 K 很快回复我："在理性的世界中不分男女。"于是我说："那我以后叫你老 K 好了。"

没过多久，我因为一些原因注销了校内网，又一次断了和老K的联系，便再也看不到她每周写的英文日志了。又过了几年，我为了查找一份东西复活了校内网，发现老K在一年前给我留了封站内信，里面讲了一个小故事。

老K说，小时候她家里很穷，一家三口住在小区的车库里，车库只有十二平方米，他们睡上下铺的架子床。有一天晚上，她妈妈买了两个肉包子给老K当晚餐，老K吃到一半将肉包子掉在了地上，肉馅散在了车库的水泥地上，下一秒她妈妈立刻一个重重的巴掌甩上来，冲她怒吼道："你知不知道肉包子要一块五一个？"

老K心想，一块五而已为什么要甩我巴掌？甩了我巴掌肉包子也不会回来啊，这种行为一点也不理性。一年后老K家突然发迹了，迅速地买了别墅添置了各种家具，可在老K的潜意识中仍然觉得自己很穷，自己一直是那个在吃肉包子的小女孩，自己也经常会被甩巴掌，在她看来，只有理性是靠得住的东西。

可是最后老K说："我觉得自己被理性割裂了，变成了一块块碎片，完整的我仍然是一个贫穷的小女孩。"

我顺着她的名字点回去，发现老K也注销了，从此以后我再也未曾见过她。

珠光宝气 Very 汪

Very 汪是个有钱人，不管你认不认识她，你一眼就能判断出这点来。

这个有钱人是我的高中同学，而 Very 汪这个高端大气上档次的绰号是我的同桌李书笑给她起的，因为那时候 Very 汪热衷于给我们介绍各种奢侈品品牌，比如说 Vera Wang 的婚纱，在此之前，我们从不知道原来世界上竟然有这么贵的婚纱。

Very 汪说真希望以后能成为一个像 Vera Wang 那样的女人。此时，我机智的同桌李书笑就说道："这一点也不难，你看你姓汪又 very 有钱，那么我们就叫你 Very 汪吧。" Very 汪对李书笑说："你快点去死。"可我和我的好朋友汤睿都觉得这个绰号简直太棒了，于是 Very 汪这个名字就一路叫了下来。

Very 汪一直都走名媛风，穿很好的衣服，用很好的东西，说话轻声细语，偶尔才会大喊一声"你去死吧"之类的。那时候大家都穿得土土的，哪怕是当时家境还算良好的汤睿，又或者说大家都忙于功课没有时间来打扮自己。Very 汪却一直很时髦，看时尚杂志，用心学习搭配，早早对各种品牌了然于心，哪家的睫毛膏确实比哪家的眼线液要好用得多之类的问她准没错。

更气人的是，十分有钱的 Very 汪功课还很好，更更气人的是十分有钱又功课好的 Very 汪还十分漂亮。我机智的同桌李书笑说："上帝既然让 Very 汪这种人出生在世界上，为什么又要让我们这种人出生在世界上？"

我思考了一下说，可能是为了衬托 Very 汪吧，这个回答让李书笑抑郁了好几天。后来汤睿开导她说："你看啊，上帝给了有些人美貌就不给他智慧，给了有些人智慧就不给他美貌，所以上帝是公平的。"李书笑点头称是，可随即一想说："不对啊，上帝给了Very 汪智慧与美貌，却什么都没有给我们。"我说："上帝给了我们活下去的勇气，还是公平的。"李书笑从此就闭嘴不再说这件事了。

Very 汪虽然是个美丽的大小姐，但她和我们的关系却很好，只是她似乎无法和我们一起分享享受食物的乐趣。譬如，有一次我们约好了放学后一起去吃东西，来到街边的油炸里脊肉小摊后，Very 汪说："呃，算了吧，我不吃顶上没有盖子的小摊子的食物，实在是不卫生。"于是我们带着 Very 汪辗转去另一条街上的鸡柳店，这是一家有店面的油炸食品店，完全满足 Very 汪顶上要有个盖子的要求，可 Very 汪却说："呃，算了吧，我妈不准我吃油炸食品，说实在是不安全。"

李书笑说："你真的不吃吗？可好吃了，我都想了一天了！"

Very 汪表示坚决不吃，尔后在我们可惜的目光中先一步回家了。

再后来我们发现，Very 汪似乎也无法和我们一起分享看漫画的乐趣。我上中学的时候还很流行去租书店里租书，我们都如饥似渴地租赁着各种大热日本漫画。Very 汪问我们在看什么，我们说："漫画啊，你要看吗？"Very 汪拿过去翻了一下说"这个就是漫画啊"，然后又还给了我们。我们都问她："你不看吗？很好看的啊！"Very 汪说："感觉不太好吧，我就不看了，要是被我爸妈发现我在看漫画，他们会对我很失望的。"

于是，我们只好一边夸赞 Very 汪是个好孩子，一边用十分惋惜的目光看着她。

再再后来，我们发现我们似乎没有办法和 Very 汪一起分享追偶像的乐趣。那时候 Very 汪和我们一样都很喜欢日本的几个偶像团体，当我们还停留在买杂志和周边的阶段时，Very 汪问我们要不要和她一起去日本。这次便轮到我们对她说："呃，算了吧……如果我们的爸妈知道我们为了追星而要去日本的话大概会对我们很失望的。"

Very 汪表示很难理解，于是我只好直白地和 Very 汪说："主要原因是因为我们穷啊。"Very 汪说："不可能啊，机票钱都拿不出吗？我不相信啊！你看你们都是要上大学的吧，大学的学费和生活费也不止来回机票钱啊！"

我说："那是投资，和消费怎么一样啊！"可 Very 汪表示仍然很难理解。

还没等到我们和 Very 汪之间的差距越变越大，Very 汪就去了美国。Very 汪是个永远在赶潮流的人，彩屏手机刚出来的时候她便买了彩屏手机，PSP 还未在我们这里上市的时候她便托人在美国带了回来，单反相机刚面世的时候她就买了到处拍照，所以在我们这里身边刚刚开始有人留学的时候 Very 汪就出去了。

　　在我们苦哈哈做题的高三，Very 汪在遥远的美国问我们自己出席舞会要买哪件礼服好，她给了我们一黑一绿两个备选。我们挪出半小时时间上网激烈地讨论到底是黑色的小礼服比较端庄还是粉绿色的小礼服比较活泼，最终结论是还是黑色的好，可以在不同场合多穿几次。Very 汪说："这样啊，其实我打算两件都买的。"李书笑问她："那你干吗要问我们？"我也很疑惑，我说："对啊，既然你两件都买何必要问我们呢？"Very 汪说："我就是问问呀。"我说："买两件不是很浪费嘛，你参加一次舞会只能穿一件小礼服啊。"Very 汪说："这也不一定呀，说不定到时候要参加好几场舞会，我不能总穿一件礼服吧，那样也太不体面了。"沉默了一会儿，汤睿说："那样确实不体面。"

　　刚才还十分热烈的讨论会气氛一下子就荡然无存，我们说还要赶作业就下了线。第二天到了教室，汤睿还是不开心，她说："Very 汪以为自己是谁？真的那么大小姐就不要和我们做朋友啊。"李书笑说："你生什么气啊，Very 汪一直都 very 有钱啊，你又不是不知道，虽然昨天的事情我也莫名地有点生气。"

　　她们问我怎么看，我说："大概是这件事情让我们清晰地感受到了阶级之间的差距吧，我们和 Very 汪不是一类人呢。"

　　李书笑又说："是不是我们太矫情了？"我说："可能。"可汤睿说：

"不，矫情的人是 Very 汪。"

等我们高考结束后，Very 汪也回国过假期了。暑假的某天我正待在家里百无聊赖的时候，李书笑和我说了一个八卦。她说，Very 汪回国后约了三个朋友喝茶，结果那三个人本来说好要去的，却毫无征兆地爽约了，让 Very 汪一个人在喝茶的地方等了许久。我说，为什么啊，她们做得那么过分。李书笑说，据说是 Very 汪嫌弃她们穿得土。

我说："不可能啊，Very 汪这样有教养的人怎么可能当面说别人穿得土。"后来我将这件事情告诉汤睿，汤睿说："一定是 Very 汪拐弯抹角用十分委婉但普通人类又能听懂的话向别人表达了'你们穿得很土'这个意思。"

我觉得大约是有这个可能的。

一周后 Very 汪又约了我、李书笑和汤睿。汤睿说："我不去，Very 汪一定也会嫌弃我穿得土的，我何必去自取其辱。"

于是，我和李书笑去了。那天天很热，Very 汪穿得一身清凉，拎了一个白色的包。我们建议说可以去咖啡馆，Very 汪说不要了吧，咖啡馆的咖啡都是冲的速溶咖啡，不如去会所，接着我们就去了。刚落座翻开点单簿，我机智的同桌李书笑就用眼神示意我，她想溜，我也用眼神示意她，不行。

Very 汪和我们滔滔不绝地讲她在美国的留学生活，各色各样的外国人啦，各种各样的奇怪风俗啦，躲在宿舍里抽大麻的舍友啦，英俊的美国小哥啦……我们便头如捣蒜，不住地啧啧称奇。

随后 Very 汪话题一转，说起自己身上的这件裙子，裙子是

×××牌子的，要五千元，你们再看这个鞋子，鞋子是××牌子的限量版，要三千元，还有那个包，包是××××牌子，在上海看见的，虽然美国也有这个系列，但是唯独这个款式没有，虽然在国内买要五万比美国贵了一万多，但是只要能买到自己喜欢的牌子就值得了……

趁着 Very 汪讲累了去卫生间补妆的片刻，李书笑赶忙和我说："我们也走吧，趁她不备溜了怎么样？"我说："不太好吧……"李书笑说："那也不能就这样没完没了地听她讲传销课啊。"

我问李书笑什么叫传销课。李书笑说，就是逢人便说的那些话。我说，哦，又长了知识。李书笑冲我翻了一个白眼道，现在不是讲这个的时候。

于是，Very 汪回来后我们便说晚上还有事要走了。Very 汪有点不舍得我们，但是见我们去意坚决她也就不再挽留了，结账的时候我和李书笑的手都颤抖了好几下。

这次之后，李书笑大为佩服汤睿的先见之明。

第二年 Very 汪从美国回来后又约我们出门，这次我们谁都不肯出去，可 Very 汪再三邀约我实在是推脱不过便和李书笑又出去见她了，汤睿仍然是坚决不肯去。

这次所见的 Very 汪比以往任何时候都更为珠光宝气，浑身上下的行头绝不止十万人民币，我们感觉自己再一次低估了 Very 汪家有钱的程度。

Very 汪浑身上下都是闪瞎人眼的大牌，金光闪闪地坐在我们对面。这次传销课的主题换成了旅行，青春要进行一场说走就走的旅行，于是 Very 汪说着就从美国走到了加拿大，还不过瘾，接着又从美国走到了墨西哥，当然我的意思不是真的走，坐飞机去的。

会面结束后，我们又抖着手结完了账。Very 汪说自己想去见一见汤睿，因为她已经好几年没有见过汤睿了。她问我们，汤睿是不是对她有意见，我们只好说，你自己去问汤睿吧。

当天晚上，汤睿联系我说，Very 汪去找她了，让她下楼和自己谈谈。Very 汪无比深情地回忆了中学生活里的种种，说汤睿永远都是她的好朋友，希望她不要对自己有什么误会。随后她为了表示诚意要请汤睿喝奶茶，将汤睿带至一个小铺子门口请她喝了一块五一杯的珍珠奶茶。

听到这里我表示了愤怒，我说："汤睿你撒谎，这年头哪还有一块五一杯的珍珠奶茶啊？"汤睿说："有的，就是一罐罐奶茶粉摆在你面前，然后当着你的面舀了粉放在杯子里用水冲的那种。"我说："好的，你继续说。"

汤睿说："当时我就想把奶茶泼在 Very 汪的脑袋上，但是我是个理智的人，所以我没有那样做。"我说："你理智在哪里？"汤睿说："我理智地发现了 Very 汪穿的衣服很贵！"

第三年 Very 汪回来的时候，只有我出去见她了。我觉得 Very 汪似乎很孤独，而事实也证明了我的感觉。那年 Very 汪十分罕见地没有给我上她的传销课，她说："我觉得自己很孤独，怎么老朋友一个个地都不肯出来见我呢？为什么他们都不肯和我吃饭呢？"

我说："也许大家都忙吧。"Very 汪又说："你知道吗，我真的很羡慕你们。"

我非常惊讶 Very 汪这样的人竟然会用"羡慕"这个词来形容我们。我说："你到底羡慕我们什么啊?" Very 汪说："我羡慕你们永远都很快乐啊,永远都活得开开心心啊,一点烦恼都没有,而我却总是很悲伤。"

我很少那样震惊,我说："Very 汪你觉得我们从来都不会难过吗?你觉得这个世界上只有你一个人会悲伤和难过吗?"

Very 汪漂亮的大眼睛忽闪忽闪看着我说："是啊,我一直以为只有我会悲伤,而你们是永远快乐的,实际上你们不就是一直都很快乐吗?"

我无语了一会儿说："那好吧,我们一直都是很快乐的。"

Very 汪那天确实很难过,她说："我真的非常非常伤心,人人都说我样样都完美,可是他们不知道外表完美的我,内心其实很脆弱,我又敏感又悲伤。"

我说:"哦。"

我想起了很小的时候,那时候我刚上小学总会思考一个问题,我的同学们放学后去了哪里?我那时候设想,他们会不会一出教室就消失不见,只有在我看见他们的时候才存在?

我想,我们对于 Very 汪来说似乎就是这样子的一群同学。

Very 汪最后说："现在学习压力很大,可以倾诉的朋友又那么少,我就连恋爱也很不顺利,总是分手。我一直都想不明白自己做错了什么,我也在努力生活,努力做个好人,努力完成父母的期望,努力善待朋友，我觉得生活到现在，我没有浪费过一分钱，挥霍过一份感情，一直将完美的自己维持得好好的，可是完美的我怎么就没有朋友了呢?"

我脑海中莫名地响起了一句话，我们是不是真的叫不醒一个在装睡的人。

画中的少女

　　高二升高三的那个夏天我经历了许多事情，可细想起来最重要的那件事便是认识了季筠。

　　那年夏天和往常一样发生了许多琐碎又寻常的故事，譬如我的同桌李书笑兴致勃勃地拉着我一起去看了个水彩画展，回来后她就心血来潮去报了个画画兴趣班。

　　学了一周后她说感觉非常好，让我也一起去，我便去了，我就是在那里第一次见到的季筠。

　　我们认识季筠那会儿距离"白富美"这个词的诞生还有好些年，所以我们只能用"长得漂亮还有气质"这句话来形容她。

　　画室在老旧的美术博物馆内，这个美术馆在新中国成立前便存在，据说许久以前也曾风光过，到了现在却落得个年久失修的下场。当年出资赞助的金主举家去了美国和这里再无联系，只在一张老旧铭牌上留下几行孤零零的标注。美术馆便破败地经营着，参观者寥寥无几，往来的多数是在美术馆辅楼学画画的学生。

我注意到季筠是因为她画画的样子，她画画的时候一手端着画盘一手拿着刷子，脊背挺得很直，看起来有一种温柔又美好的质感。夏日的阳光透过层层叠叠的樟树叶，透过吸附着顽固灰褐色污渍的玻璃窗，最终洒在季筠的侧脸上，金子一般温暖明亮。那时候的季筠不仅仅是有气质那么简单，谁没有几个有气质的女同学，可在季筠身上还有一种与生俱来的优雅与娴静，她是孤独的寂寥的，像是一株森林里的小冷杉。

我们和季筠学的不一样，季筠学的是水粉而我和李书笑学的是水彩。我们俩被安排坐在季筠的斜后方，只能看见她美丽的画和她美丽的侧脸。李书笑形容她，静静的就像静静的顿河，随后她又问我"静静的顿河"是什么？我说，是一本书的名字。李书笑说："哦，那形容得不太恰当，你来形容一下。"于是我形容道，静静的就像一幅油画一样，李书笑表扬我说形容得好。

季筠画画的场景就像一幅文艺复兴风格的油画，既明亮又光辉协调，充满少女特有的美感，就像美丽的少女在画中画着一幅画。

就当我和李书笑都以为在我们剩下的学画时光里都将静静地看着她美丽的侧脸度过时，季筠却主动来认识我们了。她在课间休息的时候将画凳拿过来摆在我们面前，然后用手将长裙的下摆贴着大腿捋直才坐下。她看着我们和善地笑道："我好喜欢你们啊，请和我做朋友吧。"

其实，当她说出这句话的时候我就应该意识到有什么不对的，可当时的我们却浑然不觉，只是惊叹于季筠的直白与爽朗。女神要和我们做朋友，怎么可能有不答应的道理？就这样，我们和季筠在接下来的一段时间里成了相当要好的朋友。

季筠一般都是搭公交来画室，骑自行车上下课的我和李书笑通常能在站台碰见她。有一天临近下课，下起了夏季特有的大暴雨，等了十几分钟雨势仍然没有暂缓的趋势。我和李书笑等不及要走了，问季筠走不走，季筠说还是打电话让家里人来接吧，随即挥手示意让我们先走，我们便告别了她一路冲进雨里。

第二天课间，季筠像往常一样拖着椅子过来和我们闲聊，她抱怨说昨天她母亲开着宾利车带着自家的泰迪犬来接她，结果泰迪在车子里撒尿了，害得她母亲今天得去做全车清理。她又说，被狗撒过尿的垫子哪还能用啊，看来得把那全部的垫子都扔了换新的才行。

资深爱狗人士李书笑兴奋地嚷道："你家里有泰迪啊！啊，泰迪实在是太可爱了，有没有照片？"季筠就从包里拿出一个MP4来放照片给我们看，棕色的泰迪趴在沙发上、站在桌子上、躺在床上，背景中季筠的家显得格外的大和豪华。

这些照片惹得李书笑在那里大喊大叫，她一会儿嚷着"好幸福，你竟然可以养泰迪"，一会儿又嚷着："太羡慕你了，你家里人那么宝贝你，下雨天开车接送，如果是我的话，我爸只会对我说，喂，那个谁你就自己回来吧，反正你又不是大小姐，可是季筠你却是真正的大小姐啊！"

季筠就不好意思地笑了起来，摆摆手说："没什么的啦，以后方便的话请你们赏光来我家喝红茶吃蛋糕哦，和我一样宾利接送。"

这时我后知后觉地问了一句："宾利是什么？"季筠惊讶地看着

我，漂亮的杏目瞪得圆圆的问道："你真的不知道什么是宾利吗？你都不看电视的哦？"

在确认了我的无知后，季筠便耐心地给我科普各类车的区别和价格，于是我从一个只认识大众的人变成了一个能分辨宾利和玛莎拉蒂的人，感觉自己得到了质的升华，也觉得这个课间过得十分有意义。但李书笑打断我们说："哎，这不是重点吧，重点是我们能去她家喝红茶吃蛋糕吧。"我说："你脑子被门夹了啊，重点是季筠家有宾利车好不好！"

说到这里，季筠便再次笑着摆手说："真的没什么的啦，以后一定要来我家喝下午茶哦。"我说："那一定要宾利车接送啊，我还从来没见过宾利呢！"

其实在那个时候我也应当意识到什么的，只可惜我仍然没有。

短暂的暑期绘画班很快就结束了，余下的假期中我们仍然保持联系，时常约着出来逛街聊天。开学后不久，大约是九月中旬的一个周末，清早出门的时候已经能感受到些微的凉意，就在那样的一个好天气里，季筠如约邀请我们去她家里喝下午茶。

我和李书笑像往常一样是骑车出门的，大概是因为季筠家离我们的学校很近，我们都认识那个小区的缘故，她并没有提出要开车来接我们，我们也自然不好意思去麻烦她。

90 年代落成的小区，罕见的低密度高绿化，季筠家就在小区的一角，装修得颇为古色古香，即便是旧了些。她妈妈穿着流苏披肩来欢迎我们，家里的保姆阿姨给我们端上红茶和蛋糕，季筠则坐在钢琴前给我们弹奏《少女的祈祷》，虽然在我这样的乐盲眼里弹钢琴和弹棉花也没什么区别，可我还是在主观上认为这首曲子十分地适合季筠。

那天的气氛一直很融洽，不单融洽，那几乎就是如梦似幻。季筠的妈妈分外年轻美丽，看起来简直就像是她的姐姐。我们说说笑笑谈论着学校的事情，也赞叹着季筠的多才与娴静。到了下午晚些时候，她母亲便顺势要留我们吃晚饭，忙着招呼保姆阿姨去多买些菜，可由于第二天还要上学，我们便告辞回家了。

直到我和李书笑从季筠家出来，踏在喧嚣的马路上那种梦幻的氛围逐渐消逝后，我们才意识到一件事情，泰迪犬呢，季筠家的泰迪犬呢？

李书笑很紧张地压低声音凑过来问我："该不是死了吧？"我说："不知道啊，你看见家里有狗的东西了吗？"李书笑回忆了一下说："没看见，会不会是怕触景生情所以就扔了？"我说："可能吧。"

这件事情在当时我们也没有讨论出个所以然来，但从那时起我们确实隐隐约约觉得有什么事情开始变得不对劲了。

时光飞逝，入冬后季筠的生日很快便到了，因为她的学校和我们学校仅仅隔了一个区，所以我和李书笑便在午休的时候带着蛋糕去季筠的学校想要给她一个惊喜。

我们赶过去，然后蹑手蹑脚地来到季筠班级的后门，透过门缝向里张望，季筠仍然穿着漂亮的长裙娴静而略显孤独地坐在座位上看着一本书，充满了少女特有的柔和美感。

随后我们数着一二三跳出去对她大喊一声"Surprise"，季筠和她的同学们都被我俩给吓了一跳，她惊喜地站起来，由于激动，脸上泛着好看的潮红。她紧紧地握住我们的手，随后拥抱我们，不停地说着这是她过得最开心的一个生日。

我们在教室关了灯拉起窗帘让她许愿，和她一起分享了蛋糕，之后季筠便客气地将蛋糕切成小小的一份一份分给她的同学们，大家纷纷向她表示祝贺。结束时我们合影留念，一切都进行得十分完美，足以成为生日惊喜的典范。

那本是非常完美的一天，可谁又知道我机智的小伙伴李书笑怎么能在那么短的时间内又认识了季筠学校的人。

从那时起我们便陆陆续续听到有传言说，季筠是个很古怪的人，譬如她每天都装模作样地捧着本书装清纯少女，又譬如她总是装出家里十分有钱的样子，那时候她的同学说她有"癔症"。

可这些传言在我和李书笑看来便觉得十分古怪，因为在我们的印象中，季筠本来就是一位美丽清纯的少女，她家里也确实十分有钱，这些根本不需要假装。李书笑问我，季筠家真的那么有钱吗？我说："当然啊，不然那么大的房子是假的吗？家里还请着阿姨呢，你可别告诉我那是她家大姑，还有红茶和蛋糕。虽说红茶和蛋糕不是什么值钱的东西，可普通人家谁会有这种习惯呢？"

经过我这样一分析，李书笑也觉得十分有道理，可她仍然有两个疑惑，那就是季筠家的宾利车呢？以及季筠家的泰迪犬呢？

我们虽然没有丧心病狂到认为所有人都会嫉妒季筠而去造谣，但当时确实是觉得这些传言应该是不怎么喜欢季筠的女生散播出来的，作为朋友不该轻信这些。

高三下半学期课业压力变大，我们和季筠的联系自然而然就变少了。李书笑有一次在逛街时撞见了季筠，回来后她和我说，感觉季筠胖了很多。我没当回事，我说大概是被压力压胖的吧，高三的时候谁不胖呢。

高考结束后，为了庆祝解放，我们便叫上了季筠一起聚会。那是我时隔大半年后第一次见到季筠，她确实胖了很多，像是被人用力横向拉宽了，那都不是一种正常的胖，看起来透着一股子诡异。那一次她没有穿长裙，因为显然这个体型已经不适合穿长裙了。季筠十分罕见地穿着 T 恤和牛仔裤，牛仔裤紧紧地包在她的大腿上，以至于她迈步时都有些吃力。

这样她的娴静与优雅似乎也就随之消耗在了肥胖里，她坐在那里看起来平凡无奇，只有当你盯着她的脸仔细瞧时，才能从五官的形状中依稀分辨出一丝昔日的美丽来。

为此季筠本人似乎也感到十分尴尬，不断为自己的发胖找着借口。她用一种满不在乎又厌烦的口气抱怨，高三紧张的生活导致了她的发胖，饮食的不规律导致了她的发胖，睡眠的不足导致了她的发胖……最后她十分庆幸地说道，好在高中生涯已经结束了，她得尽快瘦下去迎接她美好的大学生活才行。

我和李书笑便安慰她说："没事的，你一定会马上瘦下去重新成为那个美丽的季筠的。"季筠非常认真地看着我们，用一种显而易见的奇怪口吻问道："难道我现在不漂亮吗？"

我连忙说："当然漂亮了，我是说瘦了会更漂亮。"季筠便勉为其难地点点头，可我们明显感觉到刚才的话已经冒犯到了她，惹得她不高兴了，于是李书笑赶紧提议去唱歌。

那是我们第一次和季筠一起唱歌，她唱得出乎意料的好，许多首歌在我们看来唱得甚至比原唱更有味道。那一刻胖胖的季筠又重新闪起光来，举手投足间又恢复了以往的魅力，在黑暗的包厢中俨然变成了一位 Superstar。

那时候我和李书笑都坚信，季筠一定会很快瘦下去，很快就会变回原来那个美丽的女神，而我们也会一如既往为有她这样的一位朋友而感到自豪。

可是季筠再也没能瘦回以前的样子。

八月底的时候我和李书笑送提前开学的季筠去远方的城市上大学，出发前几个小时我们去她家帮她一起收拾行李。她美丽端庄的母亲一直在四处搜寻可能漏掉的东西，间或问她要不要带些东西在火车上吃。家里的保姆阿姨在厨房准备晚上的饭菜，季筠的母亲便叫她放下手里的活先来招待我们。于是保姆阿姨匆匆洗了洗手，将手在围裙上擦了擦，给我们去冰箱里拿了两罐冻得冰凉的可乐。接过可乐时我确实疑惑了一下，不过我想红茶性温热，所以她们家夏天改喝可乐解暑了吧。

季筠坐在巨大的行李箱旁，看起来既茫然又烦躁，她比我们六月见到她时更胖了，以往的旧 T 恤局促地绷在身上带着明显的汗渍，下身穿了一条宽大的天蓝色短裤。

我很少看见穿得如此不讲究的季筠。我说："你穿这个出门吗？"季筠点点头，她说："今天一天要奔东走西的，穿得舒服点。"李书笑哪壶不开提哪壶，终于忍不住问她："你怎么看起来又胖了？"

这下季筠显得更烦躁了，她说："都怪家里的亲戚一次又一次地请我吃饭，我又推脱不掉，不就上了个破大学嘛，有什么值得一次次吃饭庆祝的。"季筠的母亲喝止了她，说她怎么那么没教养。

收拾妥当后，我们和她的母亲告别，随后拎着她巨大的行李箱和两个背包出门了，我们尽量让她少拿一些东西，因为她看起来既疲惫又焦躁，尽管我们才刚刚出门。

我们陪她搭计程车一起去往火车站，然后又帮她将行李提到检票口。临走前她整了整衣服问我们："我看起来还行吗？"我们说，还行呀。季筠自言自语着"只是还行吗"便不再搭理我们拖着行李箱若有所思地走了。

李书笑看着她的背影消失在拐弯处后扭头和我说："喂，她好像忘记和我们说谢谢了吧？"

此后再一次的见面是在大学里的第一个寒假，那时李书笑刚刚从美国旅游回来，给我们带了好些纪念品。季筠知道这件事后显得十分遗憾，她说："你要去美国为什么不早告诉我呢？我也想去美国，只是一直没有人和我做伴才无法成行。"随后她又千叮咛万嘱咐，让我们下次旅游时记得一定要先通知她，因为她总是找不到合适的旅伴。

在咖啡店坐暖和后，我们纷纷将外套脱了，李书笑在羽绒服下只穿了一件美国星条旗 T 恤，我看见了便问她是不是在美国买的。李书笑说，那当然了。可季筠却有些嫌弃地说道："这是什么呀，也太土气了吧，和大苹果 T 恤有什么不同？"

对于这种说法李书笑当然很不服气，她说："不土啊，连 Very 汪都没说这件衣服土气！"Very 汪是我们班一个热衷时尚的女同学，因为同学之间熟人很多的关系季筠也认识 Very 汪。季筠嗤笑道："Very 汪又不是什么真正的有钱人，她有什么品位可言？"

这确实是我第一次听到有人说 Very 汪不是有钱人，于是便不自觉地脱口而出道："Very 汪家真的很有钱啊！"这下季筠几乎是冷笑着回答我道："我看你是没见过真正的有钱人吧。Very 汪家里有宾利吗？ Very 汪知道什么是品位吗？品位这种东西说到底还不是拿钱堆出来的，没钱谈什么品位？"

我想到浑身上下动辄超十万的 Very 汪，又看着眼前一身寻常衣衫的季筠，脑子里冒出了一个古怪的念头，不知道 Very 汪家里喝不喝红茶吃不吃蛋糕。

那天的聚会很快就在这种不友好甚至有些剑拔弩张的气氛中结束了。

从咖啡馆出来后我们告别了季筠漫步在冬日的街头，李书笑问我有没有觉得季筠更胖了，我点点头。李书笑说："怎么看都很不正常啊。"我说："你是指季筠的身材还是她的性格？"李书笑说："都是啊，季筠什么时候变得那么充满攻击性了？"

过了一会儿，李书笑又和我说，她上个月从季筠以前的同学那儿听说了一件大事。我说："什么大事啊，你还真憋得住能不告诉我。"李书笑皱着眉头神情古怪地望着我，问我："你真的没有疑惑过为什么季筠的老爸总是不出现吗？"

我说："因为忙？再说我们也就去了季筠家两次而已啊，见不到她老爸不是很正常嘛。"李书笑说："她老爸会忙到女儿第一天上大学都不送一下？"被李书笑这么一说，我也觉得古怪起来，只好用询问的眼光看着她。虽然四下并无熟人，可李书笑仍然凑过来小声说道："听说季筠的老爸贪了钱想要跑路，被人提前举报抓了。"

我惊得差点平地跳起来,我说:"什么时候的事情啊?"李书笑又小声说是她上高一那一年。这样算来这件事情也就发生在季筠遇见我们的前一年而已,可那时季筠看起来一切如常,仍然是大小姐的样子啊。

被李书笑感染我也莫名地低下声音问道:"那季筠家其实现在已经家道中落咯?"李书笑用力点头道:"听人说她爸被关进去后她家里其实已经不行了,但是好像还留了一小部分钱,所以季筠就一直装作还过着以前那种生活的样子,据说她家以前确实有宾利车,他老爸出事后车子也折了进去,多余的房子也全卖了充公,说是连狗都养不起了,就送人打发了。"

想起很早以前听到的那些传言,这样一来季筠的同学们说她有"癔症"其实也不算冤枉她。

我突然有些不知所措,我不知道以后该以怎样的态度来面对季筠。我希望这些传言都是假的,可在内心深处,又隐约觉得这样一来很多事情才能解释得通。

第二年暑假我想自由行去一次厦门,于是按照之前约定好的打电话给季筠,问她要不要和我同行。初一听这个计划季筠显得很感兴趣,她问了路线和有无同学接待后问我预算大概多少钱。我说,现在还算不了很清楚看逗留时间长短吧,保险起见一个人备上三千好了。

季筠显得很惊讶,她说:"三千?"我说:"嗯,备上三千再说。"随后季筠的声音竟显得有些光火,她说:"你有病吗,花三千去厦门,我用三千去什么不好啊,你爱去就自己去吧,等我攻略好了我自己去,一千以内搞定。"

"一千搞定是不可能的啊，你来回的交通费差不多就一千了，还有住宿费呢？你都不算吗？"我耐着性子劝说她。

结果季筠没好气道："你不懂，青旅什么的很便宜的，还有机票可以提前三个月去抢，说不定就能抢到两三折的机票，这些你又不懂，你爱乱花钱你就自己去呗，我可要好好规划。"

这等于我没事找事去被季筠劈头盖脸一顿骂，我决心以后再也不约她了，便转头去叫李书笑，碰巧李书笑有空她便和我一起去了厦门。我们当时传了好些照片在社交网站上，季筠看见了便留言说："在海边瞎逛什么，也不怕晒黑，晒黑了穿什么都不会好看的。"

我们想了想回什么都不好，便只能将季筠的留言给晾着。又过了几天，季筠给我们留言让我们帮她在鼓浪屿带一盒凤梨酥回来，我们答应了她。

我不明白为什么季筠想要凤梨酥，凤梨酥不是哪儿都有的东西嘛。对此李书笑说："你管她呢，她想要什么你给她就是了，不然她又该发火了。"我说："那倒也是哦。"

厦门之行结束后，我们约季筠出来，她却说天气太热她出不了门，坚持让我们去她家玩，我便和李书笑带着凤梨酥一起去了。一踏进她家我们就闻到一股怪怪的味道，不知道该怎么形容才好，大致是一种带着灰尘和水汽的酸馊味，闻着非常不舒服，可季筠却浑然不觉。

她穿着洗得褪了色的长款T恤，下面没有穿裤子，在我们的印象中季筠从未这样邋遢过。家具上到处都落了灰，地板也脏兮兮的，桌子上还摆着一锅子喝到一半的汤，散发出不新鲜的水煮蔬菜味。

我小心翼翼地问道:"季筠你的蔬菜汤不放冰箱吗? 这么热的天放在桌子上要馊掉的。"季筠却浑然不在意我的问题,她径直走到我们面前,手背在身后将衣服猛地拉紧,一边转圈一边问我们:"你们看我是不是瘦了? 我最近一直在喝蔬菜汤减肥呢!"

她这样将衣服猛地向后一拉,我发现她真的瘦了好多,怎么也有十多斤的样子。李书笑惊讶地问道:"你怎么瘦了这么多?"

季筠得意地抿着嘴巴笑了起来,一会儿神神秘秘地凑过来说:"我吃减肥药了!"她说话的时候一股重重的口气传来,李书笑立刻问她:"你该不会是吃了利尿剂吧?"

季筠摆了摆手:"没有,我吃得很健康的,也瘦得很快,那个减肥药特别适合我。我就不吃饭只喝蔬菜汤再配合减肥药,你们看我一个月瘦了二十斤呢!"

"二十斤?"我和李书笑同时叫起来,季筠似乎对我们的反应很满意,来回在客厅走了几圈,说:"你们看,我现在身材是不是好了很多? 我啊,还要再瘦十斤就和以前一样啦,是不是又变成小公主了?"

对此李书笑不解地问道:"小公主?"季筠欢快地回答道:"是啊,我给你看照片。"随后,她把桌上的手机拿过来翻出几张婚礼上的礼服照给我们看。她说:"你看我表姐结婚的时候我做的伴娘呀,你说我表姐怎么想的啊,请比她漂亮那么多的人做伴娘,换我我才不干呢,他们啊都说我站在我表姐身边就像一位美丽的小公主呢!"

然后她便嘻嘻嘻、嘻嘻嘻地笑了起来。

不知道为什么季筠笑得我十分不舒服,在闷热的房间内我甚至发现自己头上冒出了冷汗，四处张望了一下，我忍不住开口道："季筠你不开空调吗？这里好热啊，开会儿空调吧。"季筠一边在撕凤梨酥一边跑去开空调，她解释道："我因为减肥要出汗所以就不开空调嘛。"

李书笑问她："你家的阿姨呢？怎么今天不在，没人打扫卫生吗？"季筠吃着凤梨酥说："阿姨回乡下探亲去了，这个礼拜都不在。哎，这个凤梨酥挺好吃的嘛，我看见好多杂志都介绍了。"

我们说着"哦"，然后不着痕迹地将脚从黏糊糊的污渍上挪开。

那次之后我们同季筠的往来便很少了，总觉得她越发地奇怪了起来。

到了大二结束那年的暑假，也就是一整年后，季筠罕见地主动来联系我，拉着我要去酒吧，在电话里她显得异常兴奋，大嚷着青春就那么一次，不去酒吧便浪费了青春，现在还有谁没去过酒吧呢，再不去就落伍太多了。

我看她那么兴奋便也不好意思拒绝，只是说，我也没去过，叫李书笑一块儿去吧，季筠说好啊，她也会多喊些朋友来的。

结果到了那天，季筠的朋友一个也没来。我和李书笑在酒吧门口等着她，她穿着薄如蝉翼的裙子，画着浓妆。一年前的减肥成果已经荡然无存，她看起来比任何时候都要胖，报复性地恶狠狠地胖着。更可怕的是，她的身材呈现出一种不正常的松弛状态，松弛的五官画着浓妆，妆却总浮在上面，看起来怪怪的。

她挎着一个亮晶晶的小包，显得很亢奋，一边挽着我们走进去一边和我们说着酒吧里的种种规矩。我问她是怎么知道的，她说攻略上看来的。我说，真奇怪，现在去个酒吧也有攻略了啊？季筠便说我是土包子，待会儿不要开口说话只管跟着她就是了。

一坐上吧台，季筠便点了八杯这家酒吧的招牌黑啤酒，尔后催着我们付钱。一个多小时后我们才将这八杯黑啤酒喝光，而能聊的也聊得差不多了。

上完厕所回来的季筠用力拍着我们的肩膀，在震耳欲聋的音乐声中冲我们喊道："你们看，别人都在喝鸡尾酒，我们也点几杯鸡尾酒尝尝吧？"不等我们反对，她便向酒保点了三杯鸡尾酒，因为我和李书笑已然喝不下了，便十分为难地看着她。季筠说："你们不喝就给我喝吧。"我们便将酒移过去给她。

她一个人喝了三杯后又要去舞池跳舞，死活拉着我们一起去。跳了一会儿，我和李书笑实在是觉得这样很傻又逃了回来，剩下季筠一个人在舞池里 High。半小时后她自己回来了，说："多好玩啊，你们怎么那么闷都不去玩啊，不玩你们来什么酒吧啊。"我们便只好说："你玩得开心就好，我们已经没救了，只能这样了。"

等季筠回到吧台后，她又眼疾手快地点了三杯鸡尾酒，我们拦都拦不住，她一边喝着一边催我们付钱，含糊不清地说着以后再还之类的话。喝到第五杯的时候她已然有些醉了，可又嚷着不醉不归非要将那三杯鸡尾酒全喝了，一边喝一边嘻嘻嘻地笑着，问我们酒吧里的男人是不是全在看她。

我们只好说："对，都在看你呢。"季筠便拍着李书笑的肩膀得意道："我就说我漂亮！我感觉得到他们全在看我！"

又过了一小时，季筠醉得越来越厉害，我便和李书笑商量着准备在她完全无法走路前将她送回家。季筠说："不要，今天要玩到天亮！"

可她实在是醉得厉害，不一会儿又说想吐，我们便扶着她出门，还没找到垃圾桶，她就在路边吐得稀里哗啦的。吐完后，我们扶着她走到路口去等计程车，她站不住，便脱了高跟鞋坐在马路牙子上，嘟囔着自己头很疼。

等了二十分钟不见有车来，可季筠的状况又很不好，我很怕她就这样昏睡在马路上，只好打电话叫电调车[1]。

看着偶尔有车飞驰而过的路面，季筠问我们，为什么今晚都没有男人来和她搭讪呢？他们是不是不敢啊？李书笑只好说："对，他们不敢。"

季筠便醉醺醺地嚷道："我想也是不敢。"她又拿手指着自己的脸说道："我看起来是不是很女神啊？我今晚的妆照着杂志上的女神妆化的。"

过了一会儿她突然又酒劲发作了，歪歪扭扭地站起来拉着路过的行人就要跳舞。李书笑有些生气地扯开她："你干什么呀，你给我坐下吧！"季筠便"咚"地一下瘫坐在地上，看着我们，眼泪开始往下掉，我们眼看着她的眼线晕开混着泪水变成一条黑色的河流往下淌。

她瞪着我们，凶巴巴地问我们："你们是不是知道了我家的事情啊？啊？我现在穷又怎么样？我还是公主！我告诉你们我还是公主！"

---

1 电调车只接受电话预约，价格比普通计程车贵。

一会儿工夫，季筠哭得越来越凶，她说："我最讨厌我爸了，他做错事为什么要连累我？我本来应该过着公主一样的生活的！我还应该坐着宾利车上下学的！他为什么要毁了这一切？我恨死他了！"

不远处电调车已经驶了过来，我和李书笑便赶忙将她扶起来。李书笑一边搀扶她一边还安慰她道："好啦，你还是公主，不管怎样，我们每个人都是家里的小公主。"

我们打开车门将她扶到车内，和司机说清楚了地址，又跑去后面问她："你还能自己打电话叫你妈下楼来接你吗？"

季筠看着我们点点头，脸上的妆乱七八糟地花成一片。我们将门关上准备离开时，她突然从窗口伸出手来牢牢拉住李书笑的手臂，十分认真地看着我们一字一顿道："我才是公主，你们不是。"

说完她才松手，然后舒适地靠在后座上命令司机开车，那颐指气使的样子仿佛仍然坐着宾利。

我看着远去的电调车，想着季筠最后说的话。她最后的面庞和我最初见到的她的面庞重叠到了一起，似乎仍然是那画中的女孩，浑然不知自己是一幅画。

不可归属的荣誉

有些人会以一种非常漂亮的姿态跳入我们的生活中。

我曾经有幸目睹过女生给蒋晓松送巧克力的现场，包装精美的小礼盒系着金黄色的丝带。"当课代表一定很辛苦吧？"女生咧着嘴露出可爱的小虎牙说道。"谢谢啦。"蒋晓松这样轻松地回答道。不远不近，给人一种校园红人特有的洒脱感，运筹帷幄。

对于我这种默默无闻，也几乎没有什么额外社交的普通学生来说，原本是没有机会去认识像蒋晓松这样光芒四射的人的。但巧的是，蒋晓松和我的同学兼朋友汤睿关系十分亲厚。她们相识于一个假期口语班，也就是在那个口语班上，汤睿和蒋晓松建议说，可以转到我们学校来，这样对她的高考会有帮助，于是蒋晓松就来了。

从这件事情上我得出一个结论，那就是汤睿和蒋晓松一定十分要好，就算没到灵魂伴侣的程度也一定是闺蜜。但我的同桌李书笑对此持有不同态度，她说，那只能说明蒋晓松是个很随便的人，毕竟汤睿说的话又不能当真，难道汤睿说有帮助就一定会有帮助吗？

对于李书笑的不同态度，我持有保留意见。

中午的时候，蒋晓松通常会跟着汤睿吃饭，但有时候汤睿又要和我还有李书笑一起吃饭，这样一来二去，我们四个人都变得很熟。

蒋晓松没什么校园红人的架子，平时惯常穿着白衬衫、破洞牛仔裤和深色系外套，看似随意的穿着打扮，其实远比一般人要讲究。她说话的时候慢条斯理，十分客气，从来没见过她和谁红脸，即便她对某件事情当真持有不同意见，最终也多半会说："那好吧，也许你是对的。"

蒋晓松对每个人都很好，表现得十分绅士，这种品质在我念高中那会儿实在是太过罕见。毕竟那时候大家都忙着做一个中二病少年，理所当然地我们都很喜欢她。据蒋晓松自己说，她为人处世都遵从着一条原则，那就是"永恒公平原则"，条例解释一下即为：平等地善待任何一个人。

这种听起来像是联合国条款的奇怪原则就算是用大脚趾想都觉得不可能实现。首先，人天生就有偏好倾向；其次，一个人的时间和精力决定了他不可能对每个人都一样地好；最后，也是最关键的，这么做其实毫无意义，对每个人都好和对每个人都不好，会导致一个相似的结果，那就是没有人会感激你，你也无法和特定的人产生亲密感。

但蒋晓松并不这么想，她似乎天生就是个社交达人，轻松自如地游刃在各个不同的小圈子内，她对每个人都差不多，既不表现出特别的偏好，也不表现出特别的厌恶，完美地实践着她自己的原则。

我曾不识好歹地和她提过这样是不是不太好，但蒋晓松并不在乎我的看法，她像往常一般彬彬有礼地结束这个话题，说道："也许你是对的，不过我仍旧会那样做的，毕竟这是我给自己定下的原则。"几次下来，我便觉得自己这样十分没趣，而且看起来颇为自以为是，于是再也没和她提过这茬。

蒋晓松在念书上是个十分努力的人，这点和她为人处世的原则不一样。在大事上，她对于什么重要、什么不重要分得非常清楚；可尽管十分努力，她的成绩在年级里的排名也没有什么太大的起色，文科尤其差。那时候她每天凌晨五点就会起床开始背书，饶是这样，似乎成效也不大。

于是就在某天，蒋晓松站在我们班级后门口，将我叫出去，伸手甩给我一罐碳酸饮料，对我说："帮我补习一下文科吧。"说这话的时候，班里的女生周雨青便回过头来看了我们好几眼，那时候盛传周雨青喜欢蒋晓松，但这种无根据的坊间传言我从来不好意思去问当事人。

我对于她的请求感到很疑惑，我说："你来找我补习有什么用？我文科也算不上很好，应该直接去找任课老师才对吧？"可蒋晓松说："那样压力太大了，还是找你比较好。"于是她和我约定每天中午吃完饭后找一个空闲的实验室一起补习。

一次在实验室补习的间隙，蒋晓松突然神色凝重地看了好几次手机短信，我说："你怎么了？要是有急事的话，今天的补习就到这儿吧。"可蒋晓松却说："不是的，我最近遇上让我感觉很困扰的事情，如果你愿意听我说说的话，我会很感激的。"蒋晓松说话的时候微微蹙着眉头，眼睛还不自觉地瞥了自己的手机好几眼，仿佛她的手机里有什么洪水猛兽。作为她的朋友（我自认为应该算是她的朋友吧），倾听她的烦恼也是应该的，于是我说："尽管和我说说吧，看我能不能帮得上你。"

蒋晓松认真地看着我，似乎下了很大的决心一般和我说："你们班的周雨青喜欢我，最近总在给我发短信、打电话，这确实让我不知该怎么办。"

这下轮到我感觉十分困扰了。我们班的周雨青同学是个漂亮而性格古怪的女生，她内向沉默，常常不发一言坐在位子上，不怎么喜欢和别人交流，除了数学外别的功课也挺一般，我实在想象不到这样的一个人会去喜欢同为女生的蒋晓松。我问蒋晓松，你们是怎么认识的？蒋晓松说，因为她以前常问周雨青数学题，所以她们就变成了朋友，没想到周雨青会因此对她动了真感情。

我实在是很不明白，为什么隔壁班的蒋晓松要来问我们班的周雨青数学题。不过，一想到现在蒋晓松不也和我一起坐在实验室补习文科嘛，便又释然了，大概蒋晓松这样的社交达人总能认识许许多多的人吧。

思考了半晌，我说："那也没什么好办法吧，你不理周雨青就是了。"蒋晓松又蹙紧了眉头说："可是因此而不理周雨青的话，她不是会很难过？"我说："那有什么办法，你总有拒绝她的权利吧。"蒋晓松的手指一下下敲在实验室的塑料桌子上，发出沉闷的声响来，似乎在做着一个艰难的决定，最终她说："还是和周雨青保持联系吧，我想我不能去伤害一个无辜的人。"

我突然想到要问蒋晓松一个问题，我说："你应该不喜欢女生吧？这个理由足够去回绝周雨青而不伤害到她了吧？毕竟这是没办法的事情啊。"可蒋晓松再次直视我的目光,说道:"我是双性恋啊,我可以喜欢男生也可以喜欢女生。"

那是我第一次知道这个世界上还有双性恋,原本我以为人只能喜欢一种性别的对象,不是异性就是同性,怎么有人能都喜欢呢?我十分地难以理解。当然我尊重每个人的性取向,可我仍然感到十分地难以理解。

回去后我问汤睿,知不知道周雨青和蒋晓松的事情,汤睿说:"我当然知道啊。"当时我心说,看来这已经不是秘密了啊。我问汤睿她有没有给蒋晓松提什么建议,汤睿耸了耸肩无奈地看着我说:"你也知道蒋晓松是个多固执的人啊,不管我们说什么,她最终还是只按照她自己的方式去处理问题,不过这大概也是她魅力的一部分吧。"

我说:"哇,真是不得了,你对蒋晓松还真是嘴下留情,连固执都被说成是个人魅力。"汤睿便说出了很有哲理的一句话:"长得好看的人缺点也是优点吧。"

我的同桌李书笑在一旁看着我们讨论,突然,她插嘴道:"其实蒋晓松也问过我意见的。"我说:"啊?怎么她和每一个人都说了吗?那你又说了什么?"李书笑说:"我说,真是不可思议啊,还劝她和周雨青撇清关系,你们知道周雨青这里有点问题⋯⋯"说着李书笑指了指自己的脑袋。

汤睿马上拼命点头:"她说,周雨青这个人好偏执的,搞不好要出什么事情,反正她认定的事情就一定要做到。我听说她做数学题的时候,只要做不出来就决不停手,耗到天亮也不罢休。"

我听得一阵寒意冒起。我说:"这也太可怕了吧,那她岂不是常常彻夜未眠？"李书笑看着我说："好像是真的，这些话应该是她自己说出来的，我也听人说到过，总不会空穴来风吧？"

正当我们陷入短暂的沉默时，李书笑突然一拍手，把我们吓了一跳。她严肃地说道："我觉得你们要有麻烦了！按照周雨青偏执的个性，她搞不好要来找你们，问你们为什么蒋晓松和你们在一起不和她在一起。"

我说："这个在一起意思不一样吧？"李书笑跷起了二郎腿说："倘若周雨青能明白其中的不一样的话。"汤睿摸了摸自己的下巴道："我觉得有这个可能，不过我无所谓，我又不怕她。"

没想到事情竟然被李书笑给说中了。没几天周雨青突然在中午找到我和蒋晓松所在的教室，在门口露出小半个脑袋，朝里问道："蒋晓松你要吃东西吗？我自己烤了一些饼干。"然后，她怯生生地递过来一个漂亮的小铁盒。

我拉了拉蒋晓松的袖子，用眼神示意她不要拿，蒋晓松回我一个她明白怎么处理的眼神，然后走过去温柔地收下了那盒曲奇，并且温柔地向她道谢，和她客气地寒暄了几句，让她天凉注意保暖，不要念书太过辛苦累坏了身体云云。

周雨青和她寒暄完很快就走了，我问蒋晓松干吗要拿她的礼物。蒋晓松说："不拿的话岂不是辜负了周雨青的一片心意，我自己也会十分过意不去的。再说周雨青那么敏感的一个人，不收下的话，不知道她会做出什么事情来呢。"我原本想说"你这样做，她就更要没完没了地缠着你了，你何必给她不必要的希望"，可是想了想，没有说出口，免得自讨没趣。

第二天放学的时候，周雨青在车库堵住我。那天她穿着浅蓝色羊绒厚长裙，白色的旧球鞋，拦着我的去路却又欲言又止。她用牙齿咬着嘴唇，脚反复踢着水泥地，看起来十分焦虑，最后她终于鼓起勇气来问我，那个饼干蒋晓松吃了吗？我说，我只看见她带回家了，是不是吃了不知道。周雨青又问我，那蒋晓松喜欢吃吗？我觉得她简直莫名其妙，便说："我不是说了我不知道嘛！"周雨青的身子便微微向前倾，脚上的动作也停止了，嘴唇抿得紧紧的看着我，我不自觉地就往后退了一步。半晌她又说道："你现在不是和蒋晓松关系最好的人吗？"我说："那也没关系好到想要去关心她的每一个感受吧？"周雨青便"哦"了一声，侧开身体让我走。我走出了几十米，想了想觉得不对，又跑回去拦住她，和她强调道，和我关系最好的人一直是李书笑。

第二天午餐时段我把这件事情说给大家听，李书笑握着我的手对我们的同桌情谊表示了高度的肯定，汤睿则若有所思地说下一个要遭遇麻烦的人肯定是她，因为显然她才是真正和蒋晓松关系最好的人。而事件的核心人物蒋晓松却一直没有什么太大的反应，她只是和我们强调，她不想伤害周雨青，因为周雨青是无辜的，而且她是这样敏感的一个人，更应该对她好一些。

没过几天周雨青果然又在车库堵住了汤睿，问了一些相似的问题，譬如"你现在是和蒋晓松关系最好的人吧"之类的。汤睿原本正弯着腰在开锁，闻言直起腰来拍了拍手，理了理衣服毫无畏惧地说："是啊，目前在这个学校里我们是关系最好的朋友，你还有什么想要问我的吗？"周雨青便再也没问什么就走了。

这件事情后，汤睿让蒋晓松不要再优柔寡断，也不要给周雨青无谓的希望，赶快和她说清楚才是解决问题的方法。可蒋晓松坚持说，周雨青太过敏感，她不能说这些残忍的话去伤害她。我奇怪道："我们大家都知道周雨青是个既偏执又敏感的人，但这不是你不去解决事情的理由吧？你只要一天不接受她，对她的伤害就是永恒存在的啊。"蒋晓松眼神放空了一会儿，似乎在思考着什么，似乎又没有，最后她说："也许你是对的吧，不过我还是想按照自己的想法去做事。"

我听她那么说有些生气却又不好发作，毕竟这又不是我的事，总不能强迫蒋晓松按照我的想法去做事，只好说："既然你坚持这样，那我们中午就不要再去实验室补习了，否则让周雨青看见了肯定会多想。"可蒋晓松又说："补习还是照常吧，补习和周雨青又没什么关系。"我匪夷所思道："我们一起补习你就不怕伤害周雨青了吗？她那么敏感，什么风吹草动都会难受的吧？"蒋晓松便说："她要多想我又拦不住她，这不是我的错吧？"

于是我们中午还是照常去实验室补习，期间周雨青还来过几次。一次是问蒋晓松要不要一起去参加一个漫展，蒋晓松也答应了；漫展回来后她又来过几次，给蒋晓松送些小玩意儿或是寒暄几句有的没的。她最后一次来的时候，我看见她在教室门外神情有些激动地和蒋晓松争辩着什么，蒋晓松频频摇头，尔后将手搭在周雨青的肩膀上安慰她，可周雨青突然甩下她的手跑开了。

等蒋晓松回来后我问她发生了什么，蒋晓松神色自如地说道："我有喜欢的人了。"我大为惊讶，毕竟这事在我看来一点预兆都没有。我下意识地问道："是谁啊？"蒋晓松说："是在漫展上遇到的一个女生，你们都不认识的。"我心说，难怪周雨青要生气，是她邀请你去看的漫展，你又在漫展上喜欢上了别的女生，她不生气才怪。

之后周雨青便再也没来找过蒋晓松，人也越来越抑郁，在班级里的存在感变得很低。她经常不说话一动不动地坐在座位上一坐一整天，午休吃饭的时候她就趴在桌子上睡觉休息，如果有人问她怎么了，她便说身体不舒服，可怎么也不肯去看校医。

　　又过了几周，周雨青开始频繁地因为低血糖而去挂水，大约在离高考还有两个月的时候她便休学了。班主任对此的解释是，学业压力过大导致的内分泌紊乱。

　　周雨青休学后一度引发了舆论风波，大体都是在猜测她休学的真实原因和蒋晓松有关。李书笑事后也问过我，周雨青的休学到底是不是和蒋晓松有关。我说："这我哪里知道，虽然我心里觉得多多少少应该是有些关系的，不过说到底还是因为她自己太过敏感脆弱吧，这事虽然很不幸但也怨不得别人啊。"李书笑又说："我总觉得是因为蒋晓松突然有了个女朋友所以刺激到了周雨青，你怎么看？"我说："其实我也有这种感觉，可蒋晓松有没有女朋友是她的自由，不需要经过周雨青的同意吧？"李书笑说："是的，你说得没错。"又过了一会儿，她表情很凝重地问我："可你见过蒋晓松的女朋友吗？"

　　我这才猛然意识到一件十分不科学的事情，那就是：这么久了，我们谁也没见过蒋晓松的女朋友，谁也没听到过她的声音，甚至也没人见过她们打电话、发短信，这确实不太正常。

　　我只好说，也许她们只是低调吧。李书笑点点头说，也许如此，我们谁也没法去深究这件事情，我们也仍然相信蒋晓松是个温柔而礼貌的好人，只是有时候会过于优柔寡断。

两个月的时间过得飞快，很快高考结束，我们四个人分散在四个不同的城市上大学。自从上了大学后，蒋晓松和我们的联系就变得很少了。

我们给蒋晓松发简讯她要么不回要么推说自己很忙，我们也不知道她究竟在忙什么。只是从她在社交网站上更新照片的频率来看，她似乎当真认识了很多人，参加了很多活动，我想蒋晓松在大学里一定也是校园明星、社交达人吧。

一次我见蒋晓松上传了一个视频，内容是她在学校的庆祝活动上弹吉他，边弹边唱，穿着挺括的西装戴着礼帽打扮得十分嬉皮，底下一群女生挥舞着荧光棒为她欢呼尖叫。我想，啊，蒋晓松果然还是那个受人欢迎、受人追捧的蒋晓松啊。

那时我心里突然冒出来一个可怕的念头，她们都是周雨青啊。这个念头把我自己都吓了一跳，不知道已经消逝在记忆里的人为何会突然冒出来。

次年寒假我、李书笑和汤睿聚会时，汤睿告诉我们，其实蒋晓松现在已经不仅仅是校园明星那么简单了，似乎在当地都是小有名气的人。李书笑面无表情地说："她会变成明星吗？有一天我们能在电视里看见她吗？"汤睿将喝了一半的果汁放下，看着李书笑说："你说话的口气怎么这么奇怪？"李书笑说："我有吗？我说话哪里奇怪了？我只是觉得，蒋晓松会变成什么样的人，已经和我们没有关系了吧。她现在都不理我了，我试着发简讯给她她也不理我啊。"

我说："的确，蒋晓松和我的联系也很少了。"接着我问汤睿："那她和你还有联系吗？"汤睿说："不多，三个月前还有联系，问我要了一件 T 恤。"我奇怪道："蒋晓松问你要 T 恤干什么？"汤睿说：

"我之前给她寄了一件，她说很喜欢于是又问我要了一件。"

这确实让我们颇感奇怪，因为在我们的印象中，蒋晓松是个光鲜体面的人，似乎从来也不缺钱，几乎不曾见她开口问别人索要什么东西，尤其是以这种理由。

大一下半学期的某天，天冷得吓人，我刚下晚自习，在呼呼刮着北风的校园小道上抱紧双臂赶回宿舍，走到半路收到了蒋晓松的短信。这之前我们约有四个月不曾联系过彼此，她说她又遇到了让人困扰的事情，就像当年周雨青喜欢她一样，现在她宿舍里的舍友也喜欢上了她。看见周雨青这个名字时我不由自主地心头一跳，当即产生了许许多多不好的回忆。我回复蒋晓松说："那你就和你的舍友说清楚啊，这次不要犹豫不决。"

可蒋晓松仍然是当年那个蒋晓松，她依旧说："可是我不能去伤害她啊，她是无辜的吧。"我说："那你想怎么办？"蒋晓松便说："我还是想尽可能地对她好一些。"看到这里我突然有些无名火起，一个电话打给蒋晓松，劈头盖脸地问她："蒋晓松你到底想干什么？"

蒋晓松被我吓了一跳，她说："你怎么了？"我便平复了一下情绪说："没什么，我只是有些担心你处理不好。"蒋晓松便说："处理不好也是我的事情吧，你那么激动干什么？"我说："是的。"于是就挂了电话。

几分钟后，李书笑的短信追了过来，她问我："蒋晓松有没有给你发短信？"我说："发了啊，说了舍友的事情。"李书笑说："我也收到了，原来蒋晓松是群发的短信啊。"

那时候我便隐隐觉得，蒋晓松似乎并不是真心为了这些事情而感到困扰，相反她其实是以这些事情为荣的。但我同时又觉得，少女特有的虚荣心也没什么过多地值得去批判的，虚荣心谁又没有呢？

大二上学期的时候蒋晓松因为我们之间错综复杂的朋友关系网，认识了和她同在一个城市念大学的季昀。季昀是我和李书笑在校外认识的朋友，其实那时候我们因为种种原因是不太希望她们两个彼此认识的。但某天蒋晓松还是兴冲冲地来告诉我们，季昀来他们学校看她跳舞了。

我问蒋晓松："你什么时候会跳舞了？"蒋晓松说："上大学后在社团学的街舞啊，我现在是街舞社的社长了。欢迎你来找我玩啊，我安排人来接待你。"我说："哇，社长的派头果然不一样。"

那年寒假快到来时，蒋晓松再次邀请我、李书笑还有汤睿一起去她的大学看她，她在社交网络上宣布她将包吃包住带我们游玩。因为她的公然邀约，导致许多老同学纷纷表示羡慕，盛情之下难以推却我们就去了。

没有人来接待我们，自然也没有所谓的"包吃包住"。我们赶去蒋晓松所在的大学，匆忙见了蒋晓松一面，我们有理由相信，这是蒋晓松在百忙之中接见了我们，我们不该再有什么怨言。大概老朋友过来就那么晾着实在是不太好，于是蒋晓松安排我们去她的宿舍等她。

从下午等到了天黑，可蒋晓松仍然被各种社团和学生会的事务缠着无法脱身，没有办法如约带我们去游览城市风光。最后她的舍友拎着一袋外卖进来，告诉我们蒋晓松今天是肯定脱不出身了，让我们回去，不用再等她了。

正当我们疲惫又失落地打算离开时，那个舍友突然神秘兮兮地看着我们，问我们道："我听说你们学校原来有个叫周雨青的，因为太过喜欢蒋晓松而退学了？"

听到这句话，我们三人面面相觑。汤睿问她："你听谁说的？"那人便耸了耸肩说："当然是蒋晓松自己啊。"我们三人再次面面相觑，那个舍友一边拆开外卖的包装盒一边继续说："她还说她高中的时候有个女生借口和她一起补习，意图和她待在一个教室两人世界，后来听说那个女生知道大学有人喜欢蒋晓松后，一个电话打过来咆哮她呢！"

我还没有反应过来的时候，汤睿便出离愤怒了。汤睿皱着眉头冷笑道："什么乱七八糟的，还真是她说什么你们都信？"随即拉着我们叫我们赶快走。

回到先前定好的旅馆，我们三个人都有些懵了。我说："蒋晓松该不会和大学里的同学说自己的高中同学都喜欢她吧？"

李书笑说："可现在听起来就是这个意思啊！"汤睿拍着我的肩说："我有非常不好的预感，你赶快给季昀打电话，问问蒋晓松都和她说了什么。"

我便立刻给季昀打电话，问她到底是怎么和蒋晓松认识的。季昀说是蒋晓松在社交网络上加她好友，然后时不时和她聊天，也非常关心她，彼此还是在同一个城市上大学的老乡，所以格外亲切，之后还一起出去吃了几次饭，熟了后蒋晓松经常邀请她去自己所在的大学看演出，如此而已。

我追问道："还和你说了什么没有？"季昀想了想说："啊，还说她家里新买了别墅，让我回去后去她家做客。"

汤睿一把抢过我的电话，问季昀："蒋晓松有没有说赵曾良和李书笑有个朋友叫汤睿，那个叫汤睿的人喜欢她？"

季昀说："有啊。"

我们沉默了很长时间，汤睿抱臂坐了一会儿自言自语道："怎么她会变成这样的一个人呢？"李书笑回答她说："那只能说明她本质上就是这种人。"汤睿看着我们苦笑道："你们知不知道蒋晓松家的别墅是因为老家要装修而问朋友借了暂住的？"我们摇摇头。

我又问汤睿："你怎么知道问季昀能问出事情来？"汤睿说："因为不久前蒋晓松还和我说你们的朋友季昀喜欢她啊，死缠烂打一直去学校逮她。当时我就觉得奇怪，怎么人人都喜欢蒋晓松啊，周雨青喜欢她，她的室友喜欢她，现在连季昀也喜欢她，她蒋晓松以为自己是谁？真有那么大的魅力？"

我说："啊，所以蒋晓松对大学同学说高中同学都喜欢她，又对高中同学说大学同学都喜欢她，还对朋友说朋友的朋友喜欢她，是吧？"

李书笑说："行了，你别说了，反正这个世界上不论男男女女没有不喜欢蒋晓松的。"

第二天，我们三人自行游览了一番那个城市，季昀跑来和我们一起吃了次烧烤。在天没有正式黑下来之前，我们就买了长途巴士票回去了。直到我们回家了，蒋晓松也没有出现，哪怕是发一条短信来关怀一下也没有。

在我们都放寒假回到老家后，某天汤睿给我发了一张截图，里面是蒋晓松社交网络上的一些对话，她在上面和别人说到，自己家里虽然现金不多，但是金融资产很可观，因为母亲是五星级酒店的股东，父亲是大品牌的大区总代理；她还说，过几年她就要去荷兰，因为在那里同性结婚合法……

我觉得我已经没有办法再看下去，满屏的谎言，被她拿来一个一个地套在自己头上，现如今的蒋晓松看起来金光闪闪，却离我前所未有的遥远。

汤睿说："蒋晓松不是人虚荣，而是整个人都被虚荣控制了，她想怎样都可以，可我不想当蒋晓松虚荣的谈资，我要和她把事情说清楚。"我说："你打算怎么做？"汤睿便说："我过几天叫她出来吃饭，你们都来，你、李书笑和季昀都来。"

我想那天当蒋晓松来赴约，看见我们四个人坐在那里等她时，心里就已经大致明白之后会发生什么了吧。可蒋晓松镇定自若地坐下，然后我们一起点菜，貌似平静地吃着东西，说一些不咸不淡的话，过了一会儿，汤睿才轻松地提一句："哎，蒋晓松，你家租的别墅什么时候还啊？要不要我们去帮忙搬家啊？"尔后，季昀故意露出一副十分吃惊的样子来看着蒋晓松，说道："哎，蒋晓松，你家的别墅不是新买的吗？"

蒋晓松便僵着脸说："租的。"季昀说："不对啊，你明明说是买的啊！"蒋晓松便说："你听错了吧。"季昀冷着脸说："我绝对没有听错，我耳朵又没有毛病。"蒋晓松放下筷子，眼睛故意不看季昀直视前方说道："反正不是你听错了，就是我说错了。"

李书笑又说："那天在网上看见你和同学说你妈妈是五星级酒店的股东，那我们去住酒店有优惠吗？"蒋晓松握着自己的手说："你们为什么要去住酒店？"李书笑紧追不舍说："你不用管我们干吗住酒店啊，你就说有没有优惠吧。"蒋晓松便沉默着不再说话。

僵持了一会儿，汤睿开始招呼大家不要停筷子继续吃东西，可蒋晓松没动筷子，她身子挺得笔直，整个人都紧张地防御着。她看着我，非常固执地向我发问道："就剩你了，你有什么想问我的？"

我说："我没什么想问你的。"蒋晓松盯着我说："你一定有的，现在就问吧，一次问个够。"

我便看着她，说道："别的倒是无所谓，我只想知道当年周雨青休学是不是你害的？你是不是故意先让我和你一起去实验室温书来刺激她，随后又虚构了一个女朋友来进一步地刺激她？你是不是希望逼到她退学以此来证明自己的能力和手段？"

蒋晓松的脸色煞白，她紧紧皱着眉头显出一股莫名的愤怒来，她交握着的双手松开，手指无意识地握住桌子的边缘，因为过于用力的缘故，指节泛出不自然的青白色来。她说："我不知道，关我什么事情。"隔了几秒钟，她又说："我没有。"接着她再次补充道："我问心无愧，我一直都在善待他人。"

我说："你是故意用这个善待他人的原则来为自己做挡箭牌的吧，你每一次都给别人虚幻的希望，并且迟迟不把话说清楚，总把这种心知肚明的残忍说成是善待他人的温柔。"

蒋晓松突然腾地一下站起来，通红着眼睛挨个看了我们一眼，然后咬着牙背起包走了。

我们目送她走出饭店后，汤睿松了一口气，瘫倒在椅子上说："总算解决了一件事情。"李书笑也吁了口气说："刚才我真怕她突然站起来掀桌子啊。"

就在这时，蒋晓松突然又折返回来了。她走到我们这桌前，眼眶红红地盯着我们，为了不让泪水落下，脑袋向上昂着。她说道："别让嫉妒蒙蔽了你们的心智！如果你们还有一丝理智就该明白，谣言止于智者！枉费我把你们当朋友！"

我看着蒋晓松，十分想问她："那你明白吗？如果一个人因为戴着漂亮的面具而受到人们的喜爱，那么人们喜爱的就是他的面具；如果一个人拼命往自己身上贴受人喜爱的标签，为自己伪装出一个深具人格魅力的人格，那么人们喜爱的仍然是这个虚假的人格而不是她本身，她所获得的所有荣誉都是不可归属的。"可终究我没有说出口，我想，何必自讨没趣呢，大概蒋晓松还是会对我说："也许你是对的，可我仍旧要按照自己的想法去处理问题。"

蒋晓松将昂起的脑袋低下，眼泪一颗颗地滚下来，她说："我永远公平地善待每一个人，你们没有权利这么说我！"

李书笑说："得了吧，那不过是你自私的表现罢了，为了达到目的而不择手段。"

蒋晓松转身大步离开，这一次她没有再折返。

季昀茫然地看着她离开的背影，突然说了句："她还没付份子钱呢。"

老好人的自我防御

　　Harlan 是个老好人，人人都这么说。

　　我和 Harlan 从中学到大学一直同校，虽然没有直接做过同学但却是资深校友。我已经忘记是什么原因促使我们变成了朋友，不过 Harlan 这样幽默、机智又善良的老好人总是能和所有人都打成一片，人人都愿意和他做朋友。

　　我们都亲切地喊他 Harlan，喊得久了他那普通到让人略感平庸的本名便渐渐地为人所遗忘。有时候别人喊他本名，所有人包括他自己都要反应好一会儿。

　　大家做同学、做朋友在正常的人际交往中基本都是客气又友好的，但是好到像 Harlan 这样还是很让人惊异。他永远都有求必应，永远都面带笑容，永远都有讲不完的笑话，永远都是大家诚实而可靠的朋友。

　　在我的印象中，Harlan 是个永远精力旺盛的超级乐天派，他似乎没有烦恼也没有困惑，一有空就会和哥们组队去踢足球，是个阳光到不能再阳光的大男孩。

后来，Harlan 有了个女朋友，这个女朋友来得颇为奇怪。

大约是高三后期的某一天，Harlan 班里的一对情侣闹了矛盾，放学后男生在学校停车场对着女生大呼小叫，两人吵了几句，男生一个不满就将女生的自行车推倒在地。作为副班长的 Harlan 此时便默默走上前将女生的自行车扶好，然后挡在两人中间对着那个男生心平气和地说道，××，作为一个男人你不应该对一个女人动手。

被人在大庭广众下说教了的男生青筋暴跳地对着 Harlan：“Harlan，轮不着你来管我的事，你再管一次，我就打断你的腿。”

Harlan 继续心平气和地说道：“你的事情我管不了，她的事情我是一定要管的，实在不行，你就来打断我的腿吧。”

然后 Harlan 就护送女生回家了，当晚 Harlan 还有些担心地思考着如果这个男生真的要来打断他的腿的话，他该怎么处理。第二天来到教室时，他便发现自己的顾虑实在是太多余了，那个男生晚上回家时出了车祸，把腿给摔断了，短时间内都无法对他构成威胁。

于是 Harlan 便每天都在那个男生怨恨的目光中护送那个女生回家。这样送了两个月，女生对 Harlan 说：“我想做你女朋友，你愿不愿意做我男朋友？”Harlan 和以前一样，有求必应，从不拒绝人，他说：“好。”

当 Harlan 第二次和我叙述这件事情的时候，我忍不住问了一个似乎不那么恰当的问题，我说：“那你到底喜不喜欢 TY Ling

啊?"TY Ling 就是那个女生的英文名,全称是什么我已经忘了,我们一般就这样喊她。

这个尖锐的问题果然让 Harlan 显出十分为难的样子来。他先是沉默,随后又使劲绞着手叹气,半晌支支吾吾道:"还好吧。"我提高了音量问他:"什么叫还好啊?"Harlan 便不自然地交握着双手,开始说一些车轱辘话避免直接回答问题:"其实当时是不喜欢的,可是一个女生对你提出这样的请求,你怎么能拒绝呢?你要是拒绝了,她的脸往哪儿搁?"

这句话我记得很清楚,原因是这让我感到难以理解,难道感情也是可以勉强的吗?电影里的人常说,什么都可以勉强只有感情是勉强不来的,尔后电影里的人们便为了感情要死要活地折腾,信誓旦旦地说着"强扭的瓜不甜"或者"爱是给予而不是索取"。可到了 Harlan 这里,强扭的瓜也变甜了,爱也可以变成索取,他仍然看起来十分开心的样子,笑嘻嘻地做着为人所称道的模范男友。

可这毕竟是他和 TY Ling 之间的事情,我想,我可能管得有些太宽了。

到了大学,Harlan 仍然做着被大家热爱的副班长,也仍然是个远近闻名的老好人。他被越来越多的人麻烦着,也被自己的女友拼命地麻烦着,可他还是笑嘻嘻地有求必应。

他就像个永动机一样,似乎永远不会厌倦和感到疲惫,但我们也都知道,世界上是不存在永动机的。

那时候他为了挣钱照顾在异地上大学的女友,在外面给小孩子当钢琴家教,因为水平高、有耐心大家口口相传,最多的时候同时带六个学生，一个月能挣五千多，每个月汇给 TY Ling 一千块零花钱。

TY Ling 淘宝购物全部都刷 Harlan 的卡。要买衣服了，她就问家里要钱，买了衣服后再将发票给 Harlan 让他全额报销。这点确实让人颇感奇怪，因为 Harlan 又不是 TY Ling 的公司老板，就算是也不能给你报销私人物品啊，不过感情的事情好像也不能这样来类比，只要 Harlan 愿意我们这些外人又能说什么呢？

Harlan 的大学同学为此开了一个格外刻薄的玩笑，他们说，TY Ling 很能赚钱的，只要她拼命买衣服就能赚到好多钱。

Harlan 每半个月都会去一次 TY Ling 上大学所在的城市看望她，陪伴她逛街游玩，也会请 TY Ling 全宿舍的女生一起吃饭，尽心尽职地做一个老好人。每每这样便花费颇巨，渐渐地我便不怎么能在校园里见到他了，因为他不是在打工就是在去打工的路上。

我们聚在一起吃饭时常说，Harlan 太宠爱自己的女友，就没见过有一个男生能对自己女友那么好的，简直就是男人的楷模。Harlan 的哥们开玩笑说："Harlan 你快甩了 TY Ling，我给你介绍一个更好更漂亮的！"

这话一出口，Harlan 吓得几乎连筷子都握不住，连忙摆手道："不要开这种玩笑。"

朋友圈内众所周知，TY Ling 是个很小心眼的女生，著名事例就是，有一次 Harlan 的大学同班女生在他的人人网相册下和他聊了几句，TY Ling 看见了便打电话来厉声质问 Harlan 为什么要和别的女生聊天。Harlan 说我们只是同学啊，TY Ling 说："反正我不准你和别的女生说话。"随后，她登录 Harlan 所有的社交账号，将女性朋友统统删光。

之后 Harlan 只得一个个和大家发短信道歉说明原因，这件事情显然搞得所有人都颇为尴尬，但是 Harlan 说，只要她开心就好啦，完全没有要责怪 TY Ling 的意思。

Harlan 这样无限容忍 TY Ling 的态度，时间长了确实让人感到奇怪。我们也很好奇 Harlan 真的就那么喜欢 TY Ling 吗？TY Ling 性格不好，人也不漂亮，在我们看来她还有些讨厌。

也许是打工过度的缘故，Harlan 看起来总是处于非常疲惫的状态，他来去匆匆地四处奔波，我也时常被他一个电话叫出来，拎着一箱子工具帮他赶作业。

我问他的同学，Harlan 到底怎么了？他们都摇着头叹息道，TY Ling 临近毕业，花费越来越多，他就只能接更多的工作。

他这样的任劳任怨在我看起来是有些奇怪的。我问他们，Harlan 就不能说不吗？他真的不觉得 TY Ling 很过分吗？

其中一个男生摊了摊手道，Harlan 前几天确实说过，他很累，他需要好好想一想。

我那时便觉得，压垮骆驼的最后一根稻草早晚要落下，可真的落下的那一天我们还是很意外。

又过了几周，TY Ling 打电话来叫 Harlan 帮她交某项考试的报名费。那天下着暴雨，Harlan 有一上午的课，可是 TY Ling 要他马上去邮局汇款。Harlan 说："你先交报名费，晚上回来我给你报销。"可 TY Ling 发火了，她说："叫你去你就马上给我去！"

于是 Harlan 冒着暴雨去了，回来后他打给 TY Ling 说："我们分手吧。"

一周后，TY Ling 考完试，给 Harlan 打电话说："我们复合吧。"Harlan 说："好。"如同以往任何一次那样，他永远都有求必应。

这次复合显得有些滑稽，他一本正经地和 TY Ling 分手，结果 TY Ling 若无其事地一个电话打来，用"果然还是苹果比较好吃"一样的口气说"我们复合吧"，他们就又复合了。

我不知道这是不是说明，本质上他们并不是非常重视这段关系，这在当时仅仅是我的一个猜测。Harlan 的同学问他："你真的爱 TY Ling 吗？"他又像往常一样，说一些词不达意的话，将这个问题敷衍了过去。

这样儿戏地复合后，不到一个月，他们又因为某些鸡毛蒜皮的小事分手了。这次我们既不惊讶也不意外，感觉这都是意料之中的事。但是 Harlan 说："我想请你们吃分手饭，感觉我给大家添了许多麻烦。"我们连忙说："没有没有，你别这样想。"

饭局结束后，Harlan 要回自习室复习考研，而我要去另一个地方买书，因为要去的地方没有直达的公交，便问 Harlan 能不能骑车送我去那里。Harlan 为难道，我考研复习已经落下很多了，现在很着急啊。于是我说："那你快去复习吧，我自己转车去好啦。"

我刚走出两步，Harlan 又叫住我，他说："你上来吧，我送你去好啦。"

我说："你复习比较要紧吧，我又不急。"但是 Harlan 突然很坚持，他一定要送我去。我再三说不用了的时候，不知道为什么竟然在他的眼神中看见了一丝恐惧。我当时并不知道他在恐惧什么，只是不再坚持了。

随后 Harlan 将我送到买书的地方，又立刻赶回学校复习。

回去后，我一直在想 Harlan 到底在恐惧什么，难道他在恐惧自己不再是个老好人？Harlan 难道不明白当别人提出一个请求的时候，拒绝是完全可以的吗？

没过多久他们又复合了，这显然也称不上什么新闻。

两个月后，TY Ling 去了一家银行实习，顶头上司对她有意思，她便果断地和 Harlan 分手了，这次他们是真的分手了。

我们都以为 Harlan 会很伤心，可事实恰恰相反，Harlan 和我们说，他虽然难过但是更多的感觉是解脱和轻松。

这又让我想到了 Harlan 眼中的恐惧。我第一次意识到 Harlan 不是一个老好人，而是陷入了某种病态。

他太希望去做个老好人了，做个老好人，对人好似乎就是他生命的全部意义。

后来有个很漂亮、教养很好的女生倒追 Harlan。这个女生和 TY Ling 不一样，她不会对 Harlan 提出各种各样的要求，她只是对他很好，会做跑很远的路来学校给 Harlan 送自己亲手做的便当诸如此类的事情，但她出现在 Harlan 身边的时候永远表现得像个普通的好朋友。

我们都替 Harlan 感到高兴，我们叫他快点重新恋爱，可是 Harlan 说自己觉得很累，暂时不想再恋爱了。

我问他："你不喜欢这个女生？"

Harlan 又模模糊糊地回答道："不是不喜欢，也不是很喜欢，大概是有一些喜欢的吧，漂亮又懂事的女生谁不喜欢呢？但是觉得好累啊，吃饭、看电影啊这种事情又要和这个人重新做一遍，好累的。"

我又一次地感到奇怪，我说："你和你喜欢的人做这些事情你也会觉得很负担吗？"

Harlan 说："一直都觉得很负担啊。"

我说："你觉得累你可以不做啊！"可是 Harlan 说："不行啊，做了别人的男朋友就一定要做这些事情啊，一定要答应她们的全部要求啊。"

直到这个时候我终于明白 Harlan 眼中的恐惧是什么了，他将自己隐藏了起来，给自己套上一个老好人的面具，希望并且认为人人都会爱那个身为老好人的自己。他害怕我们发现那个真实的他，那个他认为的不够好的没人爱的自己，所以他要永远都做一个笑嘻嘻的、幽默风趣的、有求必应的好人。

我好像也有点明白为什么 TY Ling 总是用各种极端又奇怪的方式去对待 Harlan，大概是因为无论怎样她都无法从套着面具的Harlan 身上感受到真实的爱。

想明白这些后，我将这些想法发给 Harlan。我和他说，也许你的症结就在于你不愿意相信真实的自己也是可以获得众人的喜爱的，但是套着面具就无法获得真实的认同。

第二天，Harlan 将我删掉了。

这大概就是一个老好人的自我防御。

葛肃的正义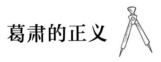

　　不知道你们有没有见过这样一类人，像一颗高密度的内核那样坚硬、生冷而不易亲近，甚至有的时候会显得咄咄逼人。

　　而葛肃就是这样的一种人。

　　大学入校没多久，我们第一次在班级里集合时，就有男生对着葛肃指指点点，当时的她看起来确实格外扎眼，像个怪物般沉默而危险地坐在教室中间。她短而硬的头发无法全数被扎起，于是没被扎入发绳中的部分便在脑后倔强地支棱着，而前刘海儿又被剪得过短，以至于它们斜向上翘起，仿佛一顶乱七八糟的遮阳帽；泛黄黯淡的脸上布满油光和痘痘；而最糟糕的是在她心形的脸上架着一副歪斜得十分严重的桃红色板架眼镜，右边的镜腿已经断了，被透明胶带层层叠叠地绑住，苟延残喘地趴在她脸上。

　　那时候盛夏的余威还未褪尽，江南的午后空气闷热潮湿，葛肃却穿着长袖衬衫外加一件粉蓝色的起球毛背心，空荡的牛仔短裤下是她细瘦的双腿。

她专注地翻看着一本高中单词书，脸由于闷热而涨得通红，嘴里念念有词地同步背诵着，和周围显得格格不入，大家都有意无意地避免坐在她身旁。因为我一向动作慢吞吞的，外加期间我还下楼去自动贩卖机里买了一罐冰饮料，所以当我再次回到班级时，我的位置已经被人抢了，唯一的空位就在葛肃身边，我只好坐了下去。

班主任还没有来之前，新同学们便各自热闹地交谈着，互报姓名和家乡。我试着和葛肃打招呼，她的眼睛却自始至终没有离开那本高中英语单词书，似乎完全没有注意到我的存在，又或者是注意到了却不屑于搭理。

注意到她那因闷热而涨红的脸颊，我将没开罐的冰饮料递给她，再一次试着和她说话："要喝饮料吗？"她仍旧没有理我，也没有要将眼睛从单词表上抬起来的意思，于是我悬在半空中的手便显得十分尴尬和多余，只好硬着头皮再说一次："热的话，可以先拿我的饮料喝。"可她仍然没有一丝一毫要理我的意思，正当我悻悻然打算将手收回来的时候，对面的人解救了我。一个身形微胖的男生接过了饮料说："啊，热死了，我要喝。"这个男生后来被我们喊作董老板。

迟到了半小时班主任这才气定神闲地走了进来，示意我们安静，说了一些常规注意事项后，便立刻让我们选班长。因为彼此之间还不认识，所以大一第一年的班长实行自我推荐制。我们互相张望着彼此，显得有些羞涩和尴尬，一时之间并没有人举手，班主任便说了好些鼓励的话，最后只有两个女生举手了，其中一个就是葛肃。

　　尽管上了年纪却仍然妆容精致、体态优雅的班主任将我们扫视了一圈，看到葛肃的时候，脸上的表情明显僵了一下，大概是被她当时那糟糕的样子吓到。随后，她选了另一个举手的女生，也就是林蔚蓝做班长。

　　葛肃和林蔚蓝两人彼此看了一眼，葛肃立刻低下头继续背单词。我对面那位体型微胖的男生趁着葛肃低头背单词的当口，快速地冲我比着嘴型八卦道："她们俩一个宿舍的。"

　　接着，班主任拿出一张名单来给我们点名，我才知道身旁的这个女生叫葛肃。我心说，这可真是一个冷硬而突兀的名字啊，就像她的头发乃至整个人一样奇怪而格格不入地突兀着。

　　等到军训结束开始正式上课后，我发现葛肃又开始说话了，和她之前给我的那沉默而生冷的印象几乎判若两人，她几乎是显出一种极大的热情来参加各类社团活动，有一段时间我在哪儿都能看见她瘦小的身影在校园内奔走忙碌着。

　　但她冷硬的特质并没有因此而消失，慢慢地她和越来越多的人相处得不愉快，结下了各式各样的梁子，而关于她古怪性格的传闻也一直没有断过。

　　开学后第一条爆炸性新闻是，上了电视的那个全校高考历史最高分是我们班的路昭；第二条是，葛肃大闹宣传部。

　　对此事比较有发言权的人是我大学时代的同学兼好友关友友，关友友不但是葛肃同宿舍的舍友，也是和葛肃同一个社团的社友。对于这件事情，关友友的说法是，简直倒霉透了。

那并不是一件非常复杂的事情，期间也没什么大不了的矛盾。据关友友说，那本是个休息天，但葛肃一大早就将她叫去宣传部画海报。去之前葛肃还特意买了三大杯奶茶想要带给别的社友，结果到了社团才发现一个人都没来，而原本有三个女生约好了那天上午是会来帮忙的。大约过了一个小时，那三位社友才姗姗来迟，她们拿走了奶茶，并且撂下一句："哎，葛肃你画得挺好的嘛，没什么事那我们就走了啊。"然后就走了。又过了一会儿，一位社团里的男生部员过来看看校园海报的绘制进展，见只有葛肃和关友友在，便说了句："只有你们俩吗？那真是挺辛苦的。"谁知原本趴在地上画海报的葛肃突然之间大为光火地从地上跳起来，几乎是用吼的方式冲那个男生怒骂道："你们都不来画画，宣传部要你们干什么啊？光吃不干活，你们是猪啊！我要是你们，我才没脸继续待在宣传部，我自己就退部了！"

男生部员大为惊讶，他问葛肃怎么了，葛肃却不依不饶将他骂了个狗血淋头。被骂急了，男生部员也回敬道："葛肃，你信不信我弄死你？"

当然，没有人真的要弄死葛肃，但这不妨碍葛肃在很长一段时间内神经紧张，见人就说那个男生要杀了她。由于事情慢慢被闹大，产生了一些不太好的影响，局面一时之间有些难以收拾，直到威胁葛肃的男生部员和那三位喝了奶茶没干活的女生一起退社后才算完。

关友友和我谈论起这件事情的时候，我感到十分疑惑。我说："可是这不符合逻辑啊，真想杀她的话，退不退社都可以杀啊。"关友友连忙捂住我的嘴，朝四下看了看低声说："你可别让葛肃听见这种话，不然她又要被害妄想症发作了。"

　　我掰开关友友的手惊讶地问道："葛肃有被害妄想症？她平时和你们相处起来很奇怪吗？不过从这件事情里，我觉得葛肃本质上并不是坏人吧，她还好心地给社友买了奶茶呢，只是感觉有些控制不住自己的情绪，把气撒在了无辜的人身上。"对于我的这番话，关友友咬牙切齿道："她平时真的可奇怪了，有时候话会特别多，有时候却根本不搭理你，但是偶尔冒出一句话，又能把你气到七窍生烟。"我好奇地问道："比如说呢？"关友友甩了甩手说："我一时举不出例子来，以后你会知道的。反正葛肃不是你想的那样简单，不是什么控制不住自己的情绪。"

　　这个"以后"，果然在不久的以后便到来了。

　　那是一次合作分析任务，每个人的伙伴都是自己专业课的同桌，所以我和葛肃组成了一队。

　　我们的任务，要先查资料，再根据资料搭建模型，然后再绘图分析，前后要历时八个星期才能完成，当时我便有一丝不太好的预感。那时候还不流行给人点蜡烛，放到现在，关友友可能会绕着床铺给我点上一圈蜡烛，然后再献个花圈套在我脖子上。

　　我们的合作才进行到第二周，葛肃就极大地把我给惹恼了——她将我新买来的资料书籍内页撕了下来。我是个非常爱惜书本的人，不要说撕书这种大逆不道的事情了，即便是油渍、咖啡渍我也不能忍受它们滴到书页上，轻拿轻放、吃饭时不要看书以及使用书签在我看来简直就是常识，但这一切在葛肃的世界都是荒谬而不成立的。

面对我的质问，葛肃非常难得地抬起头来看着我，顺便一说，这可能是她第一次拿正眼看我。

她伸手抬了抬那歪斜得十分严重的桃红色板架眼镜，十分不客气地上下打量了我一番，反过来质问道："我不撕你就会看吗？爱惜书籍有意义吗？你这种人我见多了，学期初兴致勃勃地包书皮，到学期末书都还是新的，遇到你这种人书才要哭呢！"

那一刻，我想我已经完全明白关友友的意思了。

然而，噩梦还要持续六周。

等到做模型的时候，我们本该分做不同的部件，最后再一起拼起来，而现实却是，我割出来一批零件就会被葛肃扔掉一批。

她总是微微抬头瞥一眼我做的模型部件，厌恶地说一句"这是什么玩意儿啊"，随后放进手里捏烂扔掉。因为我们在教室做模型，所以经常有别的同学走过来看两眼说："不是挺不错的嘛，干吗要扔掉啊？"葛肃就会咄咄逼人地质问别人："难道你觉得好的东西我就一定要觉得好吗？何况我觉得一点都不好。"

我便赶紧示意同学走开，免得他们吵起来。可更糟糕的事情还是发生了。

那又是一个待在教室里做模型做得很晚的日子。葛肃大概是累了，她将手放在硬纸板下，但自己却又忘了这件事，于是锋利的模型刀一刀下去，她食指上的一块肉便被一起削了下来。肉刚被削下来的时候其实是不疼的，于是我们和葛肃一起奇怪地看着她的手开始飙血，大约过了十秒钟她才开始尖叫，随后大家手忙脚乱地抽纸巾给她，她捂着包裹着纸巾的手，眼泪不停地掉下来，看起来非常可怜。

　　她将手挨个伸到前来围观的同学们面前，重复着说道："你们看肉被削掉了啊，我好痛啊。"同学们便说着："是啊，好可怜啊。"

　　我劝她还是去医务室包扎一下，她就去了。从医务室回来后，葛肃的手指包得像个粽子一样，于是做模型便成了我一个人的事情。

　　最后评分的时候我们组的模型拿了 85 分，班级第三。葛肃用十分失望的眼神看着我，双手紧握成拳，她说："这都是你的错，我本来可以拿第一的。"

　　我注意到她说的是"我"，而不是"我们"。

　　那时候我们普遍觉得葛肃长得有些奇怪，但又说不上来具体是哪里奇怪，只好笼统地说，她长得不好看。这种情况直到学期过半我们开始上平面构成课为止。

　　给我们上平面构成课的是个五十多岁的中年男人，他是隔壁平面设计系的教授，对我们学建筑的没什么好感，所以上课一直很随便，还喜欢扯东扯西。

　　那天讲到平面中的对称性，教授又开始随便扯。大概是眼神一晃看见了葛肃便顺着话头讲道："你们看这位同学，你们是不是觉得她看起来怪怪的，那为什么她会看起来怪怪的呢？是因为她的脸型不对称啊！你们看，心形的脸本来就不是美好的脸型，再加上不对称，还怎么看呢？那具体不对称在哪儿呢？下颌骨就是不对称的，眼睛也是不对称的，再看，下巴的不对称是最明显的……"

　　一瞬间班里全安静了，我们几乎被吓到不敢呼吸，所有人都看着葛肃。葛肃像一尊雕塑般冷冰冰地坐在那里，又像一座活火山，随时要爆发的样子。

当老师说道："外加她歪斜的眼镜从整体上破坏了美感……"我们都开始咳嗽，班长林蔚蓝说："老师，我们还是讲下一个话题吧。"

直到这时候，思维不知道飘荡到哪个次元的教授好像才意识到自己做了什么可怕的事情。他一边打着哈哈一边说："这位同学你不要介意啊，我就是打个比方。"

我们都以为按照葛肃的个性，她铁定要发火了，但是她没有，她只是坐着什么也没说。

关友友告诉我，那天晚上葛肃问她们哪里剪头发可以顺便做个柔顺，回来的时候不仅刘海儿不翘了，连眼镜都换了一副新的。

第二天，我看见葛肃的时候，她果然比以前要顺眼很多。这也间接说明，平面构成教授并没有说错，葛肃的古怪来源于她的不对称。

但我的噩梦还没有结束。模型验收完后，我们开始进入绘图流程。到了绘图阶段，葛肃便不再允许我私自做任何事情了。她不允许我排版，也不允许我绘图，连图面上每一个字写在哪里，那个字多高多宽都要她说了算。

我只能做一些打下手的事情，比如说涂色块和描线。时间一长，我当然不愿意，便和葛肃争论。葛肃说："这有什么好争论的，我的功课比你好你是知道的吧？我念高中的时候还是市三好生呢，你又拿过什么奖状呢？说不出来了吧，所以你拿去给任何一个人评理，你都是没有道理的。"

我简直要被她混乱的逻辑给气死。我说："你说的这些和我有什么关系？我现在是你的合作伙伴，你就要学会尊重我的观点。你要是不喜欢和我合作，当初就可以和老师提出来，换到别的组里去不就好了？"

我以为我已经说得够义正词严、够清楚的了，结果葛肃冷冷地看了我一眼，对我说："我为什么要学会尊重一个差生的观点呢？是你自己选择做一个差生的，从你选择的那一天起你就该知道没有人会来尊重你。我和你不一样，我不会把时间花在做这些毫无意义的事情上，我只会想办法让自己变得更优秀。"而且，她强调道："我根本就不想和你组队，和你组队仅仅只是因为没办法。"

说完这些，葛肃便拂袖而去，留下站在原地被气得说不出话来的我。她一走，一旁的关友友立刻跳出来安慰我说："别理她，她也太嚣张了吧！她看谁都是差生，不就高考成绩比我们高了那么一点点吗？那天还在宿舍里问我为什么要上大学，说我这种人上大学简直就是浪费资源。"

听到好伙伴的遭遇，我便感觉自己也不是那么悲惨了。关友友又开始撺掇我说："你就画，你爱怎么画怎么画，反正她不尊重你，你也不用尊重她，这是你们俩的合作设计不是吗？凭什么都听她一个人的？"

我听完关友友的话，觉得十分有道理，直觉热血上涌，提笔就画，实际上我也没有画什么。我刚写完两幅图下面的解说词，葛肃就回来了。

"你在干什么！"她几乎是从嗓子里将这句话给挤了出来。我吓了一跳，连忙抬起头看着她，只见她面色苍白，双手紧紧握成拳发起抖来。

"我……我把解说词给写好了啊。"我连忙解释道。葛肃紧紧抿住双唇，不住地颤抖着，眼眶开始泛红。她一字一顿地说道："是谁准你这么做的，谁给你的权利这样做的？"

我没有回答她，显然我也不知道该怎样回答，我完全被她惊吓到了。过了一会儿葛肃慢慢蹲了下去，然后开始轻声哭泣，同时她瘦小的身躯仍然在不断地颤抖着，似乎在承受着某种剧烈的痛苦。

同学们慢慢聚拢过来，我尴尬地不知所措，和关友友两个人词不达意地解释着现场情况，努力想证明我并没有欺负她。

这之后，直到这项合作任务结束，葛肃再没怎么搭理过我，而我也不再坚持什么，只是专心做一些杂活。之所以这样，与其说我是怕了葛肃，不如说，我开始渐渐意识到葛肃是个过度敏感的人，她极度自负又极度自卑，一旦她认为事情失去控制，哪怕只是十分微小的部分，她也会立刻崩溃。

那时候，我模模糊糊地觉得，葛肃似乎对周围的一切都存在着一股巨大的敌意，她在不满着什么，仇恨着什么。

交完作业一周后成绩出来了，我们并没有拿到最高分，当然这也肯定被归结为是我的错。葛肃目视前方冷淡地总结道："和你合作真是个错误。"我耸了耸肩没有再说什么，显而易见，葛肃一定讨厌死我了。关友友经常在宿舍打游戏，因此葛肃也很不喜欢关友友，加上我们之间的朋友关系，我怀疑我和关友友是葛肃心中最讨厌人选的NO.1组合。

这之后关友友说过，如果葛肃再不收敛一下自己的性格，早晚是要被大规模排挤的。我还记得我当时的回答是："都大学了，怎么会再做排挤别人这种幼稚的事情，不会的啦。"

可这件事到底还是以一种匪夷所思的方式发生了。

葛肃极度自负，以自己的聪明才智为傲，不愿意和本学院的人做朋友。她在隔壁学院的平面设计专业有个叫阿猫猫的朋友。阿猫猫姓鲁，所以我们这些和她不怎么熟悉的人都喊她鲁猫。

鲁猫是个很孤僻的人，大块头却又没什么存在感，她们相识于学生会，不知道怎么回事就变成了好朋友。鲁猫没课的时候经常会跑到葛肃的宿舍找她一块玩，有时候也会约着出去，或爬山或吃饭。

每当鲁猫来宿舍找葛肃时，关友友便会逃出来到对门宿舍找我玩。我问她："她们在宿舍很影响你吗？"关友友说："倒不是影响我，而是我有些怕鲁猫，鲁猫是个很奇怪的人，你不能和她讲任何她不认同的道理，不然她整个人就会变得非常狂躁，一定要你承认自己是错的。"我当时还说了句："那要是有人就是不承认自己是错的呢？"

然后，这个人就真的出现了。

这个人就是鲁猫自己的舍友，她和鲁猫因为某一件非常小的事情争论了起来，大约就是香蕉橘子到底哪个好吃这类见仁见智的问题。

那天她的室友无论如何不肯让步，鲁猫越争论越激动，可她的室友仍然坚持自己的观点，没想鲁猫突然就发狂拿起桌上的厚底玻璃杯，一手抓住室友的马尾，一手用玻璃杯底猛砸室友的脸。

当时的情况应该非常可怕，因为其余的室友都在宿舍，可是没有一个人敢上前去拉住鲁猫，前前后后打了十多分钟，室友的鼻梁眼眶全被打烂，最后血肉模糊地被抬出宿舍，而鲁猫却在警卫来之前扔下杯子逃走了。

第二天，那位不幸的舍友被确定为严重毁容。鲁猫的家长赶到学校，鲁猫自己也被保安在学校小树林里抓获。这件事情闹得很大，一度让大家人人自危，因为这之前没人知道鲁猫有精神类疾病。

可就是在这种显而易见的情况下，鲁猫的家长也还是不承认自己的女儿有精神类疾病，坚称她只是情绪不太稳定，也坚决不肯让自己的女儿退学。但是鲁猫不退学，其他人就没法上学，于是，学校想到了一个颇有些莫名其妙的折中的办法：校方请来和鲁猫关系好的朋友、同学，让他们作为第三方证明鲁猫现在的情况确实不适合再在学校上学了。

葛肃首当其冲被请了过去，但是她说，鲁猫没有问题，有问题的是学校和她的同学们，这个回答让学校顿感十分为难。于是，学校又请了和葛肃同宿舍的林蔚蓝和关友友来，希望她们谈一谈对鲁猫的印象，去之前关友友又拉上了我。

我们被叫过去的时候，现场气氛十分诡异，一边是情绪十分激动的鲁猫家长，另一边是情绪更为激动的那位不幸女生的家长，当中夹着焦头烂额的校长和教导处主任，等等。

校长让我们在长沙发上坐下，可我们实在是坐立难安，因为整个校长办公室里情绪最激动的人是葛肃。

葛肃异常激动地在替鲁猫辩解，她脸色苍白，头发凌乱，一边说话一边不停地摆动手臂，好几次都差点打到教导主任的脸上。教导主任便凶狠地呵斥她，让她注意自己的言谈举止，可是葛肃才不管。

她说："你们都戴着有色眼镜看鲁猫，你们还在这里假装什么公正！你们说鲁猫精神有问题，你们到底有什么证据？你们就是在诽谤我的朋友！她打人也许是正当防卫呢，你们为什么不调查清楚！你们说鲁猫是精神病，就是因为她又丑又胖，念书也不好，你们就是瞧不起她！我早就知道这个世界上是没什么正义可言的！但是你们要我和你们一起同流合污，我办不到！"

葛肃越来越激动，她几乎就要跳起来，那边鲁猫的家长也越来越激动，开始叫嚷着："对啊，我女儿是正当防卫啊！你们调查清楚啊！"而另一边的家长则开始大喊道："学校要是处理不好我们就报警了！"

我猜想此刻校长一定非常懊悔自己的这个愚蠢举动，但是林蔚蓝站了出来力挽狂澜。我们的班长，学生会新一代的精英，一个政治斗争的高手，她用两句就解决了这个乱成一锅粥的场面。

身材高挑的林蔚蓝突然举起了手，大喊一声"我有话要说"，于是场面出现了短暂的安静。利用这个间隙，她毫不犹豫地捅了葛肃一刀，她说："各位老师、家长，葛肃自己精神也有问题。"

在葛肃还来不及做出反应的时候，林蔚蓝接着又提出了一个合情合理的建议。她说："大家都被吓坏了，不如各自休学一年吧，鲁猫也不能再回到原来的班级了，转去别的更轻松一点的专业吧。"

而我和关友友全程都像两根木桩一样站着，没有人理我们，也没有人来询问我们任何事情，很快我们就被请了出去。

没多久鲁猫和那个女生便都休学了，但这件事情的风波却仍未过去。葛肃那天说的话被四下传播，因为她认为把人打到毁容的鲁猫是无辜的，是正当防卫，所以大家便有理由相信她以后也会干出同样的事情。

而林蔚蓝则人前人后都彻底否定了自己那天说过的话，口气和态度坚决到让我和关友友都以为自己得了妄想症。事后关友友说，林蔚蓝是个很可怕的人，她再也不想和她们两个住在一起了。

但是不管怎么说，大家都开始慢慢地认为葛肃精神不正常，葛肃很可怕，葛肃很可能以后也会打人乃至杀人，反正她是神经病，杀人不犯法。

就这样，几乎是在一夜之间葛肃就被人孤立了，一开始还有几个男生会和她说话，没过多久便再也没有人理她了。

关友友之前说过的葛肃会被人排挤的事情，便以被集体孤立这个最极端的形式表现了出来。

在葛肃被孤立期间，我做了一件非常不明智的事情。那时候关友友在打《仙三》，虽然我早就通关了，但是我没有把五个结局都打全。关友友说她很快就要通关了，预计是花楹结局，一想到这种难得一见的结局她都能打出来，我就显得格外激动。我说："那我晚上来陪你打好了，等你通关的时候我就能看到结局了。"关友友说："好啊！"

我们预计从八点开始打，差不多要打到凌晨两点才能通关。关友友问她的舍友们，可以打到两点吗，她们说不要发出声音就好，于是我们开心地开始换软键盘，准备零食和饮料。

期间林蔚蓝给我使了个眼色，她用眼神示意了一下在上铺的葛肃，当时她还没有睡觉正在看书。鲁猫的事情之后，不等她们宿舍的人孤立她，葛肃自己就孤立了全宿舍的人，所以她在宿舍的时候永远都板着张脸不说话。

我觉得还是要再和葛肃说一下的，于是我朝上铺喊道："葛肃，我们大概要玩游戏到凌晨两点，不过不会发出声音的，可以吗？"

意料之中的，葛肃没有理我，于是我又补了一句："你不说话我就当你默认了哦。"

为了不让显示器的光亮影响到要睡觉的人，我们将电脑搬到了椅子上，自己则坐在地上。到了凌晨一点多快要接近最后的结局时，我俩都紧张起来，正当我们精神高度集中的时候，葛肃突然从床上竖起来，冲着我们用极高的分贝喊了一声："你们怎么还不去死啊！"

我被吓得立刻从地上跳起来，笔记本电脑被我一下子带到地上去，关友友向后躲开撞到了椅子，我们接连发出巨大的噪声。林蔚蓝起床将灯打开，其余的人也都醒了，她们先看着葛肃，又看着我们。

葛肃的头发胡乱支棱在脑后，布满痘痘的心形脸上是一种让人无法理解的冷酷恨意。我们没有人敢说话，只是不知所措地互相僵持着。那时，我不禁感到了一丝后悔，我意识到我又一次触动到了葛肃的易怒点，今天我确实不该来的。

直到敲门声响起，我自己宿舍的宿舍长黄芪出现在门口把我领走才算完，走之前我示意关友友赶快上床睡觉。

回宿舍后，我问黄芪她怎么会来。黄芪说："葛肃喊得那么大声，我们这里都听到了，以为你们要打起来了呢，赶快过来救你。"

睡我下铺的胡又文也嘟囔道："你去她们宿舍干什么，神经病杀人不犯法的好吗？"

我说:"哪有那么夸张啊?"黄芪就赶着我们去睡觉了。

第二天上完课,关友友不肯回自己宿舍,赖在我们宿舍直到很晚了也不肯走。我说:"你干什么?"关友友支支吾吾了很久才说:"我觉得葛肃想杀我。"

我们便全朝她看去。黄芪说:"你不要有被害妄想症好不好?"可关友友说:"不是我有被害妄想症,是葛肃有被害妄想症啊,她觉得我们人人都要害她。昨天大喊大叫过后她爬下床拿了把刀再爬上去,她把刀放在枕头下枕着睡觉好不好!"

黄芪说:"什么刀啊?"

关友友说:"水果刀,可锋利了!"

我们便哗然一片。黄芪当机立断给我们宿舍另一个常年不怎么住宿的人打电话,问她,她的床铺能不能暂时借给关友友用,那边爽快地同意了,于是关友友回去拿了洗漱用品住了过来。

没过几天,我和关友友照例又在宿舍打游戏,没想到葛肃提着两杯奶茶来串门了,她出人意料地和我们道歉了,我从未想过葛肃会和谁道歉。她说,那天吼我们把我们吓到了,非常不好意思,于是买了两杯奶茶来给我们压压惊,并且在最后说,希望我们还能做朋友。

等葛肃走后,胡又文立刻扭过头来对我们说:"葛肃的奶茶你们敢喝吗?搞不好她在里面下毒了。"

那一刻,我确实替葛肃感到一阵莫大的悲哀。我说:"不会的。"

关友友也说:"塑封口封得好好的呢,葛肃可没这本事搞完美犯罪。"

胡又文便耸了耸肩说:"随你们咯,反正换我,我是不敢喝。"

这之后，关友友征得其他人的同意后便常住在我们宿舍，再也不回去了。她说："我的确不喜欢葛肃，但是要说怕，我最怕的人其实是林蔚蓝，不知道什么时候我也会被她在背后捅刀的。"

第二学年学期刚开始，班里就要评选优秀班干部、三好生以及评比奖学金。我们都知道这些东西对于葛肃来说意义很大，她是个非常传统的好学生，只有这些东西才能证明她的荣誉。在评选前一天，她就暗示过我们很多次，如果选三好生就要选她。

第二天她还是落选了，对于这点我并不感到意外，因为她仍然被许多人孤立着。随后颁发的奖学金她也没有如愿拿到特等奖，拿了次一等的一等奖后，她便整个人情绪极其不对劲地回去了。

临到晚上宿舍关门前我回去，正巧碰到了出门打水的葛肃，我本想装作看不见她，从她身边绕走的，结果她挡在我面前拦住了我。她质问我，有没有投三好生的票给她。我心说，这都是什么事啊，只好说，我投给关友友了。

她红着眼睛问我，为什么要投给关友友。其实并没有为什么，投票的时候我坐在关友友身边，关友友说，投我啊，投我啊，我就投给她了。可我没有这么说，我只说，我想投给谁都可以啊。

但是葛肃并不认同这个答案，她将水瓶"咚"地往地上一放，咄咄逼人道："你们是不是针对我？你们是不是见不得我优秀？你们是不是在抱团打压我？"

我显然是被吓到了，一边试图绕走，一边嘟囔道："你这是在说什么啊。"结果这个举动一下子惹怒了她，葛肃瘦小的身躯爆发出无穷的力量来，她一把抓住我的衣领，开始疯狂地质问我："你们为什么见不得我优秀啊？为什么啊！你们知不知道蛆虫抱团了还是蛆虫啊！你们以为自己可以麻雀飞上枝头变凤凰啊！"

　　我看葛肃已然愤怒到语无伦次，不知道再待下去会发生什么。可是她力大无穷，我怎么也掰不开她的手，她提着我的衣领将我扯来扯去，情绪激动异常。因为我们宿舍就在一楼，我便放声大喊："黄芪！关友友！胡又文！林蔚蓝！"

　　一会儿就听见开门的声音，大家都跑了出来，林蔚蓝劝葛肃不要那么激动，放轻松。葛肃边哭边冲她咆哮："你少假惺惺了！你自己得了三好生，又拿了优秀班干，还得了特等奖，你以为自己就是人生赢家了？我用得着你来同情吗？"

　　黄芪和关友友过来分开我们俩。没想到葛肃突然松开我，随后见人就打，双手胡乱地扑腾，边打边骂，场面一下子就完全失控了。

　　就在这个不知道怎么收场的情况下，林蔚蓝再一次发挥了她出色的领导才能。她冷着脸呵斥道："你们闹够了没有？再闹下去人人得个处分你们才开心是吧？葛肃你别闹到大家都不好看，到时候连你的一等奖都给收回去！"

　　葛肃听到这句话就失魂落魄地冷静下来，随后魂不附体地回去了，我们也赶忙在宿管出现前跑回宿舍。

　　回去后，我们所有人都冷静不下来，胡又文在那里大骂："疯子，简直就是个疯子。"黄芪被葛肃打了好几下，胳膊上全是红印子。关友友靠在桌子上叹气。

　　而我在一旁惊魂未定地换衣服，我的衬衫领子被葛肃给拉坏了，脖子里也是一道道的红痕。但比起这些，更让我心惊的是葛肃那毫无来由的恨意，她似乎讨厌我们这里每一个人，而我们却不记得自己什么时候得罪了她。

葛肃始终认为，这个世界对她是不公正的，那么，她想要的正义到底是什么呢？

到了半夜，我们情绪刚刚平稳，在刷网页的关友友突然喊道："你们快来看啊！葛肃发表了一篇长日志！"于是，我们马上放下手里的事情，围过去看。

那篇日志的标题是《与全世界为敌》，确实非常的长。大致内容是说她本是一个家境贫寒的女生，励志刻苦求学，希望凭借自己的努力获得成功，但是这个世界上却总有各种各样的人来阻挠她，他们不希望看见她的成功，因为她虽然贫穷却意志坚定，虽然贫穷却天资卓越，虽然贫穷却美丽善良……看到这里关友友疑惑地问我们："她到底美在哪儿啊？"我打了她一下说："她觉得自己美就行了，别在意这些细节，往下看。"

接着葛肃又写道，那些拼命阻挠她不让她成功的人，都是腐化堕落的人，他们自己堕落就见不得别人上进，用各种各样的龌龊手法陷害她，排挤她，比如不让她拿到这次的三好生和特等奖学金。

在日志的最后一段她又写道："有 A 和 B 两个人，她们什么也不做，整日只知道打游戏，她们堕落腐朽，却和我同念同一所大学、同一个专业，真是让人难以容忍的奇耻大辱！"关友友再次回过头来看着我说："这个 A 和 B 是我们两个人吧？"我说："应该是的吧。"日志中接着又写道："这两个人从不用为生计担忧，我却要时时刻刻努力学习，算计着每一分钱。我这样优秀，上帝却不给我公正的待遇，她们根本就是小偷，从我这儿偷走了属于我的硕果！"

日志的结尾是："很多人都说我错了，但是我知道我没错，即使全世界都错了，我也没错！"

这是一段逻辑上非常难以理解的话。关友友嚷道:"我们偷她什么了啊!"黄芪也说:"她的意思该不是说你们家里的钱都是从她家里偷走的吧?"

可是我却一瞬间明白葛肃的恨意究竟是哪里来的了。葛肃从来不想要真正的公平与正义,就像先前那段对于我投票的质问一样。在葛肃看来,别人没有什么权利与自由,只有投票给她才是公正的。

葛肃想要的是,这个世界和她认错,告诉她,她确实不该过这样的日子,她不该过着贫穷和艰辛的日子,她理应锦衣华服、山珍海味。世界的裁定者应当高高举起她的手,说道:"葛肃才是这个世界上最优秀的人,你们都不配和她站在一起,比起她的智慧和美德,你们都应当痛哭流涕忏悔自己的无知、无能,你们简直不配享受幸福快乐的权利,这些统统属于葛肃!"

这才是葛肃想要的正义。

所以,她不喜欢我和关友友快乐地生活着,因为我们无知无能,所以我们不配得到幸福快乐;她也不喜欢其他人显露出比她优秀的可能性,因为她认为这些人没有承受比她更多的苦难,所有的这一切都让她寝食难安,愤怒乃至失控。

我最后一次看见葛肃,是在两个多星期后的设计课上。当时林蔚蓝正在发奖状并且告诉我们奖学金已经打到大家卡里了,让我们下课就去查一下是不是到账了,教室里呈现出一片欢天喜地的气氛来。在这样欢乐祥和的气氛下,有男生和葛肃开玩笑道:"肃姐,拿了五千呢,是不是要请客啊?"

葛肃将自己的奖状小心翼翼地收起来,随后不屑地看了那个男生一眼，以一种极其厌恶的口气说道："你以为我和你们一样是吃爸妈的蝗虫吗？我的钱都是要用来给自己读书的！"

那个男生莫名其妙碰了一鼻子灰，只好尴尬地走开了。

他走后，葛肃还小声地骂了一句："人渣。"过了一会儿，她意识到我在看她，于是她朝我快速地看了一眼，飞快地骂道："恶心。"

之后，我便一直都没有再看见葛肃。一开始我们都以为她生病了，直到两个多礼拜后，才从班长林蔚蓝的口中辗转得知，葛肃已经退学回去高复了。

我未曾想过，她会以这样的方式离开。

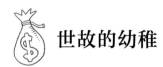

世故的幼稚

这个世界上的有钱人大抵可以分为两种：第一种是有钱而不怎么大方的；第二种是有钱又很大方的。董老板就属于后者，所以人人都爱董老板。

董老板是我的大学同学，长得不高还有些胖，给人一种壮壮的感觉，看起来就像一个虎头虎脑的富二代，实际上还真的是一个虎头虎脑的富二代。

刚开学的时候他逢人便叫"×哥""×姐"，看见男生就递香烟，看见女生就递奶茶，嘴里还嚷嚷着："苏哥，来根烟呗，小弟给你点上。""菲姐，喝奶茶不？小弟给你插上管子。"因此，他在短时间内就和大家混得很熟络。更何况八面玲珑的董老板时不时还会讲几个荤段子活跃气氛，一时之间风头无两，走在学校的林荫大道上，几乎是个人都要和他点头招手示意一下，一路走下来颇有校园扛把子的风采。

董老板家里是开家族企业的，所以他常把"像我这样的生意人，就要学会察言观色，建立人脉"这句话挂在嘴上，时间一长，大家便都喊他"董老板"了。

董老板是个狂热的名牌爱好者，爱穿各种印有醒目大 Logo 的名牌 T 恤，尔后金光闪闪地出现在大家面前，一边派香烟一边派奶茶，嘴里还客气地招呼着大家："抽抽抽，喝喝喝，大家别客气。"时常给大家造成一种不当大哥很多年的黑帮大佬在办寿宴的错觉。

大约一年后，董老板在学校里有了一个固定的社交圈子，一共四人，算上他三个男生外加一个女生。因为他们平日里出手阔绰，这个圈子便被我们戏称为"富二代牌局"。其中的那个女生人前人后都被称为"唐大小姐"。我们年级几乎人人都听说过这位大小姐，许多传闻都说她才是真正的有钱人。董老板之流虽然和普通人相比算是富二代，但要是和这位唐大小姐比起来，那就真的低到尘埃里去了。

由于种种或夸大其词或添油加醋的言论渲染，时间久了我们人人见了唐大小姐都要让她三分，毕竟谁也不愿意去得罪一个富贵到权势通天的人，即便这些传言有可能是假的，但又何必去冒这个险呢？

董老板很得意自己能混迹于"富二代牌局"这个圈子，常和我们说这是自己的人脉，毕业后自己就要进入家族企业工作，有了这些人脉就会好办很多。有时候也有人会出于好奇问他，他们这个牌局每天都干什么。董老板说："就是普通的社交呀，吃饭、喝咖啡，然后开车去湖边兜风或是逛街买东西，要是有兴致晚上就去酒吧喝酒，玩得开心了就去夜店续摊。"大家都啧啧称奇，顿感有钱人的世界就是这样炫酷。

又有人问董老板："那你们这样社交得花多少钱啊？"董老板潇洒而不羁地甩了甩头发故作漫不经心道："哪有一天的花销能少于一千块哦。我妈常说我能花钱，可是现在这个世道不花钱怎么交朋友啊？不花钱哪来的人脉啊？要我说，人的目光就不能短浅，该花钱的时候就要花。建立了人脉，到时候什么事情都好办，钱自然就回本了！"

董老板的花销让我们咂舌，董老板关于人脉的世故言论同样让我们咂舌，总觉得他和我们并不是一个世界的人。

董老板看起来就像一个已经在社会上摸爬滚打了好几年的胖子，一点都不像个学生，言谈做派统统是一个生意人的样子。可奇怪的是，他并不是一个生意人啊，即便未来会是，那么看起来也入戏太深了些，倘若说这是耳濡目染，教师家庭的子女也并未看起来像个老师啊。

我总觉得董老板的生意人做派怪怪的，所以一直以来都和他没什么交集。直到我的朋友路昭出事后，董老板找到我和我商量过对策，那时候我才觉得董老板是个热心成熟的好人。

因为关系熟络了，便自然从同学变成了朋友，你知道生意人总是朋友遍天下的。

大三的冬天，我们在教室里熬夜赶图，等到画完已经是凌晨一点多，这时候宿舍已经关门了，所以按照往常的惯例，我们得坐在教室里等到凌晨五点半宿舍门开了再回去休息。

可这次不一样，这次董老板也在教室画图，他便自然而然地招呼我们几个较为熟络的人出门去吃夜宵。他说反正坐在这里也是干等，又饿得半死，不如一起出去吃个夜宵再回来。那时候我还天真地以为，所谓的吃夜宵是吃街边的烤串，想来在冬夜喝啤酒吃烤串也是很不错，便高高兴兴地去了。谁知上了计程车后董老板报了个地点，车子一路向前开，穿越了好几个城区来到一家通宵营业的香辣蟹店。

到地方后我们都傻了眼，互相交换了几个眼神，跟着董老板进门。热情的老板娘连忙从收银台后踩着高跟鞋小跑过来，问我们是吃88元一只的蟹还是吃188元一只的蟹。听到这个价钱我几乎要跳起来大声质问董老板："你怎么能吃这么贵的螃蟹呢？你知不知道我根本没有带够钱来吃螃蟹！"可在我质问他前，董老板就阔气地摆摆手告诉我们这顿他请，我几乎能听见所有人都在心里松了一口气的声音。

我们胡吃海喝到一半，董老板突然略感忧愁和烦躁地喝起啤酒来，告诉我们，他喜欢上了唐大小姐，最近正在考虑如何追她。我们因为拿人手短，自然要去关心别人的感情生活状态，于是我擦了擦嘴问他："那唐大小姐喜欢你吗？"

董老板琢磨了一下说："看不出来，好像挺喜欢我的，又好像没表现得那么明显，不是说女孩子都不会把心思表露在外吗？"

我心说，那岂不是99%没了希望？但又因为此时此刻正在吃着别人的东西，不好说这样打击人的话，于是我开口就变成了："是啊是啊，女孩子的心思很难猜的。"

大概其余几位同学和我也是一样的想法，大家便没说什么，尽在那里和稀泥说些无关痛痒的话，顺带鼓励董老板勇敢追求真爱。

不多久董老板喝多了，在那里长篇大论地扯起自己未来生意人生活的宏伟蓝图。他说，等他娶了唐大小姐自己就会变成家族企业第一人，不用再被他舅舅家压着了，说到兴头上他还告诉我们他已经在给自己和唐大小姐选房子了。

尽管我心中暗暗觉着，这也想得太远了吧，但回过神来时，嘴上已经和大家一起起哄着说道："什么房子啊？在哪里啊？"

只见董老板神秘一笑，对着我们竖起一根手指示意我们稍等，随后从裤子口袋里掏出一张折了四折后变成豆腐块的售楼广告单，指着其中一套对我们说："看，就是这个。"我们看到这里不禁大叫起来："你也不用把广告单随身带着吧！"

董老板用手指戳着广告单上的别墅对我们一字一顿道："看！房！子！"我们便低下头凑过去看这个董老板看了许多楼盘后最中意的房子。那是一套湖滨别墅，高档小区星级配置，出入小区和自己家都是指纹锁，简单来说就是高端、大气、上档次。

我们中的一个男生说道："董老板你刚结婚就准备买这么贵的房子吗？不太好吧。"

听到此话董老板点点头，又问他："你是不是觉得我太奢侈了？其实我前天和我妈说这件事，我妈也说不要一结婚就买上千万的别墅，可以买六百万左右的。虽然我自己是很低调的，可是唐大小姐不能怠慢啊，不买一千万的人家哪肯住？"

我莫名其妙地问董老板："董老板你哪里低调了？"

董老板说："我很低调啊，我每天都会想我是开宝马还是开牧马人来上课，从不会把家里的名车开来学校的！"

我给他出了一个主意，我说："你可以开着你的牧马人驱赶着你的宝马来学校，你觉得如何？"董老板说："真是个好主意，我们来干杯吧！"同行的男生问："为什么而干杯呢？"我说："当然是为了董老板的低调而干杯啦！"

干完杯董老板又问我们，是这个湖滨别墅社区好呢，还是另一个英伦建筑风格的别墅社区好呢？一时之间大家都陷入了激烈的思考中，似乎很难取舍的样子，可我突然发现了一个关键问题，我说："董老板现在不是买别墅的时候吧，说到底唐大小姐根本就没有答应要做你的女朋友啊，你还没有告白呢！"

董老板一拍大腿："是啊，我得先去告白！"

那次夜宵后，我有一段时间没怎么见过董老板，因为董老板认为能用钱办到的都是小事，既然是小事就不值得自己花费心力去做。而文凭就是一个可以用钱买到的东西，由此可以得出，上课、做作业都是不必要、不值得去做的事情。

临近放寒假的时候，我正在寝室里看电视剧，我晚归的舍友胡又文回来和我们说，看见董老板坐在学校门口哭。当时我们都不相信，因为董老板这样时时以生意人自居的人最好面子，怎么可能在学校门口哭？那里人来人往的岂不是丢死人了？

但胡又文坚持说自己没有看错人，那确确实实就是董老板，董老板一身名牌怎么可能看错？我们便说："是就是吧，我们也不能出去看啊，不然看见同学这样多尴尬啊。"

一小时后我正巧要出校门买东西，走到校门口竟然真的看见了董老板，他半蹲在一旁的阴影中不是很引人注目，并非和胡又文说的那样在哭泣而是在抽烟，不过即便这样也够诡异的了。我不知道要不要上前打招呼，又觉得董老板似乎也没有注意到我的样子，为了避免尴尬，我便贴着校门另一边走了出去。

等我拎着东西回来的时候，我仍打算避开这种让人尴尬的场面，继续装作没看见的样子走过去，可董老板叫住了我。

我只好装作才发现的样子朝他走去。短短几步路的时间内，我心思复杂地盘算着我该以怎样的口气和他打招呼，若无其事地说"晚上好"呢，还是问他到底发生了什么。

等我走近了才发现，董老板眼圈红红的，确实是哭过的样子，胖胖的圆脸上还挂着两道被风干的泪痕。这种情况下是不能再说"晚上好"了，于是我说："这么冷的天，董老板你到底是怎么了？"

董老板抖着手又给自己点了一根烟，哭丧着脸说："我失恋了。"我说："你和唐大小姐告白失败了啊？"董老板猛地吸了口烟把自己呛了个半死，但他仍然在剧烈的咳嗽中抽空和我点了点头表示确实是这样。

尴尬地挠了挠头后，我说："那你节哀顺变，不是不是，我的意思是说不要伤心，妹子还会有的。"董老板咳完了又说："可是别的女生都没有唐大小姐好，见过了唐大小姐总觉得别的女生都不够资格。"我说："哪里不够资格？"董老板说："都不如唐大小姐那样能在事业上帮我。"

我想着他又该说他那套人脉理论了，于是赶忙打断他道："被拒绝了也别待在寒风里啊，这个天多冷啊，再这样待着回头你该感冒了吧。"董老板苦笑道："感冒又如何？如果唐大小姐能回心转意我就是得肺病去掉半条命也甘愿啊。"

真没想到董老板这次决心如此之大。我只好继续劝道:"可是你这样唐大小姐也看不见啊。"董老板说:"看得见的,能看到。我收到消息说她出去玩了,那她总要回来,我就在这儿等着她,希望她能重新考虑一下,回心转意就最好了。"

我心想,原来这是苦肉计啊,这和让自己的好朋友伪装成流氓去骚扰暗恋对象,尔后自己扮作英雄角色出场痛殴流氓,赢得暗恋对象的好感有什么区别?

真不知道董老板平时那生意人的世故去了哪里,倘若这便是董老板的世故的话,那他的世故也够幼稚的。

我本不想打扰他演苦肉计,可我们话还没说完,唐大小姐就出其不意地回来了。她背着一个双肩包,手里拿着一盒酸奶和"富二代牌局"里的另外两个男生一起从计程车里下来。随后,他们自然看见了此时此刻站在校门口脸上挂着泪痕,手里还夹着一根烟的沧桑版董老板。

董老板连忙叫我先走,我立刻识趣地跳到一边去,静观事态发展。

董老板强作笑颜迎上前说:"唐大小姐你出去玩怎么不叫上小弟我啊?"

唐大小姐看了一眼董老板的落魄浪子造型说道:"你干什么啊?你这种样子摆给谁看啊?你是在故意给我难堪吗?你这个样子在校门口多久了?"

董老板有点慌了,立刻用袖子擦干泪痕说:"我不是要给你难堪，我是想你啊，我难受啊，你再给我一次机会吧，我等了你一晚上了。"

唐大小姐皱起眉头看着董老板，一脸厌恶地向后倒退两步，接着说时迟那时快地猛地将自己手中的那盒酸奶掷到董老板脚下，盒子里的酸奶便四下溅开。董老板被这突发状况搞懵了，直愣愣地站着被溅了一裤腿的酸奶，一瞬间看起来狼狈极了。

他突然开始变得有些结巴："唐……唐……你干吗？"

唐小姐瞪着他几乎有些咬牙切齿道："你知不知道你现在的行为很恶心？你该不会还想在女生宿舍门口摆蜡烛吧？"

身旁同行的两位男生也不知道是想帮他还是想害他。其中一位连忙纠正道："没有，他并不想摆蜡烛，董老板和我说他打算用牧马人载着一车子玫瑰花来和你求爱以示诚意的。"另一个男生点头补充道："而且会当着大家的面，这样给你足够的面子。"

这下子唐大小姐简直要出离愤怒了，她说："你以为你是谁，我最讨厌男人这么哗众取宠了！我的面子用得着你给吗？你还想闹得全校皆知，你以为这样会有用吗？"

最后一句话由于吼得太大声竟然还破音了。

唐大小姐吼完转身就走，身旁的两个男生似乎并不知道自己做错了什么，同情地看着董老板，和他挤眉弄眼示意这件事情以后再说，也跟着唐大小姐走了。可他们没走几步，唐大小姐又停住恶狠狠地回过头来瞪着董老板说："这个圈子不欢迎你，以后别再让我看见你！你和他们怎么玩我不管，但是有我的地方都不可以有你，听见了没有？"

唐大小姐一走，三三两两在不远处围观的人也散了。董老板手里的烟掉在地上，他靠着校门滑倒在地上。我跑过去看着他，他看起来落魄极了，眼泪从眼角不断滚下，胖乎乎的脸涨得通红。我小心翼翼地问他："董老板，你还好吧？"

　　董老板狠狠抹了一把眼泪，哆嗦着嘴唇说："人脉全没了，被那个圈子排挤了，经营了那么久的人脉全没了。"

　　我突然不知道要说些什么。正当我沉默着的时候，董老板猛地跳起来，把我吓了一跳。他看着唐大小姐离开的方向，冲着黑暗中的空气大骂道："唐芮我×你妈！唐芮我×你祖宗！你以为自己是谁！你看不起老子，老子还看不起你呢！"

　　这把我结结实实给吓到了，周围的人也纷纷对董老板侧目。等他冷静下来，问我要不要和他一起去酒吧喝一杯。可大家都知道和失恋的人去酒吧没什么好下场，于是我便婉拒了董老板的邀请，董老板也不多说什么独自搭了计程车去酒吧了。

　　我看着他远去的背景，心想这真是世故地幼稚着啊。
　　尔后董老板就不怎么来上学了，渐渐淡出了我们的视线。

堕落的自证

优秀的好处在于优秀本身，而坏处则在于，处于逆境中的他们往往比失望更失望。

现如今我已经非常少想起路昭了，他的模样在脑海中也完全模糊了，就连名字我也是回忆了好一会儿才记起来，我更不会知道他现如今在哪里、过着怎样的生活，不过这一切归根究底也不重要了。

刚进大学的时候，所有人都表现出活泼开朗的样子来迅速打成一片，唯独路昭不。他总是坐在一旁似笑非笑地不知道在想什么，此时如果有大胆爱闹的女生跑过去拍一下他的肩膀问他："嗨，路昭你在想些什么？"路昭就会充满距离感地假笑道："没什么啊。"

这种明显拒人于千里之外的样子，让路昭很快就游离在一个边缘地带。

开学前我所在的大学有幸上了一次本地新闻，原因是有个考生超过了专业最高录取分数线几十分，这个成绩刷新了这所大学有史以来的最高录取分数。

这个人自然就成了我们那届的传奇，一时间成为新生们茶余饭后的谈资，大家都十分想知道这位大神究竟是谁。

几周后，班长林蔚蓝终于从老师那里打听到消息，这个人就是我们班的路昭。这个消息甫一在教室炸开，我专业课上的同桌葛肃便一声尖叫冲到路昭身边，一边拍打着他的肩膀一边大声嚷道："路昭，你也太厉害了吧！你这么厉害干吗来我们学校啊？"

的确，以路昭的成绩他完全可以北上去念更好的大学。于是，大家都安静下来好奇地看着他，等待着他的答复。结果他耸了耸肩说："哦，可能是报错志愿了吧。"

这种明显是敷衍的话葛肃当然不相信，她执意要问他为什么，被问得烦了的路昭就说："可能因为我是个孤儿吧，现在你满意了吗？"

这句话把葛肃噎了个半死，想发作却不能，毕竟是她自己挑起来的事端，据说回宿舍后把路昭给骂了个半死。

十月的时候我们这边还天气炎热得厉害，因为专业课教室在西边的缘故，一旦轮到下午上课，西晒的热量便足以让我们感受到蒸桑拿般的温暖。专业课氛围向来是很宽松的，学生们可以走动、聊天或是吃东西，老师也在班级里四处转悠，间或给某个人的设计提一些意见。

那是开学后没多久的一个专业课，正巧轮到下午，大家都无所事事偏又热得不行，我便悄悄跑去走廊尽头的窗口，那里既通风又凉快，没想到路昭也在那里，他在窗口抽烟。那时候抽烟的男生还很少，我愣了一下，路昭便把有些被压扁的香烟盒递过来问我抽吗。我说我不抽烟。路昭说："你怎么和他们一样没劲。"我说："难道我应该比他们更有劲一点吗?"路昭便说："我以为是这样的。"

迎面吹来的风里都是呛人的烟草味，我待得很无趣很快就走了，走的时候看到路昭又开始抽第二根，我当时只是想，他有什么烦心事吗?

这似乎便是我和路昭的第一次谈话，既无趣又不知所以。路昭仍距离所有人都远远的，处在一个危险的边缘地带，恰逢这个时候，十分适时地传来了他曾经是个不良少年的说法。

那时他和人群唯一的联系就是新任学委徐蓉，只有徐蓉才会常和我们说路昭是多么多么厉害，她解了几小时解不出来的物理题路昭十分钟就做出来了，路昭学软件又是多么多么快，没见过他那么聪明的人……徐蓉说路昭简直就是个天才。

徐蓉和路昭越走越近，我们却和路昭渐行渐远，谁知道呢，搞不好他真是个不良少年呢。

所以大一那一年入冬后，我在凌晨两点收到路昭的信息时觉得十分不可思议。当时我正躺在床上看小说，突然手机一震，拿起来发现路昭发了个笑脸表情给我。

我回复他："凌晨好。"路昭说："来聊天吗?"我莫名其妙地问道："聊什么?"

路昭便十分突兀地问我："你相不相信这个世界?"我没想到会是这种问题，略微思考了下回答道："不知道，毕竟我和这个世界没什么太大的联系，我只是个宅人罢了。"

没想路昭回答说："我什么都不信，我根本不相信这个世界，这个世界到处都是恶意，到处都在弱肉强食，像一片黑暗的丛林，不够强就只能沦为猎物。"

　　这句话让我本能地感到不舒服，以前常听人形容某个男孩子很野气，我总把野气归类于没教养的同义词。可那天，我觉得路昭充斥着一种野气，一种冷冰冰地充满了对一切事物不信任感的野气。我不知道说什么才合适，可也不好让对话就这样悬在半空，只得回答道："你的想法未免也太悲观了吧，总有值得你相信的美好事物存在。"

　　可他说："所有的美好背后都有肮脏和腐烂为其支撑，你所看见的光明背后必然是你想象不到的黑暗。"

　　我说："总有纯粹的美好存在的吧？"路昭说："幼稚，没有肮脏和黑暗哪来的美好和光明？"

　　说到这里我便语塞了，很想反驳他，也不同意他的观点，可却什么都说不出来。总之，一时之间竟无言以对了。

　　因为对话的走向太过奇怪，导致我思绪混乱，那一夜几乎没睡，天刚亮就爬了起来。去教室的路上又碰见了路昭，他手里提了几个包子问我吃不吃，我说一夜没睡吃不下。路昭说："一定要吃的，我陪你去食堂喝粥吧。"虽然不明白为什么我非得要吃点什么，但我还是跟着路昭去了食堂买早饭。

　　我问他："你今天怎么心情那么好和同学一起吃早饭？"路昭说："因为我睡着前在想，如果今天早上能碰到你的话，要一起吃个早饭。"

　　我问他为什么，路昭说："感觉你有点意思，可以做朋友。"

虽然完全回想不起来凌晨时分我到底说了什么让他觉得有点意思的话，但那天后我们就成了朋友，我变成了路昭在这个学校里唯一的朋友，至少当时我以为他是把我当朋友的。

大一快结束时我因为生病，在家里断断续续休息了很久，再次回到学校的时候已经临近期末考，而我却落下了太多的功课，没办法只得去找路昭补习。

得知路昭要给我补习后，好几个平时不怎么上课的男生也闻风而来，一口一个"大哥"地叫着，买了烟来跪求加入补习。而路昭也果然很厉害，仅仅用了一个下午的时间就将整本物理题集给我们顺得七七八八，导致我们人人脸上都洋溢着喜气洋洋的神情，恍惚间还以为是要过年了。

补习完，我们倒也没有要马上散去的意思，买了饮料聚在一起意犹未尽地聊天。此时徐蓉的电话追了过来，身材娇小却中气很足的学委在电话里质问路昭为什么补习不叫上她。路昭又假笑道："你功课那么好何必补习呢？"徐蓉问路昭他是不是讨厌自己。路昭说："就……还好吧。"

这句话把徐蓉给惹毛了，毕竟这样的问题回答"还好"，不就等于承认自己确实很讨厌她吗……徐蓉说："路昭你给我等着！"说完就挂了电话。我们都看着路昭，其中一个男生说："这下学委又要哭了，你千万不要把女生给惹哭，我生平最怕女生哭了，真是不知道该怎么办才好。"

没想到路昭皱着眉头说："谁给的她这种优越感，我还要围着她转不成？我告诉你们别惹毛我，惹毛了我，就算是女人我也打。"

我们只好在一旁哈哈哈傻笑地缓和气氛，打圆场说道："路昭你不要开这种可怕的玩笑了。"路昭说："我没开玩笑。"

又过了几个月，正当大家发觉徐蓉喜欢路昭时，路昭却公开宣布要追班长林蔚蓝。对此我们这些局外人也只能意味深长地交换一个眼神罢了，因为徐蓉和班长是一个宿舍的。而那时班里的同学也普遍不看好路昭，原因无外乎班长是养尊处优的干部子女，而路昭却是个问题少年。

可路昭不信邪，他偏要试，又或者说，他什么时候在乎过我们的看法呢？

大二开学后，学院里开始统计学生们大一一年的学分绩点和各类活动加分，成绩远远甩我们一大截的路昭理所当然地拿了最高奖学金。拿奖学金那天，路昭问林蔚蓝愿不愿意和他出去吃饭看电影。林蔚蓝说："我为什么要和你出去吃饭看电影？"路昭说："感谢你对我的栽培。"林蔚蓝说："别客气。"

路昭被拒绝了，可他看起来也很无所谓的样子。我说："你不觉得挫败和难过吗？"路昭说："还好吧，反正她有男朋友了。"我说："你怎么知道班长有男朋友了？"路昭说徐蓉告诉他的。

我问他："徐蓉还告诉你什么？"路昭说，徐蓉还说班长和她男朋友有矛盾了，早晚要分手。

又过了一个学期，班长果然和她的男朋友分手了，路昭让我去问林蔚蓝，她现在是不是很难过。我说："为什么是我去？"路昭说："我去不合适，你就去问问。"尽管不情愿，也觉得这样的行为十分不恰当，但是为了朋友，我还是去了。班长没有回答我，而是上上下下把我打量了一遍，反问我："路昭让你来问的？"这让我发誓以后再也不做这种无聊的事情了。

在我无功而返后不久，路昭送了班长一件礼物，一张班长侧脸的素描。不知道他们具体是怎样交涉的，总之班长收下了，不过也许路昭画得十分美丽，班长欣然收下也说不定。

送出礼物一个月后我们出发去邻省的大山里写生，前几届的学长都和我们说，那里山清水秀又穷极无聊，是个谈恋爱的好地方，大家一个个地去，又一对对地回来，年轻人你们一定要好好把握机会。于是我对路昭说，路昭你要好好把握机会。路昭说，知道了。

一开始路昭和班长互动得还不错，大有要循序渐进走入正轨的意思。直到几天后，班里的男生去路边吃烧烤喝啤酒，喝多了，人就兴奋起来，回到写生基地后还拿着酒瓶子到处找人喝酒。

其中一个叫菠萝仔的男生，是路昭同宿舍的舍友，他拎着啤酒回宿舍后看见路昭躺在床上，于是拿着酒瓶晃到路昭床边，要找他喝酒。路昭说："我不想喝。"菠萝仔便脱口而出："不行，你必须喝，不喝就是瞧不起我！"于是路昭也像惯常那样冷漠地回答道："我就不喝。"

两人扭打起来的时候互相推搡导致铁床撞击发出巨大的噪声，前后宿舍的人听到了，纷纷跑进去拉住他们。可他们力气大得惊人，拉了很久才拉开，那天直闹腾到半夜。

第二天，路昭和菠萝仔醒来后互相都装作不记得昨晚发生的事情，两个人都带着伤继续和同学说说笑笑，我们也不再去提这件事情。可不提不代表不记得，比如说林蔚蓝就不再理路昭了，这完全可以理解，林蔚蓝一定觉得他的行为幼稚到可笑。

隔天晚上大家都结伴出去逛街或打牌，路昭孤零零地一个人坐在小溪边，我走过去在他身边坐下，没话找话道："你脸上的伤还好吗？"路昭没什么表情地回答道："不碍事。"我又说："你这个样子回家被你妈看见了要担心的。"说到这里我突然想起来，刚开学的时候路昭说自己是个孤儿，于是便一下子顿住了。我并非真的相信这句话，而是想到这句话背后也许隐含着什么。路昭大概是明白我正在想什么，于是说道："没关系，我妈不关心这些。"

"哦，这样……"我点点头，接着我们陷入了短暂的沉默，能听见不远处同学们在吵闹的声音，也能听见溪水流过卵石的声音。

"我真的挺讨厌葛肃的。"路昭突兀地换了个话题。我看了看他，他又撇撇嘴笑了一下："算了，我对她没什么可说的，还是说我爸妈好了，我倒是真希望自己是个孤儿，他们快点死掉就好了。"

这是我第一次听见有人那么直白地说，希望自己的爸妈快点死掉。我被他吓了一跳，觉得今晚的路昭格外陌生。我那时大概是保持着一副目瞪口呆的蠢相而说不出话来，接着路昭递过来一包被压扁的香烟问我抽不抽，我说不抽。路昭说："抽一根吧，这是董老板的烟，高级货。"董老板是我们班里的有钱人，因为常说自己未来要接管家族企业，久而久之我们便喊他董老板。我摆摆手坚持说不抽，路昭又说："你怎么还是这么没劲。"

过了一会儿，他说："我给你讲讲我的故事吧。"

路昭自然是有爸妈的，而且有很多。在他很小的时候他爸妈便离婚了，然后不断地结婚、离婚再结婚，少年路昭就有了数不清的继父、继母，他们中有的人对他还不错，有的人则很讨厌他。因为这样不幸的童年，路昭觉得自己的人生一直都是支离破碎的。他的家庭本不富裕，亲生父母都是普通工人，然而他们却把为数不多的钱都花在了频繁地离婚、再婚上。

他自小聪慧过人，上高中时人人都说他能上清华，而他的成绩也确实一直都很好，因为一米八的身高外加仪表堂堂又被选为了学校的升旗手，诸多荣誉集于一身，前途无可限量。直到有一天，他的班主任在数学课上大声训斥一位考砸的女生，说她是猪脑子，考那么差简直该去死。路昭站了起来走上讲台，一拳揍在班主任的脸上。

路昭的老爸被叫去学校后不由分说将路昭一顿胖揍，警告他不要给自己添麻烦，随后呵斥路昭赶快道歉。路昭说："我没做错，为什么要道歉？"于是他被接着一顿胖揍，揍完仍然不道歉。教导主任威胁说要开除他，路昭的那句"那你开除我吧，反正我也不想再念下去了"让他险些又被揍，最后多方协商的结果是他被从最好的班级降到最差的班级去。

说到这里他问我："你觉得我做错了吗？"我说："也许是方法错了吧。"路昭说："那你告诉我正确的方法是什么？坐在下面装作没看到是吗？"我又一次语塞了。

在路昭的人生中，有很多这样突如其来的转折。他似乎总在不遗余力地打破一切，将一切美好都击得粉碎，然后证明美好的背后果然是肮脏的。

他给我的感觉便是一直在自证自己的绝望，自己毁了自己的一切，自己将自己推向绝望的深渊。

我觉得，路昭早晚是要出事的。

第二天我和同学在打桌球，董老板和菠萝仔也来了。董老板一来就开始骂路昭是个神经病，说路昭自己抽烟抽那么凶，又买不起好烟，结果他带了几包熊猫来请大家抽，路昭就自说自话拿走了他一整包烟。

菠萝仔说："路昭简直就是个小偷，特么抽不起别抽啊，摆出一副高高在上的清高样子来，背地里却做这种偷鸡摸狗的事情。"菠萝仔又问我："你看见路昭抽熊猫烟了吗？看见了就让他拿来还给董老板。"

作为路昭彼时的朋友，我只好尴尬地装作没听到。倒是董老板来解围了，他说："哎呀，我就随口一说，这事和老赵又没关系。"

老赵就是我，好像也只有董老板才会这样喊我。因为我喊他董老板，他喊我老赵，时常给我一种我们是浸淫饭局多年的中年人的错觉。

过了一会儿趁大家不注意，董老板把我叫去一边，小声和我说："烟真的只是小事，但是路昭这种状态不对啊，简直有点破罐子破摔的意思，你看他这几天做的作业完全和以前不能比，随手涂两笔，画的那叫什么啊？"

我点点头说："嗯，他状态确实不好。"

董老板又说："听说他最近和学委联系很多？打听班长的事还是怎么？"

我说："我不知道啊。"董老板说："你们不是朋友吗，你怎么什么都不知道？"直到那个时候，我才后知后觉地发现我似乎仍然不了解路昭这个人，说是朋友，其实却站在很远的地方。

自打写生回去后，路昭整个人都不对劲了。他开始不上课，整日整夜地打游戏，而更可怕的事情就这样在某一天毫无预兆地发生了。

那天我们照常在教室里赶图，突然几个男生心急火燎地冲进来，拉着另几个男生说了些什么，人人脸上都表现出震惊异常的样子来。过了一会儿董老板叫我出去一下，在楼梯间里董老板看了看四下无人才压低声音和我说，路昭去嫖娼了。

乍一听到这个消息我被惊得好几秒钟说不出话来，半晌才能哑着嗓子开口问他："这是真的吗?"董老板说："千真万确。"

事情大概的经过便是，路昭和几个男生一起去吃晚饭，吃完大家路过一家开着粉色灯光的不正当营业场所。随后大家开玩笑说，谁敢进去我们就请客他开荤。本来嘻嘻哈哈一阵就算了，没想到路昭说："那我去。"然后他便真的走了进去，剩下的人给吓得一路狂奔跑了回来。

董老板叹了口气说道："路昭最近问我们借钱借得很凶，问你借了吗?"我说："问了，但我没借给他，反正借给他也是被他拿去网吧上网和买烟抽，我就请他吃了几顿饭。"

"你觉得路昭还有救吗? 还劝得回来吗?"董老板显得忧心忡忡，我从不知道原来他那么关心路昭。

"我不知道。"我这样敷衍地回答道。虽然名义上我仍然是路昭的朋友，可关于他的一切我却从来没有什么参与感。

"如果路昭这次回来问我们要请客钱，那他就真的没救了，我们都打算离他远远的。你是他朋友，你怎么办我也管不着，但是我就给你提个醒。"说着董老板搓了搓手表现出很无奈却又仁至义尽的样子来。

"好。"我点点头。

"那么有什么情况我们手机联系吧。"董老板扬了扬自己的手机。

不知道为什么，直到此时此刻我仍然没有什么参与感，我甚至觉得我们这样关心路昭，路昭是一定不会领情的，这种行为本身就带着一种奇异的荒诞感。

第二天董老板给我发短信说，路昭到底问他们要钱了，一人要了五十元，还详细描述了接待自己的90后。最后董老板盖棺定论道，这个人彻底没救了。

那个学期的期末考路昭几乎每一门都挂了，意料之外却又情理之中。越来越多的传言说他经常光顾不正当场所，说他现在穷得饭都吃不起，到处问人借钱，人人都躲着他，又说他问董老板借了两千元拖着不还，还拼命借，还问董老板讨烟抽。董老板最后发飙说："钱不用你还了，但你从此以后再也别和我开口！"

最后大家都说，路昭这个人拉不回来了，就连菠萝仔都和他谈过心，可是一点用都没有，他只是阴阳怪气地笑着。

这些传言辗转到我的耳朵里，我又漫不经心地让它们滑了过去，并不感到惊讶或是惋惜。我只是觉得自己离路昭越来越远了，远得我没有办法去拉他，远得我够不着他。他走在了自己的命运之路上，已经走到了很远很远，我无法触及的地方。

考试周结束后进入最后的赶图阶段，路昭终于在某个傍晚出现在了教室里，我们都许久未曾见过他了。他面色青白满脸胡茬，看起来活脱脱像个瘾君子。他拿着块板一直在问，这个怎么画，那个怎么画，大家都对他爱答不理，他便满脸无所谓地站在教室中间抽起烟来。董老板看了看桌对面的我，给我使了个眼色，我瞥了一眼路昭，却无话可说。不一会儿董老板开始赶他，让他去教室外面抽，路昭不肯，于是董老板扛起画板走了。

董老板走后，路昭一屁股在董老板的椅子上坐下。我倒是无所谓，可自从葛肃退学后，我身边坐的人就换成了和他已然闹翻的学委徐蓉。她闻到烟味后皱着眉头故意咳嗽两声，这显然是在委婉地赶路昭走，而我也觉得路昭坐在这里很不合适。

尽管无话可说却也不得不说些什么，于是我说："路昭，你出去抽烟吧，这里都是女生，你这样不太好吧？"

路昭叼着烟道："她们不喜欢她们可以出去啊，凭什么我出去？"我身旁的几个女生便抬起头来看着路昭。我瞪了他一眼，将他的烟夺过踩在地上，我说："路昭你发神经病出去发。"

路昭说："你是不是我朋友啊。"说完就出去了。

十分钟后他又回来了，看见徐蓉不在就坐在学委的座位上和我聊天，他问我什么时候画完，能不能帮他画一下，我说看情况吧。

没说几句徐蓉又回来了，她看见路昭坐在她的位置上几乎是本能地受到惊吓喊了一句："脏！"

我们都愣住了，整个班级一下子变得寂静无声。路昭僵硬地站起来然后弯下腰用袖子将座位擦干净，又扭头对学委说："你放心，我没病的。"

随后，路昭将自己的画板粗暴地扔在一旁，在我们的注视中走了出去。

画至深夜，我们才陆续散掉。回寝室的路上我看见路昭蹲在篮球场边上抽烟，便停下来问他："路昭你在这儿干吗？"

他抬头看了我一眼说道："大概是饿得走不动了吧。"我说："那我们去吃饭吧。"路昭便将烟头弹开，笑嘻嘻地站起来跟着我走了。

也不知道是不是每一家羊肉汤店夜半的生意都这样好，大半的店面挤满了人，肉汤热腾腾地往外冒着气，空气里都充满了鲜味。

我点了四十块钱的羊肉加进汤里，又加了五块钱的白菜，扭头问路昭："这些够了吗？"路昭用一旁的热水烫着筷子道："我晚饭还没吃呢，你不能让我只吃夜宵吧？"于是我又让老板加了一碗羊肉面。"肉要多一点。"路昭喊道。

等加了辣椒酱的羊肉面和肉汤大半进肚，路昭才心满意足地呼出一口气来。"身体总算热起来了，"他说，"每天睡觉都是冷冰冰的。"

我有很多话想和他说，却又什么都说不出口。此时此刻他就坐在我的对面，大口大口吃着羊肉面，可我仍然感觉和他之间距离遥远，好像我们从来不曾认识。若此时此刻我们只是同一所大学里陌路相逢在羊肉汤店里拼桌吃饭的同学，我还感觉这样的关系更温暖一些。

吃完回寝室的路上，路昭说："明天你有空的话来帮我一起画画吧。"我说："好。"

第二天一早我去教室的路上遇到了班长，班长照例和我客气地打了招呼，随后又问我，今天会不会见到路昭。我说，应该能见到，我还要帮他画图呢。接着，班长让我在原地等一会儿，她有东西要给我。我多么希望自己不要参与到这些事情里去，可好像每次发生的时候我总是来不及抽身。

于是，去教室的路上我手里又多了一幅画，当初路昭送给班长的那一幅。

我把礼物还给了路昭，路昭看起来很平静，他还饶有兴致地问我："你看过我给她的画吗？"

我摇摇头说没看过。于是路昭将包装盒拆开，把里面的画拿出来给我，我仔细一看，发现原来是照着班长校内网头像绘制的一幅素描，画得很像，简直栩栩如生，看得出来路昭一定画了很久。

人际交往中，似乎也没什么事情比退礼物来得更伤人的了，不但否定了送礼物者的现在，似乎也一并否定了曾经交往美好的过去。路昭又把礼物小心翼翼地包好，说了句："她是不是也嫌我脏？"我张了张嘴不知如何回答，下一秒路昭便毫不在意地将礼物扔到了教室的废纸篓里。

不等我有什么反应，路昭立刻用手指敲着画板嚷着："画画，画画。"

可我才帮他画了一小部分，路昭又说："算了，不画了，随便搞搞吧。"我说："怎么了？时间还来得及。"路昭说："我没心情画了，不画了。"

我只好在一旁看他用极其粗糙的手法快速地画完了整个设计，不禁想起了一年前他的画，精细到恍惚间会以为是电脑制图，想起那时候我们啧啧称奇地围在他身旁。

可堕落起来好像也就没什么底线了。

画完后，他将笔一甩，说道："你是不是觉得我没救了？"我不知道该怎样回答，只好将眼神游移到别的地方说："可能吧。"

路昭笑嘻嘻地说道："还是你有点意思，不过我本来就不相信这个世界，反正这个世界弱肉强食，但我相信自己一定是那个足够强大的人，可以去吞噬别人的人。"

我听懂了路昭的潜台词，那就是他也不再相信我了，我们的友谊从那一刻起就正式地死去了，假如我们之间曾经有过友谊的话。有时候某些人还出现在我们的生活里、社交网络里，但是彼此都清楚地知道我们的生活已经再无交集了，我把这称之为，一段关系的消亡，也就是死了。

人还活着，可在对方的世界已经死去了。

路昭将图纸蒙好，问我："你有什么想和我说的吗？"我说："当初你还不可一世的时候为什么会选我做朋友呢？"路昭说："因为那天我给所有人都发了消息，可只有你回复我了。"我说："原来如此。"路昭说："那我走了。"我点点头目送着他离开。

下午去小卖部的时候看见菠萝仔也在，菠萝仔和我抱怨说路昭在宿舍扫地。我说："他扫地你有什么好抱怨的？"菠萝仔说："不是啊，他是要把我们掉在地上的零钱都扫出来好去买包子吃。"

尽管知道路昭在经济上的拮据，但我还是对此颇感惊讶。我说："路昭不是穷成这样吧？"菠萝仔没好气地说："你不知道路昭一个月要去好多次那种地方，我们现在看见他就烦，他见人就觍着个脸讨钱。"

我买了一箱子泡面托菠萝仔带去给路昭，不一会儿就收到了路昭的短信。他说："谢谢你啦，亲爱的朋友。"

这之后直到毕业我们都没有再联系过，他便这样决绝地走到了另一个世界里。

毕业那天的散伙饭我并没有参加，晚上十点多收到路昭的短信。他说："你怎么没来？"我说我去南京了。

很快他回复我说："我要当面和你说一声对不起。"

我回复他说，我不在意这些。

到了晚上十二点多，路昭又发了一条短信给我，他说："在这个弱肉强食的世界我怎么觉得自己被吞噬了呢？"

我回复道："你大概从来都不信自己也是可以拥有美好生活的，你坚信自己是不幸的，你坚信自己是被毁了的，为此你不惜亲手打碎所有可能降临在你身上的幸福，为此你不惜以堕落来自证。"

我想了想，又一个一个字把这条短信给删了。

从此以后，我和路昭便在真正意义上消亡在彼此的世界中了。

岁月如风小少年

不过就是个寻常的童年时光，不过就是一样的短暂又漫长。

七岁的童年和其他几年并没有什么太大的不一样，除了我已经上一年级这件小事。

虽然我仍旧大字不识几个，但在机关院里这一群小伙伴中，无疑已经晋升为知识分子了。既然已经是大家眼中的知识分子了，那就要拿出点知识分子的派头来，诸如晚上不要玩得太晚回家，适时地要故作高深地说一句"哎，不能再和你们玩啦，得回家做作业啦"，否则要是自己不自觉一些的话，被我妈揪着耳朵拎回去，就失了作为一个知识分子的体面了。

那一年学期中的时候，巷子对面的老张家买了新公寓搬走了，小张很开心，她终于不用每天在大家刷马桶的声音中醒来了。那时候距离市政府抽水马桶每家入户工程还有非常遥远的好多年，早上去公厕里倒马桶、刷马桶成了一种小巷里特有的社交活动。

小张家和这个片区里唯一的公厕并排坐落在一起，距离只有十几米远。每当她想睡一下懒觉的时候，老张就会扯开嗓子骂她："人家都起来倒马桶了，你还在睡，你碰到个赤佬了！"

"赤佬"在苏州话里就是"鬼"的意思，但是"你碰到个赤佬了"，并不是真的说小张碰到鬼，因此鬼压床起不来。这只是一种吴语里特有的骂人方式，你们自己体会一下就好。

那时候，距离市政府改造老巷子水煤灰砖墙也还有遥远的好几年。水煤灰砖墙不但不抗震、不防潮，也不怎么隔音。我走过路过经常能听到老张以大家上厕所为衡量标准来吼小张，诸如，你看看人家都来上厕所了，你饭还没吃完，我看你今朝是碰到个赤佬了！

于是我问我爸，人家去上厕所和小张有什么关系啊？我爸说，因为她爸怕她吃屎都赶不上热乎的。哦，这样一说，那我就明白了。

不过似乎除了我分外关心小张外，街坊之间的关注点都在新来的邻居身上，我妈吃过晚饭带着我跨到院子另一端去找对门陆之君的姆妈讲八卦。

陆之君的姆妈很早就已经不上班了，她先前在人民商场一楼站柜台，卖进口化妆品，每天打扮得像个空姐一样去上班，涂口红喷香水。我妈私底下就说她是个骚怪怪，我爸说你这是嫉妒，为此我爸妈互相辱骂了对方很久才消停。

后来，每家每户的新四大件逐渐取代了旧四大件。老陆作为一个电器修理能手变得十分吃香，到处有人托他帮忙修修黑白电视机，不知怎么又雪花屏啦；也有人托他修修收音机，哧啦哧啦的杂音太重、听着难受啦。那些年月里，老陆除了每个月的固定工资外还有这样那样的额外收入，他家的境况因此慢慢变得好了起来。

站柜台毕竟吃力，工资还不如老陆平时随便修修电视机，他们家的日子眼看着越过越好，日渐富足，陆之君的姆妈就爽快地不上班了。她常教育陆之君说："可见人有一门手艺是多么重要，金山银山要吃空的呀，手艺越吃越香，你爸爸这门手艺可以吃一辈子的来。人活着就不会不听收音机、不看电视，只要他们还听还看，就永远需要修的人。"

他姆妈待在家里除了照顾她老公给她捡来的那个婆婆外，就是到处伸着脑袋打听邻里之间的八卦，就连我不会背九九乘法表这种事情她都知道得一清二楚，简直可怕，一个天生的特务。

在向我妈谈论起新邻居时，陆之君的姆妈时而眼睛一转，涂着深红色口红的嘴巴得意地向上一翘，时而击掌赞叹，时而一拍大腿做顿悟状，讲个八卦精彩得和说书一样。总之，她依靠自己临街的厨房和自己比一般妇女更长的脖颈，知道了新来的邻居其实是老张家八竿子也不怎么打得着的远房亲戚。

"哦哟，外地宁，"陆之君的姆妈翻了个标准白眼，喝了口茶补充道，"还有个拖油瓶儿子。"

"各么[1]，那个小宁的姆妈呢？"我妈问道。

"撒宁晓得。"陆之君的姆妈听到她那个捡来的婆婆房门里有些动静，厌弃地皱了皱眉头，回过头来继续说道，"搞弗好跟哪个香港大老板跑特了。"

---

1 各么：吴方言，语气词，这么、那么。

于是我妈回家就和我爸说："陆之君姆妈说了，那个野小宁的姆妈可能跟香港大老板跑特了。"我爸看着新租来的港片，目不转睛地点点头说："哦哟，跑得蛮好的，香港是个好地方。"

一会儿我也坐过去看电影，我爸问我："陆之君呢？"我说："陆之君睡觉了呀，这个时间他肯定要睡觉的呀。"陆之君家规定他必须每晚八点就要睡觉，不然他爸妈就觉得他要长不高的，男孩子长不高就娶不到老婆，娶不到老婆只能去上海跳黄浦江，虽然陆之君说"各么能去上海玩玩么也挺好的呀"。

我们这群居住在巷子里的小孩经常聚集在机关大院里玩，虽然我们的爸妈并不在那个机关大院里工作。那时候大家的爸妈还都在各个国有企业里上班，天真地以为赶超英美是早晚的，皇粮也是永恒的，还不知道那个改变命运的时间节点正在不远的未来等待着所有人。

一群大大小小的孩子里，除了於克邪和小张这两个小伙伴和我同龄外，别的要么已经小学高年级了，要么还在上幼儿园。但是七岁的我好歹是个知识分子了，知识分子就不能和那些学前班的文盲一起玩了。可是经常和我游花船的小伙伴於克邪为了就近入学已经搬走了，现在连小张也走了。虽说我以前不大喜欢小张，并且衷心地希望她吃屎也赶不上热乎的，不过现在她走了，我倒是生出了几分念想来，觉得她其实也没有那么糟。

新来的那个被大人们喊作野小宁的旁（朋）友，倒和我是同龄人，可他整天穿得脏兮兮的，拖着两根菜青虫般的鼻涕，耳廓上结了厚厚一层耳垢，脸上永远黏着一块块的灰。最可怕的是他看你的时候微微低着头，眼睛向上翻，独头独脑[1]的样子很是吓人。

　　我们在大院里玩的时候，这位旁友就阴恻恻地站在一边，不声不响。那时候於克邪的哥哥於祛病还在，於祛病每次给他糖的时候他都拿，但是一言不发，没有一丁点要和我们做旁友的意思。

　　直到有一次，快上初中的李梦瑶难得下来和我们玩，因为她年纪最大，家里人嘱咐我们都得喊她姐姐。我因为和她不熟，便自作聪明地想了个办法和大家区分开来，在她递给我奶片的时候，喊了句"谢谢瑶姐"。

　　一直不声不响的那位旁友突然闷闷地笑了起来，一会儿学着我的样子，高声嚷道："谢谢窑儿姐！谢谢窑儿姐！"

　　我们都不明所以地望着他，李梦瑶拿着一罐奶片走到他面前，十分友好地递过去，他拿了一片又浮夸地鞠了个躬，嚷道："算是吃过窑儿姐的奶了。"

　　那天下午他便举着那个奶片跑来跑去，逢人就嚷"这是窑儿姐的奶"，嚷够了，便一本正经地吃了，仿佛是什么珍馐美味。

　　虽然不明所以，但那原本也不过就是寻常的某一天，直到李梦瑶的姆妈站在他家门口破口大骂起来。

　　那时我正趴在茶几上写作业，忽而听见外面嚷得不可开交。我爸立刻暂停了电影跑出去看热闹，我将笔一丢也跟着跑出去，我妈在身后喊道："有什么好看的，啊是要都跑出去的啦，你们啊是唯恐天下不乱？"

1　独头独脑：吴方言，形容脑子不太灵活、难以理喻的人。

吃过晚饭的街坊们陆陆续续跑出来。陆之君的姆妈站在厨房里装模作样地洗碗，脖子伸得老长。我听见李梦瑶的姆妈在骂："哪个野小宁，有妈生没妈养！出来，给我出来！"

　　这位旁友的爸爸就站在自家门口非常局促，恼怒地喊道："刘汝强，你给我出来！"

　　等到这位旁友一出来，他爸扬手就是"啪"的一个耳光，一推他，将自己所受的羞辱通通发泄到他身上："你出息了！你厉害了！老子管不了你了！"

　　这位叫小强的旁友就红着眼睛低着头眼睛向上翻着看着他爸。他爸又是一个耳光重重落下去："怎么？不服气？你喊人家什么？"

　　街坊们便去拉他爸："消消气，消消气，不要打小宁……"大家劝道。

　　可能原本他爸只打算扇两个耳光的，大家一拉，他爸突然就感受到了大家的期待一样，似乎不多打几个耳光，就有点对不起来劝解的人似的，情绪猛地激动起来，自己也开始面红耳赤、唾沫横飞，高声叫骂道："你个孬种！你下午不是喊得起劲吗！你再喊啊！你再给我喊啊！我今天打不死你！"

　　小强受到了鼓舞，便眼睛红红地向上翻着，嘴巴一瘪，喊道："窑儿姐的……"登时，他爸身手敏捷地挣脱开众人，"啪啪"两个响亮的耳光抄上去。

　　李梦瑶的姆妈也跟着激动起来，似乎是觉得身为主角之一的自己不能被刘家父子抢走了风头，一时半会儿立刻发作。

　　她颤抖着伸着手，指着那位叫小强的旁友喊道："大家听听啊，

听听啊，像不像一个小宁说的话，我今朝要让你晓得晓得做人的道理！"

结果这句话不知道怎么戳到了小强他爸爸的痛处了，他爸将双手抬起放下、抬起放下，涨红的脸变得死白，突然自暴自弃地吼道："好，你把这个孩子拿走！拿走！我养不了了！谁都不管，我凭什么！我凭什么！我不欠你们的！"

街坊们便赶紧将他爸爸和叫小强的旁友推回屋子里。"好嘞好嘞，事情就这样罢。"大家开始熟练地和稀泥。

李梦瑶的妈妈站在门口，斗胜的公鸡一样，又叫嚷了几句："老娘今朝要给你点颜色瞧瞧，下次弗会跟你就这样算了……"

一会儿大家便散了，昔日的老张家门口和公厕又恢复了往日的宁静。

也不知道夏天究竟是什么时候来的，大概是午后知了齐鸣的那一天，耳畔发出嗡嗡的震颤声的那一瞬间，大概是最后一片梧桐叶也变得油亮舒展的那一个早晨。夏天到了，快乐的暑假便也接踵而至。

这个暑假之后我便要升入二年级，在知识分子的道路上越走越远，许多事情也随之发生了些微的变化。

比如我那个年轻时多次参加扫盲班而未成功扫盲的外婆，对这件事情就非常看重，她说："小囡啊，你也是个读书人了，识了字了，炸汉堡就不可以吃那么多了，多让些给你妹妹罢。"她又说："写了字的纸片不能随便乱坐，读书人的东西，要用读书人的方法处理。"

后来，她把那些纸片塞在小煤炉里一起烧了。大概是觉得写了字的纸片引火十分好用，有时候没有纸片了，就拿报纸来烧。这引得将报纸一份份挂起来，打算随时要温故知新的外公勃然大怒，他将粥砸在地上，怒斥道："你这个不识字的母夜叉！"

又比如说，刘汝强认了於祛病做大哥，他们玩得很好，但是他很讨厌我，因为第一次我跟着於祛病一起去找他时，他在写作业，我将他的名字念成了"刘女强"；后来又有一次我们玩将军游戏的时候，要在小纸条上将每个人的名字和职务写上，我又将他的名字写成了"刘乳强"。也不知道他为何那么在意，反正在我看来差不多一个意思，而且我作为一个预备役的小学二年级生，会写"乳"这个字已经十分的了不起了，不知道他有什么不满意的。

可刘汝强反应激烈，用力将我从石凳上推到边上的葡萄藤架上。我拍拍袖子站起来，咬牙切齿地用我能想到的最狠的词骂道："你神经病啊！你从精神病医院里逃出来的！"

反正那时候，虽则我们对骂人的词汇有一种澎湃的求知欲，但"从精神病医院里逃出来的"，就是我们这一群人能想到的最高级最恶毒的骂人方法了。尤其难得的是，我不但会骂，"神经病"和"精神病医院"这几个词还会写，分得清清楚楚，可骂人的时候，总不好掏出笔来写给对方看，这时常让我引以为憾。

刘汝强当机立断地回骂道："赵曾良，信不信我把你卖到非洲去做鸡！"

这句话如此恶毒高端，以至于我当场就宕机了，目瞪口呆像个傻子似的看着他。此时，拥有大哥风范的於祛病开口了，他说："刘汝强，不准你骂我的大副，你别在这儿嗝屁着凉的！"

啊，高手过招，太精彩了！目不暇接，啊，不是，耳不暇接，要不是因为实在不方便，恨不得当场做点笔记，供我回家后练习。

照理来说，於祛病是大家的大哥，他说什么就是什么，可刘汝强那天骂红了眼，像个坏掉的复读机一样，对着於祛病喊道："信不信我把你卖到非洲去做鸡！"

现在想来，真是天见可怜。他虽则蛮横，那时却不晓得世界上还有做鸭这回事，把大家搞得有些哭笑不得。

最厉害的杀器已经祭了出来，骂无可骂，於祛病这个高贵冷艳的小旁友断然不会像刘汝强一样变身复读机精，于是彼时还是黄飞鸿系列电影爱好者的於祛病迅雷不及掩耳盗铃之势如破竹地一个扫堂腿过去。

那天回家后我非常担心，问我爸："於祛病把刘汝强打哭了，一会儿刘汝强的爸爸会不会去找於祛病的奶奶，於祛病会不会被打啊？"

我爸说："不会，老刘又不是泼妇，我和他打过麻将，牌品还可以。"

知道我的小伙伴於祛病不会被打，那我就放心了。我又问道："那谁是泼妇，李梦瑶的姆妈是泼妇吗？"

我爸说："牌品如人品，你姆妈那种就是泼妇。"

闻言我妈立刻将脸拉到桌子上，夹鱼的筷子往碗上一摔，横眉冷对道："什么意思，你今朝碰到个赤佬了是吧？"

我爸非常平静，继续夹鱼吃，他说："你这样就是典型的，拿起筷子吃肉，放下筷子骂娘。"

我妈立刻疯特了，直嚷嚷着，谁稀罕吃你的鱼云云，要不是我当初瞎了眼这会儿可不已经是少奶奶了云云……

　　骂了一会儿，我爸一点反应也没有，我妈觉得没有成就感，就来找我的茬，她说："你怎么不吃鱼？"我说："我不想吃鱼，骨头多。"她便像美声咏叹调一样喊道："哦，我的天哪，你想怎么样，你还能更懒一点吗？一天到晚死样怪气的不像别的小孩那么活泼，现在连个鱼都懒得吃。"

　　"就不吃。"被骂了死样怪气后我感觉很不开心。

　　于是我妈拿出她的老一套来，编故事，摆道理。她说，我国古代有个大数学家叫祖冲之，他小时候和我一样是个戆大[1]，后来吃鱼吃好了，所以家里的鱼都是为我买的，吃了就能变聪明，让我赶快吃。

　　"是吗？"我疑惑了一下，"祖冲之是谁啊……不过我还是觉得爱吃鱼的是你们……不吃。"我撇了撇嘴，"我宁愿当傻子。"

　　"让你吃就吃，撒宁还跟你商量了啊？你别敬酒不吃吃罚酒！"我妈一边威胁我，一边夹了一块看上去骨头就很多的鱼肉给我。

　　那时候我虽则年纪还小，但再小也是个追风少年，当天下午骂战已经输了，去非洲做了一次鸡，晚饭断然不能再吃鱼了，我今天的尊严已经用光了。"不吃。"我边说边用筷子把米饭上的鱼肉拨到了桌子上。

1　戆大：吴方言，傻瓜。

所以我时常觉得，我这个人很容易瞎操心，那晚於祛病家并没有发生什么事情，可能刘汝强家也没什么事情，最终被痛揍一顿的人是我。

被揍后我就和刘汝强交恶了，虽说关系也从未好过，但那天被结结实实揍了一顿后实在是感觉太屈辱了，我便将这一切都怪到了刘汝强的头上。要不是他下午骂了我，我无力回击感觉自尊心受到了伤害，晚上让我吃鱼我肯定会吃的呀，我毕竟是个识时务的俊杰，十分明白胳膊拧不过大腿这个道理，断然不会和我姆妈对着干的。

在那个暑假剩下的时间里我便忙着去划船、采葡萄、买莲子、逛公园、看《西游记》……几乎不怎么搭理刘汝强了。倒是於祛病和刘汝强的关系变得更好了。被揍后，刘汝强明白了一个必须要崇拜强者的道理。

他们两个经常一大早就不见了人影，我感到很伤心。啊，於祛病一定是忘了我才是他的大副了，唉，船长、船长你回来啊，你的大副我还在这儿呢！无法出航的大副就像蜗居在家的辛巴达一样，心里简直就是空了一块，这忙碌而空荡的感觉啊。

住在我家对面的陆之君有时也会来找我玩，但他比我整整大了五岁，就算是放暑假也必须得一天做两套 AB 卷不可。据说他姆妈对他期望很大，动脑筋要让他初中去国际学校。我问我妈，什么是国际学校啊？我妈说，他姆妈有了两个钱就作。我想大概是我妈也不知道吧，就顾左右而言他。

做完了卷子后，我们一起去河边折柳条，他和我大谈水鬼半夜上岸拖人下去做替死鬼的故事，听得我心里直打战。可如果此时立刻扭头就跑未免显得我露怯，哪还有什么读书人的风采，我便绞尽脑汁装模作样地扯些理由出来，诸如"哎呀，太阳晒得太厉害，我们先回去罢"，又或者"哎呀，必须回去写一下作业了，我的《过好暑假》还没有打开呢"。

但是陆之君不为所动，坚持要讲完，一边讲一边十分心灵手巧地将折下来的柳条编成一个桂冠："喏，送给你。"他编完一转手就递给了我。

何止是开心，简直就是开心，要不是小张走了，这等好事哪里轮得到我呢？这样一想，先前对小张的怀念立刻便烟消云散了。甚至连她用指甲抓我脸的往事都历历在目地回忆了起来，那时候还是於祛病偷了她的手帕来给我揩鼻涕，让我报仇雪恨。啊，小张实在是太讨厌了！虽然我姆妈说大孩子们不给我编桂冠是因为我看起来像个戆大，只要我从此以后坚持吃鱼就可以改变命运，但鱼骨头实在是太多了，我不吃。

总而言之，一想到於克邪已经搬走了，现在於祛病也不来找我玩了，即便戴着桂冠又有什么意思呢？我无法痛快地开心起来，我感觉到了成长为一个知识分子的道路是这样的寂寥艰辛。

陆之君还在旁边叨叨："小学数学我已经都会了，我们的老师教得个一天时间，一它刮拉子就那么点东西，我做卷子都做明白嘞。这种老师，要是能被水鬼拉走就好嘞。"

乃至于后面说什么，等他升上了初中搞弗好就要和外国小朋友做同学了之类的，我全然没有听进去，整个人都被空荡寂寥的心情给占满了，连带着明天去大公园里吃糖葫芦这件事情都不能让我开心起来，除非我能吃两个。

时间就这样一天天地过去了，一睁眼阳光便洒满整个屋子。我就知道夏天还在，每天忙碌地跑东跑西，有时候和大家去机关大院里玩老鹰捉小鸡，有时候去偷邻居的葡萄，有时候在井边一桶一桶地往上吊水能吊个半天，还有时候跋山涉水去外婆家找我的另一个小伙伴阿毛……那个夏天最后一次从游泳馆回来的下午，因为一个冰淇淋的问题又被我妈一顿胖揍，我躺在地板上号啕大哭，完全失却了作为一个知识分子应有的尊严。

可能实在是被我哭得怕了，我妈打算带我去吃冰淇淋，但是我兀地发了狠劲，死活赖在地板上不肯起身，只管哇哇大哭，哭干了就号，和琼瑶剧里面的女主角一个德行。

我爸为此感到非常糟心，因为每天下午都是他要拖地板的时间，如果不能够拖地板，他可能就会觉得这个世界不如被核平了算了。他只好来和我商量，到底怎样我才能不哭，或者不躺在地板上哭。我在去游乐园和吃两个冰淇淋之间选择了於祛病，我说："我要和於祛病出去玩。"

一会儿我听见我妈出门的声音，又过了一会儿，号着号着我发现於祛病正坐在我家的地板上。我立刻一骨碌爬起来，连滚带爬扑过去，恨不得以头抢地："船长、船长你总算来了，你怎么才来啊，人民可算把你给盼来了啊！"

"啊，怎么了啊？"於祛病还是那副样子，一副小大人的模样。

这会儿他来了，我又想要做什么，我却并不知道。倏忽之间想起河边的水鬼来，隐约是知道於祛病也要走了，如果没有在他走之前搞明白这件事情，我以后还怎么晚上去河边瞎逛？我还想着有机会再和他弟弟於克邪一起去游花船呢，哪怕只是跳跳垃圾舢板船也好啊。

到了河边我指着波光粼粼的河水和他说道："陆之君说了，河里面有水鬼，半夜要拖人下去做替死鬼的！怎么办啊，船长，以后还怎么半夜出来玩啊？"

"哦，水鬼啊……"於祛病拖长了音调，他这个反应让我不明所以。河边临街住着一排人家，屋外的水龙头边有个穿着白色泛黄老头衫正在洗拖把的中年男人。於祛病手一挥示意我跟上去，我立刻屁颠屁颠地跟过去。

他走过去问那人："请问你住这儿吗？"

那人奇怪地看了我们一眼，说道："不然呢，爷叔我吃饱了撑的来拖公家的地？"

"哦……"於祛病点点头，又问道，"那这儿的河里有水鬼吗？"

"爷叔我啊没见过的东西……"说到一半，那人硬生生地改了口，"撒宁港弗是呢，这河里住着的水鬼，半夜出来专抓你们这种小赤佬。"

"哦，这下有些难办了。"於祛病自言自语了一句便带着我走了。一路上我感到十分担心，想到以后倘若有机会再见到於克邪却不能再同他一起游花船，仿佛连见面的意义都削减了一半。

我们很快走回了居住的小巷，突然於祛病猛地回头看着我说道："不过，这也不是问题啊，你半夜去过河边吗？"

我仔细回想了一下我过往那并不漫长的人生，非常肯定地告诉他："没有！"

"所以……有没有水鬼有和你有什么关系呢？"於祛病说道。

是啊，所以，这又和我有什么关系呢？真不愧是大哥啊，一句话就让我的人生豁然开朗了起来。因为聊得太起劲了，我们过家门而不入，一直走到了公厕前，听见刘汝强的老爸在训他不好好写作业，以后要去扫厕所。

这个房子自有一种魔力，总让居住在其间的人和公厕结下不解之缘。但这又不是我们家，我们已经没有理由过门而不入了，于是在结下梁子长达一个多月之后，我又一次跟着於祛病踏入了刘汝强家。

刘汝强背手贴墙站着，一脸的不服气。他爸爸看我们来了，就气鼓鼓地出门去买烟，并且叮嘱他，他去去就回，这段时间他不要闯祸，否则小心骨头。

一个多月时间，什么也没有改变，刘汝强还是那副脏兮兮的样子，所幸感冒好了，已经不再拖着两条青黄色的鼻涕了。他的那本《过好暑假》皱巴巴地摊在桌子上，铅笔磨得钝钝的，上面的字粗粗拉拉又歪七扭八。这不由得让我心头一颤，因为我想到了我的暑假作业也还没有做，而快乐的暑假已经快要接近尾声了。

他看我在盯着他的作业，立刻恼怒地跑过来将作业本合上，自己一屁股坐在桌子上居高临下地看着我们。我首先想到的是，啊，他没有坐在自己的作业上，可能因为他也是个读书人了，有字的纸是不能坐的。

"赵曾良，你来干什么？"他用一种十分不欢迎我的口气发问道。

可是我的视线都被他暑假作业封皮上的名字给吸引去了，这一次他将名字写得太大，成了刘三女弓虽……

我觉得十分好笑，抬手就想指给於祛病看，可是我的手刚刚抬起来，刘汝强便拍掉我的手并恼火地一脚踹上来吼道："我和你说话呢！"

这一脚踢得十分不巧，又或者说踢得非常准直击我的面门，鞋头踢中我的眼窝，我立刻便觉得眼睛一阵酸胀再也睁不开了。看见我哇哇乱叫，他坐在桌子上得意地晃着脚，不着调地哼了两下什么。

於祛病从后面拉着我，问道："你眼睛还好吧？"

我努力要睁开眼睛，可是左眼微微眯开一条缝，眼泪便一包一包地流下来。刘汝强见了便拍手称快："哦哦哦，没用鬼，眼泪包，哦哦哦！"

於祛病喊他："你给我下来！"

"就不下来！"他得意扬扬。

"我以后再也不会和你玩了！"於祛病似乎很生气的样子。

"随便！"刘汝强昂着头。

於祛病架着我跌跌撞撞走了五十多米路回家，我感觉自己像是港片里落难老大身旁的马仔，还想到了《纵横四海》《流金岁月》《英雄末路》、华英雄、张曼玉……要不是因为实在看不清路自己走可能要撞墙，我很想充满义气地对於祛病说："浩南哥，你走，快走，别管我！"

艰难地走了十几分钟，心里的小电影已经演到了第三场，於祛病终于把我送回了我家的地板上，我一如几小时前那样，躺在地板上哇啦哇啦号啕大哭，唯一有所不同的是，这次地板已经拖过了。

我爸正在厨房忙着蒸鱼，抽空探出脑袋来看了我们一次："怎么啦？"他敷衍着问道。

"被刘汝强踢了眼睛。"於祛病回答道。

"晓得了，你啊要留下来吃饭？"我爸又问道。

"不了吧，我得回家去吃饭了。"於祛病看着号啕大哭的我说道，"那明天我再来吧。"

我一边捂着眼睛在地板上号啕大哭一边抽空点了点头，於祛病便回家吃饭去了。

哭了一条蒸鱼的时间，大概是泪水把所有踢进去的灰都冲了出来，我的眼睛也不怎么酸了，可以勉强睁开了。我肿着个眼睛，喝了点冰箱里的饮料打算去吃饭了。

这一睁眼不要紧，简直恨不得自己瞎了，蒸鱼上赫然躺着一捆绿油油的东西，我喊道："这是什么！"我爸说："葱啊，我扎成捆了，摆在鱼上，啊是蛮好看的，等你妈一会儿回来，我们就可以吃饭了。"

"这不是我的君子兰吗！"我尖叫着冲出去，屋外自来水龙头边我辛辛苦苦养了一个暑假的君子兰被我爸齐根剪断扎成一捆去蒸鱼了！

我再一次站在那光秃秃的小盆子前号啕大哭，哭得肝肠寸断，伤心欲绝。这时我妈串门回来了，她一看见我就吼道："你干什么，我还没死呢！对着一盆葱哭成这样作死啊！"

我抽抽搭搭地指着葱说："我的兰花……"

我妈立刻拧住我的耳朵把我揪了回去，其间还和不知道什么时候趴在窗台边看我的陆之君打了个招呼："陆之君，吃过晚饭了吗？哎，好，吃过了哦。"

我哭得如丧考妣之际，我妈还在试图给我夹鱼，说着什么你看祖冲之小时候是个戆大云云……天啊，这个世界太残忍了，这和纣王杀了伯邑考做成肉羹给周文王吃有什么差别？

哼，正所谓圣人当不食其子羹，我怎么能吃……

"那我把鱼骨头给你拿走，你啊要吃吃看啦？"我妈问道。

那我就……吃吃看好了。

第二天，我正在思考应该躲在家里免得撞见刘汝强又被他踢上一脚，还是鼓足勇气先去找他踢他一脚的时候，陆之君来找我了。他站在我家的窗口朝我喊道："喂，赵曾良，去不去李梦瑶家？"

"为什么要去李梦瑶家？"毕竟李梦瑶是个大孩子了，我和她一点也不熟，除了吃过她一次奶片，但那次因为我的一句"谢谢瑶姐"还惹出了一场风波。

"拿东西啊，去了都有得拿，她下午要搬家了。"

李梦瑶家熙熙攘攘的都是人。陆之君拿到了一包尺子，两个三角板加一个半圆尺的那种；我拿到了六片奶片，因为小孩子几乎都去了，李梦瑶的妈妈便拆了奶片赶紧将我们打发走。

下午搬家公司过来，为了搬走李梦瑶的钢琴，费了好大的工夫，我们围在一旁以看电影的热忱看他们搬家。大人们陪着李梦瑶的姆妈说话，她姆妈说："啊呀，真的麻烦的，总归是走了，公寓楼是要好点的……我说不要拿钢琴了，买台新的罢，老李又不肯，说有感情了……"

他们又互相打听着："你什么时候搬？"说着，老房子么总归不方便的呀，梅雨季节一来，墙上就长蘑菇云云……企业要和洋人企业合并了，就是资本主义，洪水猛兽我们要强烈抵制云云……真的合并了，就买断工龄不干了，撒宁敢给洋人打工，洋人么，资本家呀云云……

好一会儿工夫，李梦瑶家的大件家具才搬完。她斯斯文文地戴着一副金丝边框眼镜，用粉红色的橡皮筋扎着双马尾，乖巧地和我们一个一个招手说再见。

陆之君羡慕得不得了，说他姆妈说了，来年他们也要搬去住公寓楼了，一户一户的，有六层呢！里面很多小朋友，还可以叫他以后的同学到家里来玩。我心想，你还要做你的 AB 卷呢，你哪有时间去玩？

因为搬家这件事情太新鲜了，我还第一次看见了钢琴，激动得不得了，把被刘汝强踢还是去踢刘汝强的事情完全忘到了爪哇国去，等到看完动画片开始吃晚饭的时候，我才想起来今天於祛病还没来找我呢。

这之后随着开学时间的迫近，我也被逼着日夜赶作业，除了一本《过好暑假》外还有八篇周记等着我写。啊，想想真是一个头两个大啊！

可是直到我写完作业升入小学二年级了，於祛病还是没来找我玩。不久后我从陆之君姆妈的口中得知，於祛病已经被他姆妈接走了，就在他说他回去吃晚饭了，第二天再来找我的那天，吃过晚饭，他姆妈就接他走了。

这时候，陆之君又羡慕地补充道："接他去住公寓楼嘞。"还问他姆妈："我们到底什么时候搬家去住公寓楼啊？"大人们便将话题转到了改制上，风传会有大批下岗名单。我妈为此忧心忡忡，她说："如果真的改制了，我自己也要走的，洋人的企业么，合并了哪里还有我们的好，资本家的地方我是不敢待，再说了我也不会港英文。"陆之君的姆妈就托她托她新烫的大鬈发，细细的眉毛挑了挑："洋人么哪里会给你好呢，还不是要剥削我们工人的。这个国家也是弗会好了，这是往赫鲁晓夫的路上走唉。"我妈应和了几句："撒宁港弗是呢，"又问道，"那你们家老陆怎么港，他厂里要不要裁人？这种时候不能拎不清的。"

"啊呀，不会的，我们家老陆么技术工人呀，总归么哪里都要技术工人的。我不担心他下岗，就算下岗了手艺还在的，有手艺就不怕没饭吃。我们小老百姓弗关心国家的事情，我最近忙着在看公寓楼，也没心思问老陆厂里的事情，我们各有分工，各有分工。"说到这里，陆之君就猛地点头，他妈妈涂着鲜艳口红的嘴唇就向上翘翘给他一个肯定的回应。

我妈就接着这个话题说道："老赵他兄弟单位还分了套新公房嘞，效益来得个好，偏偏我们这种单位要改制，新公房一平方米五六百块，我们家撒（啥）辰光可以买得起哦。"陆之君的姆妈便赶紧说："阿良姆妈，这件事情我要劝你了哦，这个房子肯定要买的呀，你弗好永远住在这里，大家都住小区嘞，小区你晓得吗？现在叫小区嘞，我准备到时候换得大一点，陆之君那小鬼头上初中要个书房吧？买了房子总算好装抽水马桶嘞，管线都帮你排得好好的，电视机、洗衣机……我这次准备都铺地板嘞，瓷砖地我真的吃不消……"

我妈打断她："地板不行的罢，梅雨天你哪能办呢？"

"哦哟，阿良姆妈啊，公寓楼不会潮的呀，不是一种墙，再港了，楼层高一点，潮不到你们家的。你想想，这种老房子落雨你舒服啊？难受死嘞，落雨天你还要跑出去倒马桶，真家伙的，这种日子反正我是不要过了。"

"我也不要过了。"陆之君马上在边上表态。

"开心吗？"我妈就逗他。

陆之君傻笑起来："姆妈再给我买个任天堂罢，我同学家都有，可以玩《街霸》的。"

"才给你买的复读机，你不晓得好好听英语玩什么游戏机。我忙着要看房子，这个月底还要去上海喝喜酒，我得买套新衣服，给你也买套新衣服，两百块礼金马上就要搭出去，哪来的钱哦，天上刮得来的啊？"陆之君姆妈虽然这样说，可眉眼之间仍然喜气洋洋的，好像月底要结婚的人是她。

"你这个口红很不错嘛。"我妈顺势又换了一个话题。

"灵伐？"陆之君姆妈嘴角一勾朝我妈挑了挑眉，"灵的哦？巴黎货唉，一百多一支，我也是不管了，管他娘的，闭了眼睛就买，钱让老陆赚去。"说着她自己就笑了，"不是我崇洋媚外哦，这个外国货是好呀，不得不承认的，都改革开放来，用点外国货还不是应该的。"

说着她们便一起在夏夜里笑了起来，凉风从屋外穿过庭院，钻过邻居家的葡萄藤，深色的夜幕中群星闪耀，一颗接一颗连成了浩瀚的银河，小小的我惦记着家里冰镇好的西瓜。

於祛病和於克邪搬走后，其实时不时还会在周末回来吃饭，院子里杨家的奶奶一样是他们的奶奶，但总之这样空间上错了一下后，我就再也没找到我们还要一起出去玩一会儿的理由。我要么是在写作业，要么也去自己的阿婆家吃饭了，就算大家都很空，我也不会再去他们家看《西游记》了。

　　当时的我并不明白这是为什么，只觉得童年的夏天在一点一点地结束，但究竟是哪一天彻底结束的呢？大概就是在写完某一道数学题的时候，大概就是在学期中我偶然想到很久没见过刘汝强了，在他家门口探头探脑了一会儿，发现屋子里空了的时候，大概就是当我也在不久后的将来搬出了那个庭院的时候。

　　国企改制风雨欲来，一家家地拆分重组。我爸妈所在的国企和某个荷兰大企业合并后，出现了第一批下岗名单，接着又是第二批、第三批……被下岗的工人们先把厂长办公室给砸了，又去新建成的工业园区静坐示威。那段时间大人们日日夜夜忧心忡忡地谈论着国企改制，说着飞利浦是要来的罢，松下呢松下会不会来，你们要和宝洁合并了罢，宝洁这样的大公司不会为难你们的云云。不久国家出台政策限制了下岗人数，我的父母有幸没被下岗，但他们都不是有一技之长的技术工人，也远没有在管理层占有一席之地，于是这些虽然未被裁员但实际上并不被外资企业需要的工人们只剩下了两条路，要么留在老厂拿着低薪做一些可有可无的事情，要么去外资企业从最底层做起。

　　早就过了下班时间，工人们还聚在一起谈论着，我跟着我姆妈吃过晚饭后步行到厂里，偌大的厂区在夜里空荡荡的，主干道上种着漂亮的法国梧桐，风一吹，叶子沙沙地响。

荷兰港什么话的？是不是英语……哦，荷兰语啊，这个世界上还有荷兰语……荷兰奶粉你怎么会不知道，风车国么……贴着德国罢……比利时？比利时又是哪里？呵，那些金发碧眼的洋鬼子……

不多会儿又有人说："我宁愿跟着小日本干，你们没听说他们给钱大方吗？"大家便纷纷哂笑道："日本人哪里有个好，最坏的就是他们，不如跟着美国佬干。"那人又说："那我去给太君带路，改革改革，你们把我们的命都给革了，我们岂不是就要革命了。"大家便勉强地笑了起来："你这老小子，这话可说不得。"

我姆妈跟着笑了几回："那工业园区你们去了罢，说是和新加坡合建的，设计得可漂亮。"

"去了去了，还在建呢，那李家的人我也不是很相信……""要不是有个马六甲，李家坡又能如何呢？渔村罢了……"又有一人接道："呵，我表嫂家前不久去了新马泰游，说那地方可土，热，东西也不好吃，人都黑黑的瘦瘦的可不好看。"

"那你们打算怎么办呢？去新厂还是留在这里？"我姆妈又问道。

"我们能做什么？我们吃大锅饭长大的，资本主义那套我们弗懂的呀，去了那边搞弗好人家让你扫厕所，怎么，还是你会港那个什么荷兰语……"

"你们听隔壁组的王娟说了伐，去了那里就是三班倒哎。旁友，帮帮忙呢，我们又不是什么外来妹咯，我们都是上有老下有小的。阿良姆妈就说你，你去三班倒了，你们家阿良怎么办呢？下了课谁去接呢？晚饭怎么办呢？早上谁送呢？都是问题哦……"

他们怎么谈也谈不尽兴，怎么谈也谈不出个所以然来，一会儿说改革开放就是要和市场接轨，一会儿又说资本主义洪水猛兽……最后听得我哈欠连连，上下眼皮直打架，我妈这才牵着我的手领着我回家。

路灯下树影幢幢，看着怪吓人的。我们走过一座又一座的桥，这会儿那么晚了，搞弗好要有水鬼的，我心里便害怕起来，嘀咕道："苏州的河太多了，怎么那么讨厌，姆妈，有没有五百座桥，姆妈你说啊。"

我们在河岸边走着。枕河的人家，这会儿都把通往河道的门关了，刷着白粉的墙上爬满了潮湿的青苔，断断续续延伸到了黛青色的瓦上，几艘小船静静地停泊在河面上，有些人家的窗口亮着橙黄色的灯，偶尔有说话的声音，不远处有人在夜钓。

我随时提防着水鬼从河里蹿起来，垂柳浸入水下的部分成了灰色，在路灯下又成了死气沉沉的黑色。"姆妈，柳条都黑了，陆之君说河里有水鬼要拖人下去的。"

"第一个把你拖下去，"我姆妈说，"反正马上就要没饭吃了。"

河流不知要延伸到哪里去，一个巷子又连着另一个巷子，我们走过一座桥穿过一个巷子出来又是一条河，沿着河岸走回家，月亮挂在西边跟着我们一起走。

我好困了，可是今晚回家的路格外漫长，一边是水鬼，一边是比水鬼还要凶残的我姆妈，那一晚，我的心情也格外沉重。

於克邪的姆妈和我爸是一个办公室的同事，就在我妈决定辞职离开的时候，他姆妈却决定硬着头皮去新厂做监工，跟着工人一起三班倒。我爸劝她说："你这又是做撒呢，洋人的企业就没有政治斗争了吗？我们都是旧厂的，他们弗欢迎我们，弗会给我们好的，洋人也要培养自己的势力，说是合并还不是要把我们整个吞掉都排挤走？"

於克邪的姆妈便说："我到底外地人，和你们不一样的，我走了，哪里去找工作？两个小孩都要上学怎么办呢？有工作总比没的好。"

闹也闹了，示威也示威过了，事情终于慢慢地尘埃落定。於克邪的姆妈去了新厂，我爸仍旧选择留在旧厂，日子还是这样一天天地过，但是大家都知道一切已然和往日不同。就在这时，技术工人老陆最终也被下岗了。

陆之君的姆妈那段时日便天天在晚饭时分过港闲话："洋人哪有一个好的，改革开放开放什么哦……把我们都赶下岗，让洋人来工作赚钱，不是洪水猛兽是什么？好在我们老陆是技术工人，只要技术在不怕没饭吃的，等他找到了新工作，我们搬了家，日子一样过的呀。阿良姆妈你辞职是对的，你不辞他们也要逼你辞的，资本家都是吃肉喝血的来，你看於克邪姆妈是不是拎不清的，以后有的是她苦日子来……"

后来於克邪的姆妈带着於克邪回来吃饭，陆之君姆妈还拉着她说话："洋鬼子没有一个好的，你不走，早晚要搞你的呀，这种时候你弗好拎不清的……"

仅仅过了几年，事物的发展便远超人们当初的想象，於克邪的姆妈成了中层管理，也成了人们口中混得最好的那个，於克邪和於祛病先后被她送去荷兰念书。

很多很多年后，当我都快大学毕业时，竟碰巧遇到了放假回家的他们，两人被长辈改了个很好笑的名字。於克邪仍然是旧时活泼的模样，他率先发现了我，说我和小的时候一模一样，什么也没变。於祛病比他要高出一个头，对我客气地笑着，大概已经忘了我曾经是他的大副，我们还要去航行四大洋，他对那个可笑的名字讳莫如深，怎么也不让我们称呼他身份证上的姓名。

有一段时间传言我们的街道要被市政府改建成历史保护街区又或是特色古风商业街，每户都会得到数量可观的赔偿，为此，搬走后，老房子一直没有租出去，陆之君一家也一直在等待这个机会。被认为是永远有饭吃的技术工人老陆下岗后，未曾预料到科技的发展指数数倍于先前的年月，他引以为豪的手艺，也被时代的浪潮迅猛抛弃。

高三那年，终于得到确切的消息，这个街区已经不会再被改造了。我高中仍在老城区，为了每日多睡一会儿，我搬去老房子里生活了一段时间。

往日的街坊里只剩下陆之君一家仍旧住在那里。自我小学三年级搬走后，足足有九年时间没再见过他，他早已不再是记忆中那个大眼睛的清秀小少年了。九年后的他高大壮实，油腻的脸上满是痘痘，头发蓬乱着，见着我也是十分陌生冷淡的模样。

我试着和他打招呼："陆之君?"他点点头："赵曾良，你怎么回来了?"

"啊，我为了上下学方便，来住一段时间。"我木然地应和着。

"就你吗?"他在打扫着他家门口的小院子。

"嗯，我点点头，"看着我家一侧墙边丛生的杂草说道，"可能有时候，我同学也会来。"

我将行李搬进去后，陆之君的姆妈回来了，我很惊讶这会儿她反倒出去工作的样子。陆之君姆妈和记忆中的样子没什么差别，只是苍老了些，不再烫头，不再涂口红罢了。不过，这也是理所当然的，我们都长大了，父辈们便老去了，她们也不再是当年那群在院子里嗑着瓜子聊着天，有人说一句"去不去上海买衣服"便买了车票跑去逛上海的少妇了。

陆之君姆妈问我：现在你爸妈做什么呀，你在哪里念书啊，以后要干吗啊？"哦哦，蛮好的，都蛮好的。"她一一打听清楚了才回去。

晚上我爸给我打电话，问我怎么样，我说陆之君的姆妈问了我很多问题，我爸让我不要去问陆之君姆妈任何问题，我说怎么了，他说陆之君家不太好，老陆下岗后始终没有再找到正式工作，陆之君后来功课很不好，连高中都没念，匆匆念了个技校想去工作，结果至今没有找到愿意要他的公司，陆之君的姆妈只能出去做家政。

啊……这样啊……我脑海中空空的，发现当初那个会编柳条桂冠的小少年的模样我突然间怎么也回忆不起来了。

我住了一段时间后发现老陆病了，整日躺着，偶尔会在小院子里晒太阳。陆之君的姆妈不愿意再去管那个捡来的婆婆，将原本的厨房砌成一间小屋子让她住着。后来那捡来的婆婆老家寻来了小辈，陆之君的姆妈说："你去照顾她，她走了，那个小房间就是你的。"

于是，我总能看见一个腼腆的年轻人在临街的厨房里忙碌着，哦，不对，现在已经是个小房间了。

那一年冬天，苏州非常难得地下了暴雪，一夜起来积雪没过了脚踝，鸡蛋大小的雪团还在不停地砸下来，每个人都收到了紧急放假的通知。

第二天我妈打算接我回家，我收拾完行李出门，发现陆之君在打扫过道上的积雪，他将积雪全部都推在了我家的墙侧，直到没过整个墙基。

我看了看屋顶上的积雪，又看了看墙基的雪，为难地开口道："陆之君，你知道雪荷载有多大吗？你这样把雪都堆在我家墙角下，不好吧？"

但是陆之君没有理我，他冷冰冰地板着一张脸，提着扫帚回屋了。我不知道我当下应该如何是好，我应当追过去和自己幼时的小伙伴争吵起来吗？

不知道怎的，这一次我感受到的是时间错置的荒诞和陌生感。

我茫然地站在雪中，一会儿我妈开门进来，看见院子里的积雪通通堆在了我家墙基下，她怒气冲冲地骂我："你是死人啊！"

她看了一眼陆之君家，陆之君的姆妈也在窗口看了一眼我妈。她点了点头算是打过了招呼，我妈没有再说什么，让我用扫帚再将雪扫回过道上。

寒假结束后我继续住回老屋，每日就近上下学很是方便，而且没人管我，乐得自在。至于基础设施陈旧之类的问题，对于彼时才十几岁的我来说，其实并不是问题。以前我爸买的DVD机还好用得很，那段时间我便迷上了去买盗版碟，学校附近的碟片店，所有的 DVD 光盘一律六元一张，我一口气买了两百张，老板便算我四元一张，这些碟片我至今还没有看完。

我的同桌李书笑从偶尔来看电影变成常住，这个过程简直是自然而然。天气渐渐回暖，教室后挂起了倒数一百天的牌子，每日每日地翻，数字飞速地倒退变化着。

倒数第三十二天，那晚临近午夜十二点了，我和李书笑两人躺在沙发床上，在补《超人》第一集。李书笑机械地往嘴里塞着薯片，我靠在垫子上在喝软饮，茶几上横七竖八堆着我们的作业。李书笑一会儿说着："喂，曾良你给超人打个电话，告诉他中国有一群高三学生需要拯救，请求炸学校。"一会儿看见超人从太阳前飞过又说："哎，那个太阳高度角怎么算来着，你再说一遍？"同时试图以难度系数超高的姿势用脚去勾地理试卷。

突然，仅仅一个过道之隔的陆之君家传来了嘈杂的声响，我们听见陆之君的姆妈厉声呼喊陆之君的名字："陆之君、陆之君，出事了！"

我们两个对视了一下，起身站在窗口往对面看，一会儿工夫，他家的灯全开了。我看见陆之君匆匆往他父亲房里跑去。

"哦，要叫 120 了吧……"李书笑说道。

嘈杂的声音持续了很久，一会儿工夫住在厨房里的阿婆和他的后辈也过来了，陆之君的姆妈非常着急，时不时就要大喊一声："陆之君、陆之君，你过来看看，不行了！"可 120 却始终没有来，我和同桌两人面面相觑，只好将电影暂停了，也不敢再明目张胆站在窗口看，否则这时给人一个看热闹不嫌事大的印象实在不好。

我们半蹲在窗台下，听着邻屋乱作一团，一会儿转为低低的哭泣声，不再有别的声响。我抬头看了看钟，发现不知不觉已经过了午夜，没来由地想到了陆之君给我折柳条那天所说的，半夜水鬼要上岸拉人做替死鬼的。思及此，我一个毛骨悚然的激灵，催促李书笑重新躺回去睡了，早上我们出门时，120的救护车才从巷口缓慢开进来。

三天后我和李书笑去逛隔壁的平江路，号称手工制作的玫瑰酸奶因为装模作样加了一颗玫瑰花干就要十三元一杯，简直就是抢钱。

等从街头走到巷尾，穿越如织的游人，我带着李书笑从河边走回家，路过那条小巷。它和仅仅几十米开外的商业街区不同，几乎仍是九年前的样子，黛青色的旧瓦上爬了些青苔，剥落的白墙上泛出潮湿的黄色霉斑来。

就连那个水龙头的位置也没有改变，旁边也同样倚靠着一个拖把。想到幼年时的那次号啕大哭，拉着于祛病来询问究竟有没有水鬼的故事，心中有些恍惚。我的小伙伴于克邪和他那个高贵冷艳的哥哥于祛病现在在哪儿呢？此刻又在做着什么呢？他们如今过着怎样的生活呢？

等我回家时，我妈正在院子里和陆之君的姆妈聊天。他姆妈坐在凳子上，我姆妈站着，一副在等我的样子，她说："你死哪儿去了？马上要高考的人了，放了学还瞎逛。"然后又冲李书笑点了点头，说："你也跟着一起玩呀？"

我妈让我们赶快收拾东西走了，说这会儿再住着不方便，人家要办头七了。我和李书笑便进屋去收拾行李，我妈则继续和陆之君的姆妈说话。我们看了一眼窗外，开始疯狂地藏碟片，将柜子里的杂物拿出来替换成碟片塞进去。

断断续续听见陆之君的姆妈说："总是一个无底洞……这个病没有办法……我们这样算得上解脱了……要去买公寓了……为了儿子……再去贷款……那个老太婆占着……我们只能少卖一个厨房……"

我翻开抽屉藏碟片的时候，发现一本没怎么用过的笔记本，随手打开发现里面藏着好几张我小时候的相片。我站在旧厂的花坛前，大花坛里用各色花卉拼出了"欢度国庆"的字样，在笔记本的第一页我还写了一段小学时很流行的顺口溜：

> 一年级的小偷；
>
> 二年级的贼；
>
> 三年级的小妞没人追；
>
> 四年级的帅哥一大堆；
>
> 五年级的情书满天飞；
>
> 六年级的鸳鸯一对对。

啊，现在看来，仿佛还有点后现代主义的意味，体现了广大小学生们躁动不安的荷尔蒙和对恋爱的向往。

听完我的分析，李书笑说："你太可怜了，那你岂不是从小学向往到了现在，还没有成功过？"

我听了即刻恼羞成怒起来，辩解道："读书人的事情，怎么能叫没成功过呢，我们读书人摘抄不等于向往，你懂么，不懂弗要瞎港。"

等我们拉着行李出来后，我妈便和陆之君的姆妈道别。陆之君的姆妈说："不知道罢，也许你们过得不错，我倒是觉得这个世道越来越不好了，就连天道也不能信了。"

回去的路上我问我妈，陆之君的奶奶到底是怎么回事。我小的时候，大人们只和我说过陆之君的奶奶并不是他真的奶奶，可是他们一家依旧将他那个不能下床的奶奶照顾得很好。

我妈告诉我，陆之君的奶奶原本是河北人，自然灾害那几年逃到了江浙。也不知道怎么搞的，年纪大了后下半身就瘫了，被人扔在了路边，是陆之君的爸爸决定将她带回来照顾，还叫陆之君喊她奶奶。

这个说法真是让我感到匪夷所思，难怪陆之君的姆妈不喜欢她？我妈说，那是因为老陆这个人相信天道轮回报应，他那时候看这个女人说话还算得体，竟然还识得字，字还写得不错，不知什么原因，一个人在这里，没有亲人孩子，还瘫痪了，就将她养在家里想给她送终，认为这是一种大的福报。自己行善积德，做了这样大一件善事，以后的生活就会好起来的，会福及妻子儿女。

可没想到这个捡回来的女人活得很坚韧，直到老陆他自己都走了，她还健朗着。

我谈起120来得很晚那个细节，我妈说："你弗要港了，他们故意不叫的。那时候老陆不能呼吸，送到了医院抢救了回来就要上呼吸机，就要做手术，他们没有这些钱，这是个无底洞。"

我又一次想到了那个水鬼的故事，等我回过神来，听见我妈在说："我们真的就过得比老陆家好吗？其实弗见得吧，我们只是运气比较好。我听着觉得怕得来，如果这样的事情发生在我们家，我们一样没办法的，我想都不敢想，想都不敢想啊……这个世道真的不好。"

高中毕业后那个漫长的夏天，我背着一个登山包回老屋去取我的碟片们。一开院子的门，陆之君的姆妈正在用扫帚打他，他姆妈喊道："你以为穷爷是谁，穷爷我没钱给你作死，你最近碰到赤佬了你！"

已是青年人的陆之君发狠将扫帚折成两段和我擦肩而过跑了出去，他姆妈仿佛觉得非常丢脸，也没有和我搭话。

我离开时发现院落里杂草丛生，阳光亮得刺眼。往后走一段，幼年时我们时常消耗一整天在那里玩耍的机关大院已经破败了，井边也没了人，葡萄架上早已没了葡萄。

那次偶遇於家两兄弟后，只有於克邪给我留了一个联系方式，我们偶尔说一些不着边际的承诺，再去坐花船呀之类的。我心里始终有一些些微的介意，为什么於祛病就不肯给我留联系方式呢，难道已经完全忘了我是他年幼时的小伙伴了吗？於克邪说："啊，我哥高中就出国了，他可能性格比较冷淡，你不要在意。"

啊，当然，当然，没什么好在意的，就算是热络地给了我联系方式又如何呢？时过境迁，早就物是人非没什么好说的了。何况我一向就是和活泼的於克邪玩得比较好，於祛病确实从小就没那么好相处，可是，难道因此便不再记得我了吗？

辗转又过了几年，我也到了欧洲，突然收到了於祛病的好友验证信息。通过后，他给我发了一张图片，并且附言："大副，我看到你啦。"

我打开图片，赫然发现那是一张我们小学时的黑板报，上面用粉笔画着花花草草，写着一些散文诗和名言警句，用大号空心字体写着"一寸光阴一寸金，寸金难买寸光阴"和"劝君莫惜金缕衣，劝君惜取少年时"。

还有本月作文获奖名单，我看到我们班有三位同学的名字上榜了，后面都跟着三（3），意思就是三年级三班，黑板报中央是一篇讲浪花的小散文诗，以及右下角写着，值日生：赵曾良。

怎么……怎么会这样……这个黑板报到底是哪里来的？像是夹在书本中的风干落叶，凝固住了时光。

於祛病告诉我，他是在网上浏览时发现这张照片的，拍照片的人是我小学时的同班同学。因为小学要拆了，她特意回去看最后一眼，没想到教学楼过道里专出黑板报的黑板为了贪省力将新旧两块钉在了一起。现在一块块拆开来，旧的那块便重见了天日，她惊讶地发现，这不就是当时自己班里负责制作的那期吗？她看见了许许多多本班同学的名字，这期黑板报竟然就以这样的方式保存了十多年，因此她拍下了照片发到网上。

真是不可思议啊，凝固了十几年的时光碎片以这种方式穿越而来。

这之后我们便聊开了，聊到了被他爸担心吃屎吃不到热乎的小张，谈到了我远去美国的朋友阿毛，谈到了发奶片的李梦瑶，谈到了不如意的陆之君一家，最后也谈到了推过我一次、踹过我一脚的刘汝强。

"你还见过他吗？"我问道。

"没有，再没有了。"於祛病回答道。

"你那时候明明和他关系好是好得来，都不和我玩了，害我一整天没事干来来回回地去动物园门口买棉花糖吃。"说着我就有点想吃棉花糖了。

"那时候和他关系很好吗？我倒是不记得了，"於祛病说，"不过我记得你以前说，刘汝强的名字就是刘你强，意思就是姓刘的你很厉害。"

我们便哈哈哈哈地隔着屏幕笑了起来，他突然邀请道："你复活节来荷兰玩吧，我招待你，我现在住的地方正好空出一个床位来，我还可以帮你借到学生卡。"

"好呀。"我当即同意了。"你想去哪里？"他问道。我想了想说："必须得去海边啊！"

可到了第二天我因为要买票的缘故和他确认行程时，他便反悔了，推说自己忘了复活节其实并不算真的休假，恐怕没有办法带我游玩，让我暑假再来。可等到了暑假，我去找他时，他再一次找借口推脱了，让我圣诞节再去。

我有一种莫名吃瘪[1]的感觉，转而去找於克邪确认，於祛病为

1　吃瘪：吴方言，被迫屈服，认输。

何反复推脱我，我也不是非去荷兰不可，可他这样，我还是很在意的。於克邪说，他并不知道，总之他哥哥说的理由可能是真的，也可能就是推脱。

我说："我太受伤了，我已经觉得自己性格很别扭了，你哥这样，是不是想挑战我，我生气起来拉黑他哦。"

於克邪说："哎呀别这样，我暑假不回国，你来荷兰我接待你。"
我说："好呀。"但是一查，我自己的居留已经过期了。

去年圣诞我因故得回国一趟，在候机室无所事事的时候，不死心又给於祛病发信息，说自己圣诞要去荷兰，他回复我："哎呀，不巧我圣诞已经和同学约了去法国了。"

我将信息转发给於克邪，我说："你哥绝对是对我有意见。"临上飞机前我收到於克邪的回复，他说，他曾经委婉地问过他哥这个问题，他哥哥说，他并不想去认识第二个赵曾良，因为在他的认知中，没有办法做到同时存在两个人。

我其实能够明白他的意思，回忆里的故人最好永远只存在于回忆之中，一旦再次出现，他人很难完全理性地界定：这是彼时的你，这是现时的你。再出现，已是不同的人，连带着将过往的回忆破坏殆尽。

今年复活节，和我同一个实验室的同学去希腊游玩，回来后滔滔不绝地和我谈论起雅典卫城和在爱琴海边的悠长假日，说到最后拿出一个橄榄枝做的桂冠套在我头上，说是给我的礼物。

那一瞬间我想到了彼时戴着柳叶桂冠在河边行走的自己，想到了无休止鼓噪的蝉鸣，想到了小学里的紫藤廊，微风吹过有清新的甜香。

而这一次，位置和时空都已然交错，竟有些恍如隔世的感觉。

岁月如风，无可回头。

这也不过就是寻常年月里的一小段寻常故事，关于几个渐行渐远的小少年。

欲买桂花同载酒

昨日种种，我心深种。

本市的天气预报已经报接连几天发出暴雨预警，搞得大家见了面务必要将此事聊上一聊，晴明了近一个月的天空为了配合这忧心忡忡的气氛也顺势变得阴沉沉的，随时准备要落雨。

在这决定性的一周里，徐林峰为了班级的命运而日夜祈祷，每到课间在同学们的催促下，他都会小心翼翼地捧出那本少儿版的《上下五千年》，将手放在褪色的封面上，口中虔诚地念念有词："天地玄黄、宇宙洪荒、日月盈昃、辰宿列张。"十六字箴言念完，他再摩挲一下那几个烫金大字，瞅一眼那古老昏黄的长城，再次小心翼翼地将书收回去。

一周很快就过去了，徐林峰的祈祷并没有发生作用，天气越来越冷，空气中的湿度也越来越大，彼时才十七岁的我还是个骑自行车上下学的追风少年，为了耍帅坚持要将单衣穿到最后一刻，结果在寒冷潮湿的气流中被冻得上蹿下跳、嗷嗷直叫，耍帅不成蚀把米，赔了夫人又折兵。

校门口的值班表也终于在周五的下午将命运的吸铁石移到了高三（12）班下，也就是说，下周就轮到我们班进行为期一周的校园晨扫了。

我校领导的主观能动性很强，也有很多信仰，诸如"多难兴邦""多做卷子兴学生""没有困难制造困难也要上"，等等。为此特意安排每个班每学期都要来晨扫校园一周，而这绝对不是为了省保洁阿姨的加班费，绝对不是。

秋天总是很麻烦的，落叶那样多，叶子晃晃悠悠地飘进每个教室。若是不巧赶上一场秋雨一场凉的时节，大清早起来冻个半死不说，枯黄的梧桐叶和被打下来的香樟叶胡乱地黏结在地表，扫来扫去只能把泥水扫到裤子上，叶子却还好好地在地上躺着。

为了让暴雨尽快落下来，好把困难留给隔壁班，不但徐林峰要摸着《上下五千年》祈祷，就连我和李书笑也被汤睿抽打着赶上讲台跳了一大段夏威夷草裙舞求雨。

一开始我当然是拒绝的，你不能让我跳我就跳，我还有没有尊严了，但汤睿将《五年高考三年模拟》卷起来揍得我们嗷嗷叫，那这样一来和肉体上的痛苦相比较，尊严似乎也就没那么重要了。我们徐徐地跳了起来，非常投入，双手假装拎着两捆草或是什么快速地抖动着，时而举起时而垂下，从讲台这头蹿到那头，跳得忘我极了，直到上课铃响数学老师站在门口眼神复杂地看着我们。

效果当然没得说，总之在我们负责晨扫的那一个礼拜，雨便不停歇地下了一周，那时从美国翻译过来的心灵鸡汤很爱将下雨比喻成上帝的喷嚏。不过那一周，应该是上帝家的浴缸漏了，总之这场雨下完，也便暑气褪尽，正式入了秋。

我们度过了那浑浑噩噩、凄风惨雨的一周后，只觉除了葛军[1]出的数学卷子，余下的人生中便再也没有什么困难了罢。

一切很快就恢复正常，坐在我身后的裴衡照例顶着乱糟糟的头发迟到，被教政治的班主任堵在教室门口痛心疾首地教育。若此刻是默片，光看班主任那悲痛激昂的神情，仿佛裴衡并不是迟到了，而是去金三角贩了白粉。

汤睿用圆珠笔的另一头戳了戳徐林峰的后背，黑瘦的徐林峰立刻回头过来，脸上挂着讨好的笑容说道："大哥，怎么啦?"

"谁跟你嬉皮笑脸的，"汤睿板着脸道，"你有没有好好祈祷，不是说你的《上下五千年》和阿拉丁神灯一样，很灵的吗?"

徐林峰压低声音急切地嚷道："灵的呀，哪能[2]不灵啦，不……不是下了一周的雨嘛……"

"啪!"汤睿一个头皮拍过去说道："你是不是要作死，少在这儿给我要滑头!"

我右手边的陆佳心看见了便发出轻微的嗤笑声。我转过头去时，恰巧看见她硕大的牛眼朝汤睿翻了一个加量不加价的白眼。

---

1 葛军：著名的江苏高考数学出卷人，以试题高难度而闻名。

2 哪能：吴方言，"怎么"的意思。

陆佳心见我在看她，一边手眼一条线地抄着作业一边撇了撇嘴表示对汤睿的不屑，快速从嗓子里挤出一句："她以为她是谁？"

　　在我还没想清楚到底要不要搭理她之前，她便以胆大心细的高超技艺在班主任眼皮子底下抄完了作业，回头将作业本还给石辛的时候，石辛刚偷摸着把当作早饭用的小蛋糕拿出来。

　　老实巴交的石辛立刻惊了，吃早饭被抓包的尴尬程度不亚于被抓奸。陆佳心则装出一副浑然不觉的样子来，细长的手指立刻不客气地伸过去提溜出一个小蛋糕来往嘴里塞。蛋糕轻易就被扔进她薄而阔的嘴中，她一边快速咀嚼着一边小幅度地挥动着她细长的手指说道："哎呀，这个味道，好像不是很新鲜了。"说着手指忽地收拢掠过桌面，猎鹰般抓取了另一个小蛋糕。

　　"你哪能又吃石辛的早饭啦？"徐林峰黝黑的面庞上努力露出一副正义使者的表情来，为此还挺了挺他那并不宽阔的胸膛。因为徐林峰坐在裴衡的左侧，而这会儿裴衡正在接受再教育，因此眼下他和坐在裴衡右侧的石辛之间没有任何视线上的阻碍。

　　"什么叫我吃石辛的早饭？我就是帮他尝尝新不新鲜。"陆佳心面对指责脸不红心不跳，表现得十分老到，一看就是经常被人指责的样子。

　　面对这样有理有据的回应，瘦巴巴的徐林峰便立刻无言以对了。王一文突然从斜后方伸长了手也拿过一个小蛋糕道："那我也帮他尝尝好了。"嚼了一会儿说，"没有啊，挺新鲜的呀。"

　　于是我也拿了一个塞到嘴里，含糊不清地嘟囔道："就是啊，挺新鲜的啊，你怎么乱讲呢。"

向来正直的小伙伴李书笑终于看不下去了，她说："曾良你不要太过分了啊。"我边吃边疑惑地看着她道："我？我又怎么了？"李书笑义正词严地说："你就不晓得给我也拿一个吗？"哦，这么一说，我是觉得自己做得有点不对了。

一会儿工夫，清秀的小男生石辛面前只剩下了最后一个蛋糕孤零零地摆在一个偌大的塑料盒子里。汤睿拿走了倒数第二个并且说道："好啦，给他留一个罢，试毒也不能把饭都吃了啊。"大家则纷纷点头附和，夸赞汤睿宅心仁厚能成大事。此时裴衡终于解放，顶着乱糟糟的头发坐了下来，他看着石辛，石辛也看着他，他便抬手将最后一个蛋糕拿走了。失去了最后一个蛋糕的重量后，大开着口的塑料盒子便向盖子方向倾倒，盒子里的蛋糕渣渣顺势弹了石辛一脸，我们便笑了起来，空气中登时充满了欢乐的气氛。

到了课间，裴衡便掏出诗集来，用他一贯慢吞吞的声音自顾自地朗读着："攀登高山，我自己小心地爬上，握持着抵桠的细瘦的小枝，行走过长满青草，树叶轻拂着的小径……"

汤睿立刻做出一个"真让人受不了啊"的表情来，身形虚胖年纪轻轻便小肚子令人瞩目的王一文不放过任何一个和汤睿过去的机会喊道："诗人诗人，汤睿冲你翻白眼，她肯定是瞧不起你写的诗。"

裴衡闻言便合上诗集，也不生气慢吞吞地说道："这不是我写的诗，这是惠特曼写的。"

"什么，你也知道她？"李书笑突然插嘴道。

"我当然知道，"裴衡说，"这样伟大的诗人我如何会不知道，尤其是他的《草叶集》……"

"等等，等等，"李书笑打断裴横道，"她还会写诗，还是个伟大的诗人我怎么不知道？"

我看了看李书笑又看了看裴衡，以我敏锐的观察力意识到他们在谈论的可能并不是同一个人，于是我举起手来做出一个打住的姿势，说道："诗人说的是沃尔特·惠特曼，你说的是谁啊？"

李书笑摸着下巴做思考状，结巴道："就是……就是……叫什么名字来着，珍妮……珍妮……就是《老友记》里面那个瑞秋啊！"

"人家叫珍妮弗·安妮斯顿啊好吧，没有一个字一样的，你怎么能把这两个人搞错？"汤睿匪夷所思道。

王一文便冷笑道："别搞得你知道一样，反正我是不知道。"

"你怎么知道我不知道？"高瘦的汤睿站起来走到王一文桌前昂起下巴鄙夷地看着他。

"那朗诵一首诗来听听啊。"王一文边说边抖腿。

"我×！你今天是不是想挑事？"汤睿骂道。

"我×！"王一文同样字正腔圆、铿锵有力地回敬道，"到底是谁想挑事？"

可如同往常一样，他们还没有×完，愉快的课间十分钟便结束了。

没过多久便到了月考成绩出来的日子，每个人都会领到一张像工资条一样的成绩单。这玩意儿对于我来说就和真正的工资条一样重要，它决定了我下个月是笑着还是哭着过，今晚是正常吃晚饭还是竹笋炒肉男女混合双打。

在成绩单出来的前三天，马昭月便不停地嚷道："哎呀，完了完了我完了，什么也没复习，这次一定砸得妥妥的。"她以每节课嚷一次的频率不辞辛苦，坚持在每个课间挤到我们这群人中，大谈特谈她是怎样因为看漫画而忘了复习，又是怎样为了买漫画而不吃早饭。

与她同样兴奋的人是王一文。"我也没有复习啊。"他声情并茂地附和着，懊悔和惋惜像过期的标签一样挂在他的脸上摇摇欲坠，"我也没有吃早饭啊，我还差一点就可以买超酷的山地车了！"

"怎么，你家住在山上吗？"我问道。

"你这戆大懂什么，给我闭嘴！"王一文从课桌里掏出一本时尚杂志来，指着其中一页嚷道，"看看，看看，都看看，这以后就是我的车了。"

于是我们都探过脑袋去看了一眼。"哈？ 一辆自行车要5400RMB？"我露出一副没见过世面的嘴脸开始大呼小叫起来。

"稍微好点的自行车都是这个价吧。"汤睿说道。

其余的人便拼命点着头，"就是、就是"地附和着。

与之相对，我和我的小伙伴李书笑则是两个很务实的人，相比于什么诗集啊、《上下五千年》啊、自行车啊……我们每日讨论得最多的无非就是午饭吃什么，尽管校外一共也只有 5 家店可供我们选择。但再少的选择也要认真对待，并不妨碍我们日复一日地认真讨论下去。何况自 2007 年的夏天后，食品价格便以肉眼可见的涨幅通货膨胀起来，我们手里那些可怜巴巴的零花钱也越发地不经用了。

那又是一个我们在激烈讨论的时刻，矮壮的历史课代表杨柳新皮球一样滚进教室，直冲我们这边而来，然后"咚"的一声毫无预兆地摔倒在徐林峰的脚下。汤睿和王一文同时字正腔圆、铿锵有力地喊了一声："我×！"

徐林峰神情紧张地从椅子上蹿了起来，看着扑倒在脚下的杨柳新关切地说道："爱卿怎么了，爱卿请起啊。"

下一秒杨柳新就弹了起来，拍了拍膝盖上的灰表示这没有什么。我右手边的陆佳心咧了咧她薄而阔的嘴唇讥讽道："册那[1]，胖子弹性就是好啊。"

"徐林峰！你这次历史考了全年级第一！"杨柳新用她的大嗓门激情四射地喊道。于是，全班同学都放下手里的事朝徐林峰看去。

"哦哟，没什么的呀，没什么的！"徐林峰非常不好意思地摆了摆手，同时脸又因为兴奋而涨得黑里透红，"哦哟，你们不要看我了，没什么的呀，反正我就是厉害，就是知道得多嘛，哦哟，别看我了呀！"

到了下午成绩单便按时打印出来分发到我们手上，身形高大的马昭月就在教室最后一排喊道："吓死我了，吓死我了，还以为没复习肯定不及格了呢，没想到还能考个班级第十一。满足了满足了，反正没复习进前十是有点不科学。"

我捏着成绩单左右各看了一眼，陆佳心和李书笑也在看我，于是我们三个人将成绩单都摊开来放在一起，从左到右分别是27名、23名和19名。

---

1 册那：吴方言词，詈语，多用于泄愤、调侃、自嘲、强调等。

"你们搞等差数列啊？"马昭月的声音突然在背后响起，将我们三人吓了一跳，她看向陆佳心问道，"哎，你上次数学不还考了个不及格吗，怎么这次月考还都挺好的？"

陆佳心不着痕迹地翻了个白眼，拨了拨她的头发道："可能是因为我复习了吧。"

"啊呀，我就说要复习，最近沉迷于多田薰老师的作品，连做作业的时间都没有了。"马昭月说话又急又快，声音尖细，和她庞大的体形形成了巨大的反差。

她突然一把搭住我的肩膀："哎，赵小骗，我叫你去看的多田薰的作品你看了没有？"

"我还没看啊。"我感受到了肩膀上沉甸甸的压力，这也许就是马昭月的期待吧。

高中时期我的绰号叫"江湖骗子"，因为大家总说我老大不小了还没个正经，这种德行放到以前，长大了只能去做江湖骗子，喊多了慢慢就成了"小骗"。

我作为一个正经人自然对此很不满。我说："老大不小没个正经也不一定非要做个江湖骗子啊，也可能会像李逍遥一样……成为一代大侠啊！"

对此，陆佳心不屑地说道："饼脸李逍遥吗？"

这话极大地伤害了我彼时十七岁的脆弱心灵，结果马昭月还雪上加霜地说道："长得不好看的人是不能做主角的，你最多只能成为李逍遥的隔壁邻居，也就是王小虎。"

"王小虎也是主角好不好，很厉害的好不好，虎年虎月虎日生，你有没有玩过《仙二》啊？"我不服气得不得了。

"哼。"马昭月冷哼一声，"那《仙二》口碑好吗？"

"什么口碑好不好的，"我立刻恼羞成怒起来，"我们对游戏的爱，哪里能用口碑来衡量？再说了，我以前有两个小伙伴，一个叫於克邪，一个叫於祛病，虽然於祛病比於克邪要好看许多，可是我就是很喜欢虎头虎脑的於克邪嘛！"

"我×！我看是好看的於祛病不和你玩吧？长得丑的人只能和长得丑的人一起玩。"汤睿又狠狠地补了一刀，"等什么时候有个游戏叫《饼脸奇侠传》你兴许还能成为主角，前提是玩家能够容忍一个饼脸成为主角。"

真是气死我了，难道你们这群人只有在攻击我饼脸的时候才能如此团结一致吗？虽说我是个代表了爱与正义的小伙伴，但是我也不希望世界和平以这样的方式实现，我要代表月亮消灭你们。

下个月我便跟着马昭月去往一家十分隐蔽的漫画书店，对完一套严格的接头暗号后如愿租到了多田薰老师的全套作品。那时候市里在严打日漫，店家若是被举报查到藏有盗版日漫，动辄要罚大好几千，甚至传言会坐牢，慢慢地雨后春笋般冒出来的漫画书店很快又都缩了回去。

租到漫画的我兢兢业业、没日没夜地看了起来，因为每一本书一天的租借费都是一块五，我不得不快看快还。十七岁的我虽然不像李逍遥一样英俊潇洒，但和他在余杭镇时一样的穷和猥琐。

期间，陆佳心感兴趣地借过书瞟了几眼，说看不懂，不知道什么是漫画，这么密密麻麻的，看着头疼，小人书一样没什么意思。对此马昭月白眼翻到天上去说，陆佳心连日本漫画是什么都不知道，还小人书，是乡下宁（人）吧，要是这会儿她还在乡下务农，以她这种长得像个气球一样的身材，只能插根杆子把她系在上面吓唬乌鸦。

没过几天，气球一样的陆佳心又和我讽刺马昭月丑得人神共愤。她说："册那，她站在人群中就像个铁塔一样，明明去年测身高体重的时候我记得她是一米八二高，每次都装模作样和别人说一米七九，有用吗？就不说她胖了，只说她那鞋拔子一样的脸，我看她整天看漫画就为了幻想自己是女主角吧。册那，见了鬼了，她那种人，你用'恐龙'这个词来形容她都是侮辱了'恐龙'这个词。"激昂慷慨地说完了这段话后，陆佳心又拨了拨自己的头发。我注意到她粉红色的头绳因为老化，上面的粉红色和粉蓝色绒球已经掉了下来，靠着细细的几根线耷拉着半死不活地吊在头上，简直不能多看，看得我强迫症要发作，恨不得伸手替她扯下来。

汤睿知道后，对这件事嗤之以鼻，她对我和李书笑说："我×，她们两个一个瘦得跟赤佬一样，顶着个巨大的脑袋，还长了个牛眼睛大蒜鼻；一个一米八高一百八十斤；一张鞋拔子脸演个巫婆都怕压断扫帚。如果说赵小骗你是李逍遥的邻居饼脸王小虎，那她们两个只能一个是来福婶，一个是旺财嫂啊！"

我不知道应该对汤睿说"谢谢你"，还是给她比个中指，因此陷入了激烈的思想斗争中。李书笑则一边拍手一边好奇地问道："那我呢？我是《仙一》里的谁？"

汤睿无聊地看了一眼李书笑说："饼脸王小虎的小伙伴啊，这还用得着说吗？"

"哈？"李书笑的脸皱成一团道，"连个名字都没有吗？"

汤睿说："有啊，不是叫'饼脸王小虎的小伙伴'吗？"

这下我和李书笑一起伸出手比了个中指给她，但汤睿到底不是吃素的，立刻抄起《王后雄系列丛书》将我们打得满教室乱窜。

裴衡继续在那边慢吞吞地朗读："假如我是一朵雪花……在半空里娟娟的飞舞，认明了那清幽的住处，等着她来花园里探望……"

这个月中，我因为穷而日夜勤勉地看漫画，导致白天上课时间多数在睡觉，因此不幸和右手边日夜勤勉看言情小说的陆佳心一起双双在数学考试中考出了骇人听闻的低分来。

操着浓重外地口音的数学老师对我们俩的成绩何止是暴怒，简直就是暴怒！他上课把我俩的卷子摔在讲台上，骂道："俚（你）们两个银（人），桑阔（上课）都在干什么！木头锤锤都比俚们的老（脑）袋好使，学不会就憋（别）来我的课上听了，俚们现在给我滚粗（出）去！"

于是我们便立刻滚了出去，剩下的两节课里只能站在走廊上扒着窗户听。如果这是一部电影的话，我认为这部分的背景音乐应该是迟志强的《铁窗泪》。

临下课前，数学老师把我们喊进教室，问道："俚们两个听懂了吗？"

"听懂了。"陆佳心面无表情地点点头，我面无表情地摇摇头。

"俚现在又听懂了？"数学老师讥讽的笑容呼之欲出，但他仅存的师德似乎又在提醒他表现得太明显了不好。于是，他转身写了一道题，对陆佳心招了招手道："那俚做给大家看。"

陆佳心面无表情地走上去，又面无表情地迅速解了出来。她将粉笔往黑板槽里一扔，看着数学老师。数学老师愣了一下说："俚既然会做，考四（试）怎么就做错了呢？"

"之前没听，现在听了。"陆佳心说完，她薄而阔的嘴唇又抿成薄薄的一条。数学老师简直要气急败坏了，他又出了一道更难的题目，说："俚不是听了吗？那俚再做！"

于是陆佳心走过去，"唰唰唰"地又把题目给解出来了，底下同学们迅速交换着含义不明的眼神。数学老师又写了一道超难的题目，对陆佳心说："俚这种滒（学）生我见得多了，仗着一点小聪明，就以为自己有什么了不起，俚再做。"

这次陆佳心看着题目愣住了，捏着粉笔迟迟不知如何下手。过了两分钟，数学老师终于可以扬眉吐气地讥笑道："我和俚们索（说），这种滒生我见得多了……"

话未说完，陆佳心便开始答题了，一会儿工夫她边擦边写，写满了半个黑板，把题目给解了出来，然后将粉笔头轻松地扔回槽里，仍旧面无表情。不像我们天真的数学老师，喜怒哀乐、大起大落通通都写在脸上，瞒都瞒不住。

确认了一下答案后，数学老师狰狞地喊道："我不管俚了，俚爱干吗干吗，这种滒生我没办法教！"随后将我们两个赶回座位。下课铃及时地响了起来，老师叮嘱我们及时订正卷子，给他面批。

一听到"面批"两个字，我的胃立刻痛苦地扭到一起，感觉胃酸都要涌出来了。我扭头看向右手边的陆佳心，问她："我们还要去给他面批，那不是找死吗？"

"是啊，所以我才不准备给他面批。"说着，我们的卷子从讲台上传了下来。陆佳心拿到后三两下将卷子撕成碎片，随后继续说道："他不是自己说我以后爱干吗干吗嘛。"

我的心里便对陆佳心肃然起敬了起来。

这之后很快迎来了下一次的月考，马昭月又开始疯狂地哀号："我没复习啊，怎么办啊，这下可玩完了啊！"而日夜勤勉看着漫画连课都没有好好听、严重睡眠不足并且毛线都不懂的我，一声不吭默默地就去参加考试了，深藏功与名。

成绩单准时发到我们手上，我考出了学生生涯中的总分最低分，全班五十四个人，我排四十六名，一种吃了苍蝇不知如何是好的糟心感油然而起。

马昭月又在后面吼，哎呀怎么考了十二名，不复习真的不行了云云。一会儿她又乘风破浪而来，我赶忙将成绩单藏起来，她厚实的双手拍着我的肩膀装模作样地沉痛道："哎呀，听说你考得很糟，别难过啊，下次再努力吧。"

"啊……"我感慨道，"看来不听课不复习果然是不行的。"

"哎呀，赵小骗子你又乱讲了，你怎么可能不听课不复习，你不是那种死认真的人吗？"马昭月一副难以置信的样子。

"哈？"我皱着眉头道，"我可是真心的。"

陆佳心抬头看了一眼马昭月："我看你复习得很好吧？"

"哼。"马昭月立刻冷哼一声，用她又尖又细的声音说道，"我的时间都拿来看漫画了，哪有空复习？和某些不看漫画，连漫画是什么都不知道的人可不一样。"

"嗯，是不一样。"陆佳心不动声色地说道。

一会儿，李书笑从她的课桌里捧出一堆乱七八糟的零食堆到我桌子上来，表情沉痛地看着我道："你好好吃了，再上路啊。"

"我上什么路啊？"她表情是这样沉痛，感染得我都快要哭出来了，感觉我已经没几天可活了。

"回家的路啊，我觉得今夜一定很漫长。"她点了点头，把零食朝我这儿推了推。

要不是上课铃声及时响起，我可能会被李书笑说得跪在地上痛哭起来。接着，温柔的语文老师进来，给我们讲阅读理解。文章是关于泸沽湖上摩梭人的走婚习俗，大意是：因为摩梭人是母系氏族社会，所以男女不用结婚，女的要是看上了族里某个男子，就在男子家窗口摆一双鞋子，晚上男方就去女方家里睡一晚，天不亮就得滚……

我觉得这个文章的中心思想就是，睡了也白睡，白睡谁不睡。当然我没有真的这样写，我毕竟是个知道分寸的正经人，也是个十分严肃的追风少年。

那天下课后，汤睿便拿起她的钥匙串径直走过去往王一文桌子上一扔，说："今晚你自己主动点。"

我们凑过去仔细一看，发现汤睿钥匙串上的挂饰是一双小鞋子。于是，周围一圈人便大声哄笑起来，纷纷叫嚷道："老王你懂的。"

王一文说道："这……这个……我要是不来你拿我也没办法……"

汤睿冷哼一声道："你不来，我可以过来强奸你啊。"

徐林峰在一旁狗腿地喊道:"大哥好棒!大哥好厉害!"

吃瘪的王一文感觉自己断然不能就这样被汤睿给强奸了,终于在一分钟后想出了一个自损八百伤敌一千的妙招,他大喊一声:"我要是愿意你就不能强奸我!"

这句话是如此机智,以至于全场掌声雷动,经久不息,连汤睿一时半会儿都说不出什么反驳的话来。于是,王一文立刻得意起来,绕着汤睿边转边唱:"对面的女孩看过来,看过来,看过来,这里的表演很精彩,请不要假装不理不睬。对面的女孩看过来,看过来,看过来……"

徐林峰立刻倒戈,对着王一文夸道:"老王好棒!老王好厉害!"

可王一文毕竟天真,汤睿是何等的老辣,他的得意仅仅持续了短暂的四十五分钟,便被汤睿扔过来的一块钱硬币砸得支离破碎。

汤睿微微仰着下巴,狞笑道:"给钱就算是嫖了。"

"我×!"王一文字正腔圆、铿锵有力地骂了一声,眼睛瞪得浑圆,什么话也憋不出来,简直就要因此背过气去。

过了一会儿,终于摸出一张五块钱来扔在桌上,喊道:"老子也嫖,这样就算嫖资纠纷了!你这姿色,五块,不能再多了!"

徐林峰的人生目标大概就是要成为一根称职的搅屎棍,因此见缝插针地使劲搅和,大喊道:"老王好棒!老王好厉害!"

我不知道这会儿是该笑还是不该笑。这件事情固然很好笑,但是不久后等待着我的命运又很凄凉,于是我只得全程保持着一种似笑非笑的尴尬表情来。

由于我侧坐着,后座的裴衡便从诗集上抬起脑袋来看着我,用他一贯慢吞吞的声音说道:"赵小屁眼子你看北岛的诗集吗?"

"旁友,帮帮忙呢,你最起码喊我名字的时候不要用那么慢的语调了好不好?"我乞求道。

"嗯,"裴衡诚恳地点了点头道,"小屁眼子,你看北岛的诗集吗?"

"我不看,都什么时候了我还看北岛的诗集!"

"好吧,"裴衡惋惜又略显无奈地叹了一口气说道,"那你听我给你念一首。"他慢吞吞地念道,"那时我们有梦,关于文学,关于爱情……"

"唉,诗人,你是不是恋爱了啊?"我打断他道。

裴衡紧张起来,半晌道:"我是要做一个诗人的,诗人的世界里只能有悲伤和孤独,爱情圆满的人他们都不是诗人。"

傍晚,我行尸走肉般推着自行车回家,脑海中回想起米兰·昆德拉的书名《生命所不能承受之轻》。哎,这说的不就是我吗?虽然成绩单很轻,但是我不能承受。我一边单手骑着车,一边吃着李书笑给我的零食,心里幻想着这是自己人生中最后一次迎着夕阳骑车,成为一个炫酷的追风少年了,而接下来的命运可能就是我被打成高位截瘫,躺在床上度此余生,回想起自己无悔的青春……啊,不,我的青春根本就没有无悔,反而处处充满着悔不当初的懊恼。

我又想到我爸当年刚拿到一整个月工资便因为赌博而输个精光的事情,当时他是怎样解决的呢?唉……罢了罢了,毕竟我的炫酷和无法直视只及我老爸的万分之一而已啊。

那晚碰巧我舅舅、舅妈也来吃饭,那几年席间的话题照例是绕不过沪深股市的。我的舅舅喝着啤酒和我爸大侃特侃起来："2006年我的一个同事放了一百来万在股市里，那之前股市半死不活的，我们都劝他，你戆大啊，赶快买房子罢，再不买一平方米都要破八千了。你猜怎么着，那孙子偏不信，非说怎么可能，政府不能由着黑心房产商乱来吧，结果还不就是破了八千，发狠劲不买了，把钱全扔股市里，谁知道那年上证指数就创了历史新高，有史以来最大的牛市啊！"

"可不是，现如今经济腾飞了，那我们也要搭搭末班车对不对？"舅妈在一旁笑眯眯地应和着，"我才投了二十万进去，三个月后等理财产品到期了，我还要再投钱进去的。"

"到今年才一年多吧，嘿，你猜那孙子怎么着？"我舅舅卖了个关子。

"得赚了有五六十万吧？"我爸小心翼翼地猜着。

舅舅将酒杯放下重重地一拍大腿道："一百五十万啊，老赵，足足一百五十万啊！"

"那可不是翻了个倍？"我妈惊讶道。

"可不是，"我舅妈接茬道，"册那，这年头钱是好赚啊。好像活该那小子命好，谁能想到中国股市还能这样顺风顺水，也不晓得这种好日子什么时候结束，想赶快多投些钱进去，稍微赚点我就要出来的，给儿子买套房子，心满意足了，心满意足了。"

"房价终归是要降的吧？"我妈不太肯定地说道。

"肯定要降的，"我舅妈倒是很笃定，"等到破万了谁还去买？反正我不去买，政府能由着房地产商逼死老百姓？不能吧？那些天杀的房地产商！你是不晓得多赚……"

大家喜气洋洋地规划着炒股、买房，人人都带着一股将成为明日百万富翁的憧憬，聊着这些年的政策、外交，激昂地指点着江山和国际局势。我舅舅大嚷着："依我看，经济可不就得宏观调控，要是没有政府管了，你说什么市场不市场，我看通通没有用！"

而他们所不知道的是，距离此时不多久的未来，一切虚假繁荣的经济泡沫都将在北京奥运结束后被悉数戳破。从前所未有的牛市迅速跌成前所未有的熊市，时人因此玩笑地称之为"绿色奥运"。而与之相对的是这之后房价却始终未曾跌过，慢慢地涨过了一万一平，接着又涨过了两万一平。时至今日，苏州园区能够看见一线金鸡湖的公寓房已经超过了四万一平。

想要炒股赚钱给儿子买婚房的舅妈未曾兑现自己的诺言见好就收，她迟迟没有抛售套现，直到一赔再赔，再也抛不掉为止。而她也始终坚信着房价一定会跌的，自己可不能像1997年香港楼市崩盘那样，事后做个戆大，白白在最高位时购入房子。因此她也一次又一次地错过了买房子的最佳机遇，直到真的再也买不起房为止。

沉浸在很快就要发财的好心情中，我妈甚至笑眯眯地对我说，从股市里赚了钱就带我去把我几年前喜欢的那件衣服给买了。"哎，那个牌子现在看看算什么牌子呢。"她这样说着。

可是，那都是我初中时的事情了，现在再买给我，总是怪怪的呀，何况也买不到了吧。一件当年的衣服，现在哪里还寻得到？就算寻到了，反正也是不对劲了。可我不敢说，因为我考得很不好，别说什么新衣服，一会儿搞不好就要去睡桥洞了。

"你最近念书怎么样？"本来好好地谈着股票和房子，不知怎么的，舅妈突然就这样问我道。在我语塞的当口，我妈想起来今天是月考出成绩的日子，命运的鼓点就这样毫无预兆地敲响了。

我脑海中闪过西北风、天桥等等意象，语无伦次道："什么成绩……这个东西不好说罢，有时候会起伏很大……可也是人之常情……哎呀，正所谓人非圣贤孰能无……"

我妈的手越过饭菜一把拧住我的耳朵，质问道："你是不是没考好？"

"哎哟，哎哟！"我哀号道，"我说，我都说！"

等舅舅、舅妈走了后，我妈便让我罚站，我站在书柜边心里非常紧张，很怕她抽起书来就打我，这让我回想起来幼儿园时期一度被体罚的恐惧。

她又开始和我讲一些不知道哪里来的道理，诸如：把钱花在你身上不如扔进水里，我还能听个响，我要是给狗买块肉，狗还会知恩图报对我叫两声呢……

我只好提醒她道："可是也没有人不让你把钱扔水里哎……"这话成功地让我妈的怒气值到达临界点。我见大事不好，"嗷"的一声扑出去，绕着餐桌疯跑起来。

第二天我到教室后，一众人围过来，马昭月问我昨晚有没有上网，我说："上什么网，我差点被打成残废还上网？"

"唉，太可怜了，我们还在班级群里为你加油鼓劲呢。"汤睿说。

"你们晚上都可以上网吗？"陆佳心硕大的牛眼不太相信地看了一眼大家。

"可以去书房上网啊，虽然平时不能上很久。"马昭月说完，汤睿等也跟着一起附和。

"什么？你们还有书房？"陆佳心微微皱着眉头，一副"你们一定在逗我"的不爽表情。

汤睿便非常明显地做了一个表情给马昭月。陆佳心看在眼里，冷笑一下翻了个白眼转过去不参与谈话了，自然也没有人去搭理她。

我们聊天的当口又听见她转过去和石辛说："你今天早饭吃什么呀？我帮你看看新不新鲜。"

马昭月就书房的问题继续往下谈，她眉飞色舞道："我老娘还挺会炒股的，这会儿赚得也多，年底大概要买新房子了。我没有别的要求，只希望我能有个自己的书房，摆我那些漫画。"

汤睿立刻接上去："我妈也是听谁说了哪个股特别好，试试看的心态买了几十万，这会儿也是挺赚的，要是收益好，说等我高中毕业了就买宝马给我开。"

我们便立刻嘟囔道："有钱人啊有钱人……"

"哎呀，有的赚没得赚的事情。"汤睿耸了耸肩，"不过我倒是想出国留学，这破高中有什么好念的。"

"如果我有了钱，会在海边买栋房子。"裴衡从诗集上抬起头来慢吞吞地说道，"不过，诗人最好不要太有钱，诗人应当和贫穷与清醒做伴，富有会让人迷失。我所想要的就是……"

"面朝大海，春暖花开。"我赶忙替他将话说完让他好闭嘴，免得一会儿他又要喊我的名字。

"你们知道吗，高一（7）班有个从美国念初中回来的女生。"王一文逮着机会给我们分享了一个八卦。

"我见过我见过，他这样一说我倒是想起来了，这个女生先后参加过一些英语比赛，我对她印象很深。"

大家接着纷纷表示知道。汤睿一拍手说："你们有没有觉得国外回来的就特别洋气？"

"是洋气是洋气。"我们又纷纷附和道。

李书笑叹了一口气道："我最羡慕的就是她的纯正美式口音了。"

不一会儿上课了，历史老师宣布徐林峰又一次考了全年级第一，并且让他谈谈学习历史的方法。徐林峰不好意思起来，黑里透红的脸庞上满是兴奋而害羞的表情，他说："哎哟，没什么的呀，我就是多看看《上下五千年》，然后就什么都知道了。"

"我×，什么都知道了？"汤睿立刻出声讽刺道。

历史老师还在那儿兀自高兴着说："我们徐林峰真是名副其实的'历史小王子'啊。"

汤睿又接茬道："那以后就喊他'上下五千年'好了。"

徐林峰扭动着身子连忙摆手道："哎哟，你干什么啦，哪能啦，人家就是历史好了一点点，叫人家'小王子'就可以了，客气得咧。"

这一年银桂的花期迟来了许久，市里的金桂早就开了，从九月起上下学的路上便能闻见浓郁的桂花香，可直到十一月校园里的银桂才一夜之间尽数开放。第二天一早到学校简直是和碧螺春一样吓煞人香，也不知道是不是校领导威胁了它们的结果，诸如你们再不开就拔起来扔到黄浦江里去云云。

和银桂一起到来的是一位美丽的转学生，以前是汤睿的小学同学，因为身材高挑便被安排坐在了王一文边上。王一文立刻夸她是美丽的桂花公主，夸得太大声了，被陆佳心听见，她便不屑道："册那，桂花公主，帮帮忙呢，那么俗气，还不如茉莉花公主呢。"

"为什么桂花公主就俗气？"我忍不住问道，虽然我心里也觉得桂花公主是挺俗气的。

"你看啊，"陆佳心给我分析道，"七里香只香七里就比较高贵，桂花十里飘香就比较贱了。"

哦，说得好像也很有道理的样子。

可桂花公主来的第一天，汤睿就找了个借口将她推给了我和李书笑。她拦住我们，突兀地介绍了一下彼此："这个是邵思琪，你们带她去吃午饭吧，我先走了啊。"说完她就真的急匆匆地走了。

一路上没话找话，李书笑夸她漂亮问她是不是混血。邵思琪说："是啊，我是十六分之一的俄罗斯混血，太奶奶是边境上的中俄混血。"

我们问她想去哪儿吃啊，邵思琪说都行，于是我说那就去吃拉面吧，邵思琪说她不吃拉面的；李书笑说那就去吃汉堡吧，邵思琪说汉堡太油了，她吃不下去；我又说那咱们去吃麻辣烫吧，邵思琪说太脏了，她妈妈不准她吃。

那一瞬间，我体会到了做人家男朋友的辛苦。

最终，我们选了一家小馆子吃面条。手脚麻利的服务员端面上来时，大拇指都浸到了碗里，我只好提醒她道："阿姨，你的手指浸到碗里了。"阿姨亲切而大度地朝我笑笑:"没事,不烫!"随后便大步流星地走了。

于是邵思琪说:"我们去对面的面包房买蛋糕吃吧。"我一边大口吃着面一边打着哈哈:"什么蛋糕啊?"

李书笑则冷着脸说:"你知道吗,其实蛋糕这种东西啊,超级脏的!"

邵思琪说:"我请你们吃啊。"

于是李书笑说:"不过吧,这个呢,也是分情况的,你说对吧,小骗?"

我说:"真心的!"

邵思琪虽则人很漂亮,但她的功课实在是很差,时常能考出一二十分这种匪夷所思的成绩来,而她本人则完全不在意这些。她常说:"活着就是要开心啊,反正已经这样了,为什么不开心点呢?而且就算念书很厉害,不开心又有什么用呢?"

王一文说:"那考不上大学怎么办?"

邵思琪便说:"我再过半年就要出国啦,所以这些都没有关系啊。"

"我×!有钱人!"王一文感慨道,一会儿又摸出他的杂志来,指着那辆山地车说道,"我要给懂的人看看,什么才是真正的好车。你看看这辆车。"

"这辆车我有啊。"邵思琪说。

"我×!真的假的?"王一文难以置信。

"真的,我明天就可以骑来给你看。"邵思琪又问道,"所以,你也有吗?"

"我有啊。"王一文说道。

"那很好啊，我们可以骑同款的车了！"邵思琪说。

"不行，我很喜欢这辆车的，我都是挂在卧室墙上的，不想骑它。"王一文立刻机智地回答道。

"怎么，你凑够钱买了啊？"马昭月在后面问道。

"买了啊，"王一文显出一副轻松自若的样子来，微微侧着头说道，"早就挂着了。"

这时，徐林峰突然说道："我不是才去过你家，没看见自行车啊。再说你房间那么小，怎么可能挂自行车在墙上？"

王一文顿了整整十秒钟，脸色煞白，突然恼羞成怒地骂道："徐林峰你这狗╳！平时不说话，这会儿说得个起劲，用得着你说吗？啊？"

新同学一来，陆佳心就故技重施，开始频繁地问邵思琪借东西，当然永远也没有还的时候，但似乎邵思琪有钱得很，压根不在乎这些。

自从得知邵思琪要出国后，汤睿突然地又和她亲近起来，拿着留学宣传手册整日地探讨到底哪个国家比较好，时不时地说道："这破高中有什么好念的，早日决定出去才是正经。"于是邵思琪便问她："究竟什么时候走，要不要同我一起走？"汤睿便说："总是要等家里的公司这批睡衣卖出去资金回笼进了股市走一圈才行，现在行情那么好，我贸贸然出国，不是断了自己家的财神爷吗？"

说着两人还装模作样地谈论了一番指数、A股、大盘和美国次贷危机，仿佛已经有了些许留学生的风采。

大概是邵思琪家真的很有钱，又或者她的人生哲学比较奇特，表现出了一些对陆佳心的善意，以至于让陆佳心误以为自己和她其实是同一类人。

　　打破这种说不得的隔阂的是一件仿名牌衬衫。

　　入冬后天气渐冷，那时候很流行里面一件衬衫外面罩个厚外套的穿法，不知怎么陆佳心就和邵思琪撞衫了，她们内里搭的白衬衫是一样的。

　　本来撞了也就撞了，陆佳心非走过去，捏着邵思琪的衣服下摆说："哎呀，咱俩喜欢的东西竟然是一样的，看来我们的品位很一致嘛。"我们的视线落到她自个的衣服上，明晃晃的仿货，连下摆的针脚都不齐。

　　有些东西，大家都睁一只眼闭一只眼的时候，那就这样罢，只能这样含含糊糊地存在着。一旦你非要摆到台面上，非要别人去看见去承认些什么，便是强人所难的逾越了。

　　女生的底线是种很微妙的东西，这之后邵思琪便不怎么和陆佳心往来了，陆佳心便骂道："册那，什么东西，长得也就那样，十六分之一混血也好意思说，那我还十六分之一英国血统呢，谁又知道什么真假！那种蠢货，家里有点钱又怎么样？出国又怎么样？我看她也毕不了业的。"

　　向来非常腼腆害羞不怎么同班级里人往来的外省学生袁尔方那天恰巧路过陆佳心身旁，她很认真地对陆佳心说："你不要这样随便诅咒别人，因为言语是会成真的。"

陆佳心眼刀狠狠剜了细弱的袁尔方一眼道："什么叫'言语是会成真的'，不成真我说了干什么，我当然希望成真啊！"

袁尔方没再说什么便走了。

她一走远，陆佳心便气恼地甩着头，同时她头上那两个绒球摇摇欲坠看似很快就要掉下来的头绳也越发岌岌可危地颤抖着，看得我几乎就要百爪挠心。

"册那，外地宁都是点神经病，"她咬牙切齿地骂道，"那个徐林峰也是，一个上海乡下人成天哪能哪能[1]的，老家是望亭镇[2]那里的也好意思说自己是上海人？还要脸啊？"

我不太关心陆佳心的怒气，倒是对袁尔方刚才说的话很感兴趣，很快我就在下一周的体育课上找到了机会。

当时袁尔方正站在一株枯萎的植物旁，我拉着李书笑走过去和她随意地攀谈，很快又提到上次的话题，我问她："为什么言语是会成真的？"

她问我："你知道言咒吗？"

我和李书笑面面相觑，随后摇了摇头说："不知道。"

袁尔方便解释道："语言诞生的最开始，是作为一种咒语来使用的。你想啊，为什么要产生语言呢，因为语言承载了信息，可以跨越时间和空间来传递。许多人已经消失在时空里了，可是他们的思想却还能依靠文字和语言不断地跨越着时空，所以语言是非常强大的，能够跨越时空的不就是巫术吗？"

---

1 哪能哪能：吴语词，"如何如何""怎样怎样"的意思，此处表示夸耀自己。

2 望亭镇：隶属于苏州市相城区，位于太湖之滨，是一座具有近两千年历史的古镇。

哎？我还是第一次听到这种说法呢。

她又说道："我的老家是很相信言咒的，你所说的每一句话都是一种预言，所以轻易不要说伤人的话，因为语言的力量是非常强大的。有一次，我们那儿，邻里之间因为一点小事有了口角，其中一个人对另一个说，你不能活着见到明天的太阳，另一个人不信，第二天一早就出门去看日出，他从车库出来，不知怎么的，就被车库的卷帘门将脑袋给绞了，果真没见到第二天的太阳。"

我们都倒吸一口凉气，李书笑说："不过这个怎么听都是巧合吧？"

袁尔方便认真地说道："所有的诅咒都是以巧合的方式来实现的。"

一时之间我感到很难相信，毕竟我也是个无神论者，可是这番理论又实在是让我着迷。我便问她："可是，我们也经常说这种诅咒别人的话啊，比如希望对方快点死掉之类的，但是从来没有人真的因此而死掉啊。"

袁尔方说："那是因为你并不真的相信言语的力量，你不信的时候力量便是不存在的。"

我想了想道："就好像有一种理论说，人的大脑为了保护人类会自动屏蔽许多信号，你看不见的东西便不能够伤害你，所以不信的东西就不存在？"

这时李书笑说道："那这种力量也太脆弱了吧，信则有不信则无的东西又能怎样？我信对方不信，这怎么算？"

似乎是知道我们最终肯定会问出这样的问题，袁尔方便笑笑说："所有的神明在最开始的时候，都是因为人类的信仰而被塑造出来的，信了便有了，但它的对立面并不是不信便没有了。信不信都是存在的，只是你不信的时候，万物就失去了它的法则。"

"啊？"我听得一头雾水的，可袁尔方已经不肯再多说什么了。

最后一次我们谈到这个话题是来年的春天，仍旧是在这个花坛边，那时我已经对言语的力量有了新的认识，而绣球花也开得正好。袁尔方谈到，有一种说法里绣球花是偷情的守护神。

我说："某一种说法里的也算数吗？守护神这种东西也是可以随随便便任命的吗？"

她便说："新神的诞生都是这样的呀，信的人多了，神便存在了。"

周末难得逮到机会爸妈都不在家，我悄悄摸进书房去开电脑上网，班级群里正热闹着。我打开聊天记录从头看起，甚至刷到了上个月出成绩单那天，他们在群里声嘶力竭地喊着："小骗、小骗还没死吧？别硬抗啊，关键时刻该下跪求饶就要下跪求饶啊！"

哼，真是的，用得着你们说吗，你们以为我是怎么活这么大的？

徐林峰在群里问大家："你们说我是把 QQ 昵称改成'历史小王子'好呢，还是'小王子'好呢？"我们一群人接连发了呕吐的表情，一会儿他自己说："算了，还是低调点，就'小王子'吧。"

而在此之前，他也想跟风叫"水晶男孩"，被汤睿给阻止了，逼迫他改成"碳晶男孩"……不一会儿，李书笑给我找出一张 Q 版的李逍遥头像来，她说："你要不要拿去当头像？"我说："不要，这个李逍遥的脸太大了。"马昭月便说："就是大才像你啊。"汤睿自然不会放过这个嘲讽开大的机会说："你还想不想做《饼脸奇侠传》的主角了？赶快换上，别给我要滑头！"

天哪，这还有人性吗？我已经被他们逼迫着将昵称从"追风少年"改成了"小骗子"，这会儿又让我换什么"饼脸李逍遥"。我毕竟是个有尊严的人，骨子里有着作为一个追风少年的骄傲，怎么可能如此轻易就范？但群众的呼声实在是太强烈了，我也没有办法，不是我要换头像，是群众要我换头像。

换了后，我还嘴硬道："虽然我表面上换了，可心里是不屈的。"马昭月说："你不屈个屁！你这小骗子说的话也能信？"

那时我便想，语言果然是有其自身的力量的，"江湖骗子"这个绰号最初是因为我老大不小了还没个正经，和说谎一毛钱关系都没有。可自从缩略成"小骗"后，慢慢地大家就开始怀疑起我说的话，哪怕我说的本也没什么。因此那时候我说话常跟着一句"真心的"。

思及此，为了体现语言的力量，我便把昵称改成了"真心小骗子"，左右看了几遍感觉也是怪怪的，为了配合这个昵称，又把个性签名改成了：少年玩心吗？

很快临近冬至夜，家里人三番五次地说："苏州人过冬至，冬至大如年啊，大如年啊——"年年如此，必须反复说很多遍。但除了这句话以外，没有任何能体现出大如年的地方。除了聚在一起吃一顿饭，点上一盘羊糕，打上几瓶东吴酒厂的桂花冬酿酒外和寻常的家庭聚会也没什么分别。

自打入了十二月，学校一会儿要修实验室一会儿要修操场的，就没有消停过，整日里来来去去的都是校外人，低楼层的教室陆陆续续开始被偷。虽说学生没什么值钱的东西，但是掉个表啊，掉个计算器啊也是很糟心的事情。班主任便三令五申，值钱的东西人离开教室时随身携带，我们多数也没怎么放在心上，毕竟也没什么值钱的东西。

自从衬衫事件后，邵思琪因为不怎么搭理陆佳心便越发和汤睿走得很近，两人同出同进地讨论着什么雅思、悉尼大学、女子高中……

就在冬至那天，我来到教室时，邵思琪却在座位上大哭，她面前照例摆着厚厚一堆雅思的参考书，眼睛肿成桃子状。汤睿在给她递纸巾，马昭月在那里说片汤话，王一文显得不知所措，陆佳心靠在一旁的桌子上神情冷淡，看戏的样子很明显。

"怎么了？"我靠过去小心翼翼地问道。汤睿回过头来比着口型说："她雅思没过，被她妈妈打了。"

"没过啊……"我心想这事也急不得吧，一抬头看见马昭月也在朝我比口型，什么4.5之类的，我没太明白又不敢细问。

"但是真的很难，我就是考不出来啊！"邵思琪一边哭，眼泪一边迅猛地往下落。汤睿则机械地抽着纸巾，说着"你也要自己努力啊"之类的话。

"你本来就不努力好不好，不过不是很正常吗？"这当口陆佳心突然冷冰冰地来了这么一句。

"我努力的时候你又没有看到！"邵思琪虚弱地反驳道。比起邵思琪这种程度的反驳，汤睿则狠多了，她说："雅思过不过的有什么要紧，有钱漂亮就行了啊。有些人是拎不清什么重要什么不重要的，出生时阶级足够好，也就不需要聪明了。"

陆佳心没说什么，不知道是因为她真的无话可说还是碰巧石辛来了，她着急过去讨早饭。

晚上的家族聚会，大家又说，去酒厂亲自打的冬酿酒就是比超市灌装好的要香气浓郁云云。可在我的印象中，我们似乎并没有哪一年的冬至喝的是超市的瓶装冬酿。

按照传统，务必是每个人都要喝一点的，哪怕是开车来的也要抿一小口。外公又要劝我们多喝，神情严肃道："过了今天可就再也喝不到了啊，再要喝就得等明年了！"

酒事先摆在热水里温着，一杯倒下去橙黄清澈的酒浆上浮着若干桂花，气味香甜，酒性温和。也免不了要和别的传统吃食一样发明创造一些典故出来，总算饶了那不知下了多少次江南、雨夜不知会了多少个美貌民女、江南糕点不知吃了多少个的乾隆，只含糊地说着："这个酒哪，连贵妃娘娘都爱喝得很哩！"也没什么人会去较真分辨究竟是哪朝哪代的哪一位贵妃娘娘。

中年人的饭桌上务必是要指点一番江山的，从最近的国际局势开始，结合热点新闻，发表一些见解和策论，话题一拐又回到股票上来，上证指数又如何如何，我听到可靠消息某某股票必定会涨如何如何，附近哪个楼盘我认识经理，他说要是再不下手房价肯定还得涨云云……

一圈谈完又要回到小孩子身上来，家族里的小孩都已经长大，正当读书的年纪，但没一个读书读出些名堂来的，因此在饭桌上也不大好炫耀，只好曲线救国："他老师说了，聪明是聪明的，就是不大努力罢了……"可他们又不知道，老师要是这样对每一个念书不好的小孩爸妈讲的，这天底下倒是没有不聪明的小孩了。

"这个择校费一年比一年贵，"我小舅妈唉声叹气道，"今年都涨到三万六了，我看读个中学比上大学还要贵，物价一年年地往上涨，比涨工资的速度倒是要快嘛。"

小舅舅顺势对着表弟一顿数落："要是你和那个谁谁谁一样争气，我们省了这个择校费，给你吃吃用用，你不晓得可以吃到什么时候了，现在还跟我港要手机，你碰到个赤佬了。"

我青春期的表弟就瘪了瘪嘴不服气道："我同学人人都有手机的！"

"你同学人人都考得好，你怎么就考不好呢？"小舅舅立刻老辣地反驳回去，看来这么多年家长也不是白当的。

我将自己老旧的小灵通往口袋里收了收，心说，我都没买手机呢，你这个小兔崽子要什么手机？

过了冬至后的第一堂体育课上，汤睿的钱便被偷了，打开钱包里面空空的只剩下几个硬币。王一文说："我×，肯定是哪个外来民工偷的！"

汤睿将钱包往桌子上一摔说："什么民工偷的，我看就是班里的内贼，民工偷的还给你那么好心把钱包留下，早就一起拿走了。"

"不会吧，大哥，班里谁会偷你的钱？"徐林峰说道。

"谁穷疯了就会呗！"汤睿没好气地往陆佳心那儿看了一眼道，"所以我说有些人穷×就是穷×，钱包里才几百块，这个钱包可是Gucci的值三千多呢，他们就是偷也不知道要偷值钱的！"

等到再下个礼拜体育课结束，汤睿的钱包就被偷了。这次钱好端端地摆在她的桌子上，一分没少，连硬币都一个个好好地叠着摆在纸钞上，这差点让汤睿气疯。

她在教室里破口大骂："人穷了就什么都做得出来！"还说，"我早说过，穷就是道德问题，我还真就瞧不起穷的人了，穷的人有底线吗？"

我本能地觉得这话不太好，不知道是因为汤睿骂得太认真，还是因为我就是个穷人所以听着刺耳，只好劝道："好嘞，你消消气罢。"

邵思琪说："为什么不能骂？反正那人就在教室，就该骂啊，穷人就是没底线！"

本来骂也骂了，班主任也在班会上旁敲侧击过了，事情大概就这样翻篇了，可第二天，陆佳心就掏出一个同款的 Gucci 钱包用了起来。

我目瞪口呆地看着那个钱包，慌忙拍着李书笑的胳膊，她扭过头来，也和我一样目瞪口呆不知说什么好。陆佳心见我们在看她，镇定自若地说了句："我自己买的怎么了？"

"你买了个旧的啊？"我脱口而出。

可汤睿朝我们这儿看了一眼，又把视线转了过去装作什么也不知道。

汤睿显得这样平静，我反而觉得很不妙。

那天下课后，汤睿一直在和王一文扯什么，迟迟不走，邵思琪慢吞吞地收拾东西也是一反常态。当天轮到我和李书笑做值日生，等到人都走光了，我们也差不多打扫完了，地也装模作样地拖过了，汤睿和邵思琪还没走。

汤睿见我们搞得差不多了，便要打发王一文走，王一文不肯，问道："你是不是要干什么，我就看看，我什么也不说。"

于是，汤睿便走过去将陆佳心反扣在桌子上的椅子推到地上去，掏出红色的马克笔凝视着她的桌面说道："我写什么好呢？"

邵思琪跑过去说："我先写。"于是她抢过笔，大大地写了"贱人"两个字，骂道："这贱婊，丑人多作怪！"汤睿"啧"了一声道："你写得那么大，我哪儿还有地方？"于是她在剩下的空间里写上"去死"两个字。

写完，她将笔盖套上，拍了拍手，环顾四周，走到教室后面将我们洗拖把用的桶拎了过来，喊道："你们闪开。"我们便依言闪开。

汤睿便将脏水尽数泼在陆佳心的桌子上，随后将空桶递给我。王一文在身后喊着："好可怕啊好可怕啊，女生之间的战争好可怕啊！"

等汤睿回过头去瞪了他一眼后，他又喊道："我不知道啊，我什么也没看到，没看到没看到！"

第二天，我去得稍晚了些，一进教室便看见同学们围在陆佳心的桌子旁议论纷纷，陆佳心本人则蹲在过道里哭，她的脑袋埋在膝盖上，双手呈交叉状护在头顶，发出闷闷的哭泣声。汤睿在一旁惊讶地说道："天啊，这是怎么回事啊？"邵思琪也在一旁说："好过分啊，这是谁干的啊，什么叫'贱人去死'？"

周围的同学则在说："这是得罪了谁啊，你干了什么啊？"

一会儿早读课的铃声响了，大家立刻作鸟兽散，陆佳心也抹了抹眼泪站了起来将椅子拖回来。这时身后的石辛递了一包纸巾给她，她愣了一下，又看了石辛一眼才接过纸巾说"谢谢"，然后坐下用力地擦着桌上那四个字。

第二天她非常少见地带了一盒子饼干来，拿去献宝一样要给石辛吃，石辛说不要，举了举自己的蛋糕说，还是喜欢吃蛋糕。

上地理课的时候，老师讲到由于地球是实心的因此……她又在那里明显地笑，说："这不是和石辛的名字一样吗？"

老师说："有什么好笑的，就算好笑你现在才想起来要笑？"

又过了几天，她捧来一堆水性笔，有的用空了，有的用了一半说要还给石辛。石辛说："不要了，我还有，你拿着用吧。"陆佳心讪讪地退了回去。

语文课上她拿着个塑料圆镜子照来照去，一会儿又问我："你觉不觉得叫佳心的都是美人？"我不敢相信她是这个意思，这实在是太尴尬了，我只能说："对啊，李嘉欣和林嘉欣是都挺美的。"她自顾自说道："可能这个名字只能美人叫吧，追我的人也挺多的，但是我眼光高都没看上。"

天气有些凉了，赶快关窗罢。

那些日子，陆佳心有事没事就频繁地回过头去问石辛数学题、英语题，又挑出几支笔芯还剩得多的，要还给石辛，石辛不肯要，说既然有新的何必用旧的。

陆佳心当时没说什么，中午便去买了两支新的水性笔来，那种一元一支的晨光笔，非要还给石辛，说什么借了你那么多笔我也不好意思，你就收下罢，新的可不能不收啊！

我们见了鬼一样看着她，她执拗地要石辛收下，在那儿纠缠不休、不依不饶的，石辛没办法了，只好将笔收下放进课桌里，"谢谢谢谢"，他客气又无奈地道谢。

这下陆佳心便神清气爽了，她理了理自己的围巾，让它保持蓬松，隐约能遮挡住她硕大的鼻子，便又凑过去和邵思琪谈什么护肤品的问题，一会儿问什么是兰蔻，是不是豆蔻年华的另一种说法，一会儿又说隔离不就是防晒吗，把邵思琪搞得非常不耐烦。

这时，石辛突然起身走过去在陆佳心的桌子上放了两块钱，然后又坐了回去，仿佛什么事情也没有发生。

一会儿上课了，陆佳心便开开心心地回来，直到她看见那两个一块钱硬币，蓦地愣了一下，又若无其事地摊开书本。我用眼角余光偷偷地瞟着她，不知怎的，想起了汤睿的话：给钱就算是嫖了！有些想笑，又觉得这事很悲伤，没什么好笑的，在激烈的思想斗争中维持着一副似笑非笑的嘴脸。

李书笑说："你这是什么表情？"

我咧了咧嘴没回答她，悄悄地转头去看陆佳心，惊讶地发现她低着头在哭，眼泪挂在那蓬松的围巾上。

一会儿她摊开笔记本在上面用力地写着什么，不停不停地写着，执拗又专注。

下了课她便兀自走了出去，我朝周围看了看，好奇心作祟，悄悄翻开她笔记本的一角窥探，里面凌乱地重复着一句话：朝自己开枪。

日子便这样日复一日地向前滚动着看不见尽头，所谓的未来还在很遥远的地方，触不可及。

杨柳新又大着嗓门一边敲桌子一边和徐林峰挑衅说："咱们比比知识量，有没有种和我比比戈尔巴乔夫的八卦？"正谈笑风生之际，没想被汤睿打断，汤睿没好气地叫她闭嘴，她俯视着她说："不知道比你高到哪里去的可是我。"王一文举着杂志和裴衡说："你看这款球鞋真的是……我必须得买下来。"马昭月还是没完没了地大喊大叫："哎呀没复习啊，这下玩完了啊。"邵思琪上课一边痴笑一边摁着手机，雅思的书装模作样摊着；我和李书笑捧着刚发行不久的《仙剑奇侠传四》看攻略，一边探讨着五什么时候出来，她说："怎么故事年代越来越早了，我还想看阿奴和李逍遥的后续呢。"……

时间很快进入 2008 年，所有人都在热切地盼望着奥运，那一年叫作奥运年，那一年出生的宝宝叫作奥运宝宝，新闻日夜滚动播放着奥运场馆的建设，古老的北京城因此被装饰一新，很快又掀起全民学英语迎奥运的热潮，五只福娃的周边随处可见。随着春天的到来，一切开始复苏，出现了一种欣欣向荣的势头，那时候距离"中国梦"这个词被正式提出来还有五年。

在鼓噪不安的气氛中，彼时的我们还当真以为自己有梦可做。

徐林峰说凭借自己出色的文科考个同济没有问题，这下可以回老家咯，他显得喜气洋洋。裴衡则慢吞吞地说，江南的诗人，他的远方在北方，诗人都是要去往北方的，所以他要去北京考北大，学文学学诗歌。为此我问李书笑，他是不是脑子有点问题。李书笑说，诗人脑子都有点问题的。于是我回过头去和裴衡说："裴衡你脑子有问题，所以一定可以考上北大当诗人的。"

邵思琪的退学是突如其来的，她的雅思始终没有起色，因此在语言学校从下午班转到了全日制班，再也没来过学校。我们没来得及和她道别，就此再也不见了。

轮到陆佳心做美文背诵那一天，她早就将这件事情忘到了爪哇国，在早自习借了裴衡的书随便看了一篇就上去了。她背道："一岁复一岁，一年又一年，心底事，渐入灯火阑珊……人生过处唯存悔，知识增时只益疑……但使猖狂过百岁，不嫌孤负此生涯。"

期间只顿了三下便堪称流利地背完了全文。

那天课上便宣布了江苏省高考改革的新方案，之前几次风传选修课将不再计入总成绩，我们总是觉得荒唐没有认真当一回事，事后想来世上之事多半空穴来风，不是没有道理的罢。

徐林峰和杨柳新这一类人一夕之间便失去了所有的优势，我们多多少少受到打击，班主任便在班会上讥讽我们道："你们啊，成功了便说是自己的努力，失败了就说是制度的问题，你现在觉得不公平，可又有什么不公平的呢？你要是九门课都好，你又怕什么呢？"

陆佳心在底下小声骂道："册那，还真以为努力可以解决所有问题啊？你自己九门课都好吗？"

面对种种改革，汤睿并不在意，她只是懊恼着那批睡衣还没有脱手，资金不能及时进入股市，而那时股市已经显出了颓势，钱远没有 2007 年那么好赚了，这一切无疑都在妨碍着她出国。那时候恰逢又一次出国热潮，班里陆陆续续地走了许多人，有些人甚至从未提起过要出国，只是看到身旁的人走了，动了心很快便也跟着走了。这件事情让汤睿明白，其实她家里远没有自己认为的那样有钱，这无疑使她更深一层地陷入了焦虑。她本不想面对高考，但她家的公司资金迟迟无法回流，最终不得不和我们一起踏入考场。

陆佳心和马昭月开始放弃选修课，一门心思攻主课，她们说，反正选修课考来考去只有等第啊，两个 B 还拿不到吗，有什么好学的。

裴衡开始给第一批恢复高考后上北大的人写信，不知道他从哪里搞来的通信地址。他一封接一封地写，附上自己的诗作，请求他们保举他，请求他们以校友的身份给北大写信，给予他加分。

每个人的未来都悄悄地变了轨，彼时的我们却浑然不觉。

灾难的五月和流金的六月接踵而来，我们呼啦一下四散而去。徐林峰去往遥远的北方小城，失去了回老家的机会；接替他去往上海的却是裴衡，念了让人大跌眼镜的房地产，当初答应他的老先生们再也没有了回应；马昭月和陆佳心双双在选修课里考出了一个 C，被迫落到二本的末流学校里；汤睿家的公司在奥运结束后宣告破产，她出国梦碎，阴差阳错竟成了陆佳心的大学同学。

几经折腾，邵思琪如愿去往悉尼。她长得越发漂亮，再也没人怀疑她是个混血。汤睿家一落再落，她短暂地和陆佳心成了朋友，很快又在校园内大打出手，成了永远的敌人。陆佳心拿她当年的话讽刺她：穷的人是没有底线的。

没想到这话一语成谶，汤睿越发古怪刻薄了起来，得知李书笑去了美国后，在假期当面讽刺她："这又有什么了不起的，你又在炫耀什么呢？你去了美国也是一样的没特色没存在感。"

王一文不知从哪儿拿到了邵思琪的微信号，将我们这些老同学悉数拉进群里。我看见徐林峰的昵称还是叫"小王子"，签名是：上下五千年，古今多少事。我也很有进步，我现在的签名是：册那，少年到底玩不玩心啦？

我们问王一文怎么了，王一文说，邵思琪要结婚啦，对方是在悉尼定居的华人富豪。我们便起哄要看照片，邵思琪就 po 了结婚照，男方白白净净的，和她站在一起真是一对璧人。她又讲到蜜月要去美国，徐林峰便说："你可以去找李书笑了。"李书笑说："我在村里，没有玩的地方的。"

接着王一文开始组织约饭，喊着："女神结婚前最后一次吃饭了啊！"马昭月就问为什么是最后一次，邵思琪回答说，因为以后没事就不会再回中国了。

这时，汤睿十分突兀地骂了一句："你神经病啊！"骂完立刻退出了群聊。

李书笑对我说："你要不要去问问汤睿？"大家都说："是啊，怎么了，你去问问罢。"

我便只好硬着头皮去问她，汤睿说："一个两个的都有毛病，有什么了不起的，二十岁就结婚赶着去投胎啊，以后被男人甩了不知道要怎么哭呢。"

二十岁之前的人生是如此漫长，似乎怎么也过不光，可是一旦过了二十岁，时间却陡然加速了，飞快地向前滑行着。一年又一年，来不及抓住些什么，就真的到了老大不小的年岁了。

我们所认为和期待着的无限可能的未来终究也不存在什么无限的可能性，平庸的道路铺展在我们脚下，通往不同的方向再也没有了交集。

大学毕业那年，我约了李书笑一起出去玩，可是又能玩什么呢？通宵唱歌、去酒吧喝酒是我们年少时所向往的、觉得很酷的事情，可现如今再做又味同嚼蜡没什么意思了，而在经年累月的不规律作息后，平白地折腾一整个通宵我们也很难坚持了。这就像那件当年没有买给我的衣服，就算几年后再买给我又如何呢？当年没做到的便是没有做到，如果随随便便什么都可以补偿，青春也就失去了它的珍贵之处。

"我们的青春又是什么呢？我们没有逃过课，我们没有打过架，我们没有混过黑帮，我们没有不良过，我们也没有经历过什么背叛与报复，我们甚至没有在高中的时候谈过恋爱，"李书笑这样回忆道，"可是，我们也没有因此成为学霸，我们没有考上名校，我们没有在学术上有所作为，我们还是一事无成。"

"所以，你想说什么呢？"我问她。

"我想说，我很后悔没有在十几岁的时候做一些离经叛道的事情。每一次看到电影里的青春故事，就觉得认真地在什么都不怕的年纪里疯过真好啊，"李书笑向往地叹了一口气，"可是这些事情现在已经不能再做了，就好像早恋一样，错过了就是永远地错过了啊，真想回到过去啊。"

"哦，"我点点头道，"不过我的话，一点也不想回到过去。回到了过去也是一样的，就算真的有时光机让你回到过去，你还是只会做出一样的选择，走上一样的道路。你以为每个时期真的都存在着无数的选择让你去选吗？"

她认真地思考了一会儿，点头道："也是，就算真的回到了过去，我也不可能和别人做朋友，不可能去逃课，更加不可能去混什么黑帮，而且那时候我也没有喜欢的人，我总是谈不成恋爱。就算真的回去了，日子还是日复一日地刷题而已，"她打了个冷战道，"太可怕了，还是别回去了。"

想起那些年，我待在潮湿闷热的宿舍里，通宵打着《仙五》，李逍遥成了一贫，阿奴成了海棠夫人，他们之间再也没了什么阻碍，也仍旧不会在一起。对他们的种种期望，不过是玩家的一厢情愿罢了。而我们这些长大了的老玩家呢，无论再怎么玩也找不回初遇这款游戏时的感动了。对于我来说，在余下的系列游戏里只剩下了支持，寻找当年那些少男少女们的影子罢了。

千里崎岖不辞苦，仗剑江湖为红颜。
落花有意结连理，伴月愿作一颗星。

这些根本就不是诗，但是对于当年的我们来说也已经足够了。
就像我们的青春并没有发生过什么，但是对于平凡而普通的我们来说也足够了。

人生啊，并不是游戏，新的故事仍在继续，旧的回忆却触不可及。

既不回头，何必不忘。既然无缘，何须誓言。今日种种，似水无痕。今夕何夕，君已陌路。

后记：欲买桂花同载酒，终不似，少年游

我毕竟是个很喜欢写前言后记的人，所以我决定这些事情都自己来做了。

这本书的成书时间很漫长，第一篇写于 2012 年 11 月，大部分成篇于 2013 年，2014 年陆陆续续地进行了一些修改，回头看许多稿件已经有些时过境迁的意思了，于是到了 2015 年下半年又新加入许多篇章，及至写后记的此时，已经到了 2015 年的尾声。

如同我前言里所说的那样，写这些稿子的初衷是为了免于自己的忘却。可即便是自己的稿子，过了几年再次拿起时，已然是陌生的感觉了，许多当初写稿时仍历历在目的细节，现如今真的就模糊不清了。

过去在消亡，回忆却不可靠，但我相信，有些事情是不能也不会忘了的。

在我自己的印象中，我的青春，或者说少年时代始终处在一种贫乏无聊的状态中，并没发生过什么了不得的事情，风平浪静地死水无波着。我只是从一个每日挤着公交车上学的小学生成长为一个每日骑着自行车上学的中学生罢了。

在校园中，我一贯是个平凡而不起眼的学生，终日在两点一线间打发着时间。要么躲在一堆教科书后看小说，要么躲在小卖部里偷偷吃东西，总是自娱自乐着，不经意间成了少男少女们靓丽青春里的背景板，别人口中不具名姓的路人甲。

然而当我慢慢将这些回忆点点滴滴书写出来时，连我自己也会感到些微的惊讶，原来我的青春里发生过那么多故事。纵然我不曾做过主角，总是以一个无关紧要的旁观者身份出场，不过，做个旁观者可比做主角轻松多了。贫乏懒散如我，有时候，就算是自己的人生，也不太想成为主角。

这大概和我别扭的性格有关。我更多的是站在一个相对安全的位置上，静静地看着事态的发展，但这并不代表我是个冷漠的人，也不代表我有什么热爱观察别人的特殊爱好。与其说，我觉得这些事情让我觉得很有趣或是怎样，不如说，这根本就是我的生活本身，没有什么有趣或者无趣的，我只是就这样生活着而已。

我不怎么热爱社交，更直白一点说，我是个非常讨厌社交生活的人。这固然和我奇怪的性格和薄弱的存在感有关，但更重要的是，所谓的社交生活，总是以一种过度喧哗与贫乏的矛盾面目展现在我眼前。像是交谈时音量过大的电视机背景音，喧宾夺主得令人尴尬；又像是在亲戚间聚会的餐桌上，有人给你夹了一筷子又一筷子的食物，无所适从，推辞不掉，只好动用意志力勉为其难地吞下肚。

唉，这实在是太难为我了。

我十六岁时认识了一群玩得非常好的朋友，我们谈天说地，兴奋地勾画着未来，还郑重地邀请彼此参与到自己的未来中。时光荏苒，在我十九岁的某一天，我们像以往任何一次聚会那样约在游乐场里碰面。在风和日丽的日子里坐了摩天轮，阿星在半空中给我们分她做的手工饼干；老张表情夸张地说自己恐高症发作，不准我们吃饼干的幅度太大；Cindy和小于在前面一个座舱里，用力拍打着玻璃引起我们注意，然后举起相机来给我们拍了无数张照，为此老张诅咒发誓要一个个拧断我们的脖子。

那天的冰淇淋好像格外好吃，过山车也格外刺激，我们又笑又闹，在黄昏时分筋疲力尽地去吃晚餐。固体酒精燃起蓝色的火苗，咕噜噜地煮着咖喱牛腩，香料的味道慢慢渗透到空气里，落在每一寸暴露在外的肌肤上，被我们呼吸进去，又化作辛辣的八卦吐出来，换作一阵阵的哄堂大笑。

那晚城市的夜空是红色的，云层层叠，路灯伫立在街边亮着暖黄色的光，步行街上霓虹闪耀，人群来来往往，夜生活正热闹。

"好啦，好啦，再见啦。"我们站在分岔路口，兴奋而略带疲惫地道别着。

"那么，什么时候再见呢？"我问道。

"太累了……再联系吧。"老张挥了挥手，第一个转头走了。

"定了日期记得通知我哟。"还在念高中的小于边说边往另一个方向走去。

"走咯!"Cindy 扳过我的肩膀,将我朝我家的方向推去。我走了几步,再回头时,Cindy 和阿星也已经转身离开,我们五个人朝着四个方向散去了。

这之后,我竟再也没有见过他们。

此后我们各自的生活都陡然加快了节奏,小于和老张前后脚出国了,一个去了大洋洲念高中,一个去了欧洲念大学;阿星家突生巨变,休了学,很长一段时间内她都郁郁寡欢,拒不见人;Cindy 去往北方学绘画;而我独自留在夏日里蝉鸣不休、闷热黏腻的江南。

再之后,四时流转,在各自不同的经历下,我们都成了与年少时不同的人,我们没能如同当年所热切希望的那般,参与到对方的未来里,事实上,我们成为彼此生活里的彻彻底底的局外人和陌生人。

有时候,一个转身,再回首,过往就已然消逝,下一步就踏上了只属于你自己的未来。时也势也,人与人之间的联结,很多时候并不由我们自己来掌控。

唯一能做的便是顺着命运的洪流,踏上自己的道路,不要回头,一旦回头了,只能看见一瞬间分崩离析的过往。

如果你问我,是否怀念过去的日子,是否怀念青葱的校园,是否怀念年少时的老朋友、老同学,也许我是不怀念的。

我甚至也不怀念那过去的我,也不怀念那已经消逝了的青春。

我啊,在年少的时光里,那么贫乏和无知,不懂得抓住那些闪着光的转瞬即逝的珍贵瞬间,接二连三地做着蠢事。每到周末便被母亲赶出门四处奔波着去补课，我找到一切可以找到的机会跷了课，偷偷溜去图书馆或书店，在书架前慢慢、慢慢地逛着，挑一本喜欢的小说，看上一下午，那就是生活中最惬意的时光了。惬意得几乎要凝固，惬意得听不见风从耳边流过的声音。

其余的时光，我莫不是在期待着，快点过去、快点过去，实在是有点厌烦，那一个又一个的学期，没完没了，循环往复。

不过，弃我去者，昨日之日不可留，过往的珍贵之处正在于触不可及，那些闪着光的瞬间正因为转瞬即逝而充满价值。倘若在某个平行世界，我拥有了时间机器，可以无数次地回到过去，时间便和价值一起消亡了，我便跟着解构了自己的人生。所以，不要回头。

我们终将要面对这个世界，蠢而又可以肆无忌惮地浪费着时间的日子已经过去了，这正是过往的珍贵之处，不自知地做着一件奢侈的事情。而未来是无数条小径，我们结伴从时光中走来，像湍急的河流遇到礁石，霎时间水珠飞溅，划出不同的路径。

不要回头，过去已然消逝，也没有什么未来，我就站在未来中。

曾良君